Céline Wilhelm

Les Gardiens de Kerdevel

Tome 2 : Le trône de Kervilgän

W0296533

Illustration de la couverture : Tess Corajod

Chapitre 1

Le réveil sonne. Je tends une main pour le couper et reste un moment immobile, à fixer le plafond, perdue dans mes pensées. Je me lève, passe rapidement un leggins et mon sweat-shirt préféré, enfile mes baskets et quitte la chambre. Je descends les escaliers, pénètre dans la boutique plongée dans la pénombre, pousse la porte qui mène au-dehors et inspire profondément. C'est le mois de septembre. Il est encore tôt et une aube timide se lève. Quelques étoiles subsistent dans le ciel pâle. L'air est frais et la matinée belle. Un temps idéal pour courir.

A peine partie, je croise comme d'habitude M. Duval, mon voisin à la retraite, qui revient de la boulangerie avec des croissants tout chauds dans un sachet.

- Bonjour, mamzelle ! Il fait beau aujourd'hui !

Je me contente de lui répondre un « Bonjour » que j'essaie de rendre enjoué. Mes pieds prennent tout seuls la direction du château. Cela fait un peu plus d'un an et, chaque fois que je passe devant la grande arche de la porte des Princes, j'oblique en direction de la cour avant même de le réaliser. Dès que je le remarque, je reviens sur la route qui contourne le château. Ce matin ne déroge pas à la règle. Je secoue la tête et me concentre sur mon souffle. Inspirer. Expirer. Ne pas penser.

J'arrête de courir au bout de ma rue et regagne ma maison à grandes enjambées. Le carillon m'accueille d'un driling-driling joyeux qui me laisse indifférente. Je contourne les présentoirs sans ouvrir le volet ni allumer la lumière, laissant mes fleurs dans l'obscurité pour encore un peu de temps. Une fois de retour dans l'appartement, au-dessus de la boutique, j'ouvre un placard pour m'emparer du sac de croquettes et m'approche du plan de travail. Ciboulette saute dessus sans effort et se frotte contre mes bras en ronronnant pendant que je remplis sa gamelle. Je gratte un peu ma petite chatte derrière les oreilles, puis me mets en position pour accomplir ma varanem. Ma danse de l'épée. Sans épée. Non que ce soit ce qui me manque le plus...

Comme d'habitude, les gestes rituels ont le don d'apaiser mon esprit. Quand je m'arrête, je suis prête à affronter cette journée supplémentaire dans mon monde. Je mets de l'eau à bouillir et file sous la douche. Quelques minutes plus tard, je me prépare une tartine de confiture de framboises faite maison par Mme Duval, verse du thé à la rose en vrac dans un sachet que je mets à infuser et emporte le tout au rez-de-chaussée.

Tout en mordant à pleines dents dans ma tartine, je vérifie l'état de santé de chacune de mes plantes et remplis les seaux. Aussitôt ma deuxième main libérée, j'attaque les compositions qui viendront décorer les îlots placés au centre de la boutique. Tout en travaillant, je fredonne. Quand je suis enfin prête à ouvrir, les fleurs sont plus colorées, les plantes en meilleure santé. Je souris un peu tristement, sans raison particulière, ou pour une centaine de raisons. Je secoue la tête, ouvre le volet, retourne le panneau pour qu'il affiche « ouvert », tourne la clé et commence à sortir quelques pots sur le trottoir.

Le vendredi est souvent une journée bien remplie. Les clients sont plus nombreux que le reste de la semaine et je dois également préparer plusieurs commandes pour des fêtes d'entreprises ou des restaurants. Je pénètre dans mon arrière-boutique et me mets au travail, toujours en chantonnant. Créer m'évite de réfléchir à d'autres sujets. D'une façon générale, entre la varanem du matin et mon travail auquel je me dévoue sans compter les heures, j'arrive à ne pas trop broyer du noir.

La mort de Brandanon – mon père, roi dans un autre univers – n'est plus aussi douloureuse. Plus d'une année est passée et j'ai plus ou moins réussi à me persuader qu'il ne m'a pas laissé le choix. Celle de Benayel – mon frère – reste plus sensible. C'est mon père qui l'a tué et, dès que je laisse mes pensées vagabonder, je me dis qu'il serait encore en vie si seulement j'avais pu arrêter Brandanon plus tôt. Mais la culpabilité, tout comme la douleur, a fini par s'atténuer. Quand je suis honnête avec moi-même, je sais que ce ne sont plus que des excuses derrière lesquelles je me cache maintenant pour ne pas retourner à Kerdevel.

Parfois, j'ai tellement envie d'y être que je me lève en pleine nuit et me retrouve au rez-de-chaussée, habillée de pied en cap, la main posée sur la poignée de la boutique, les yeux fixés sur l'obscurité du dehors, avant de soupirer et de retourner me coucher.

Alors pourquoi ne pas y retourner ? J'essaie souvent de me convaincre que c'est parce que Caroline, Manu et le petit Maël me manqueraient trop si je partais, alors que je n'ai pas l'air de manquer à qui que ce soit là-bas. Comme d'habitude, cette pensée me serre le cœur et je la repousse fermement.

La sonnette tinte et je soupire. C'est la cinquième fois que je suis dérangée depuis que j'ai commencé la plus importante de mes compositions, commandée par mon plus gros client pour décorer la salle où il donnera ce soir une réception avec ses principaux collaborateurs. Elle doit être prête pour dix-huit heures. Un coup d'œil à l'horloge m'arrache un nouveau soupir. Il est seize heure trente. J'affiche un sourire en passant dans la boutique, sachant déjà qui je vais y trouver. Maxime, le beau gosse du numéro 8, me sourit en retour. Il est réglé comme du papier à musique. Tous les vendredis, depuis quelques semaines, il arrive dans ma boutique à 16h30 pour m'acheter un bouquet de fleurs. Et il ne me prend jamais une composition déjà prête. Il insiste toujours pour que je prépare quelque chose avec lui. Dans la mesure où il s'en remet généralement à mon avis, sans avoir d'exigence particulière, je ne vois pas trop pourquoi il ne prend pas un bouquet déjà prêt, mais enfin, le client est roi…

- Bonjour ! me lance-t-il gaiement.
- Bonjour ! Que désirez-vous aujourd'hui ?
- Je vais vous prendre un bouquet.
- Voulez-vous jeter un œil pour voir si l'un de ceux-ci vous convient ?

Il les balaie du regard avant de déclarer, sans surprise :

- Oui, ils sont très beaux, comme d'habitude, mais je voudrais que vous en composiez un pour moi, s'il vous plaît.

Je soupire intérieurement. Cela va prendre du temps.

- Bien sûr ! Quelles fleurs désirez-vous ?
- Oh, je vous fais confiance.
- Une couleur en particulier ?
- Euh…

Je commence à lui proposer lys, roses, gerberas et alstromères de différents coloris, en fonction de ses réactions plus ou moins emballées, et compose un bouquet. Lorsque j'ai terminé, je me rends compte qu'il ressemble en tout point à l'un de ceux qui étaient exposés. Comment perdre du temps pour rien…

Je gagne mon comptoir pour l'envelopper dans du papier transparent. Maxime me suit. Il me regarde travailler un instant en silence. Finalement, il me demande :

- Accepteriez-vous de dîner avec moi ce soir ?

Je lève un sourcil, sans m'arrêter d'agrafer.

- Je ne pense pas que votre petite amie serait d'accord.
- Ma petite amie ? répète-t-il.
- Celle pour qui vous achetez toutes ces fleurs.
- Oh !

Il semble mal à l'aise. Sérieusement, quand on veut être infidèle, on évite d'inviter la fleuriste qui compose les bouquets pour sa chère et tendre. Le silence s'installe à nouveau. J'ai presque terminé lorsqu'il reprend la parole.

- Je vous avais déjà invitée, vous vous rappelez ?

Oui, je me rappelle. A l'époque, je venais de rentrer de Kerdevel et sortir dîner ne m'intéressait absolument pas.

- Je me souviens, acquiescé-je d'un ton neutre.
- Vous m'aviez répondu que vous sortiez tout juste d'une histoire.
- C'était vrai.
- Mais maintenant, avez-vous quelqu'un ?

J'hésite. Mes pensées se sont immédiatement tournées vers Alvën. Ce que je m'efforce d'éviter à chaque heure d'éveil. Cela fait plus d'un an… Et personne n'est venu me chercher. Ils n'ont pas besoin de moi.

- Non, réponds-je prudemment. Mais vous oui.
- En réalité, je n'ai personne, moi non plus. J'ai bien fréquenté quelqu'un après vous avoir invitée, mais nous avons rompu depuis plusieurs semaines.
- Et ces fleurs…
- Vous allez me trouver pathétique, mais je cherche juste une excuse pour vous voir, en espérant que vous finirez par accepter de sortir avec moi. Cela fait plusieurs fois que j'hésite à vous proposer de venir dîner. Votre amie Caroline m'a dit que vous étiez peut-être disponible, à présent.

Ça, c'est bien de Caroline de se mêler de ma vie amoureuse. Maxime, avec son mètre quatre-vint-cinq, sa silhouette de sportif, ses yeux noisette pétillants et ses cheveux châtain clair, est réellement séduisant. Penser qu'il vient toutes les semaines dans ma boutique dans l'espoir que je le remarque est plutôt flatteur.
- Êtes-vous libre ce soir ? insiste-t-il.

Je sais qu'il ne parle pas seulement de mon emploi du temps. L'image d'Alvën s'impose à nouveau à mon esprit. J'avais espéré que je finirais par ne plus penser à lui en prenant la décision de rester vivre dans mon monde, mais cela n'a pas vraiment marché. Je lève les yeux vers Maxime. Il me sourit avec espoir. Peut-être est-il temps de tourner enfin la page ? Je ne peux pas prétendre vivre ici si mon cœur reste là-bas. Il est temps d'être cohérente avec la décision que j'ai prise de rester sur Terre.
- D'accord, mais j'ai beaucoup de travail ce soir. Je ne serai pas libre avant 21h.

Son sourire se fait plus éclatant.
- Je passerai vous chercher.

Je lui tends machinalement les fleurs. Il a déjà fait le geste de les prendre lorsque je m'interromps, incertaine :

- Euh, vous voulez quand même le bouquet ?
- Après vous avoir fait perdre autant de temps à le composer, la moindre des choses est de vous l'acheter. Et puis, je me suis habitué à avoir une de vos compositions sur la table du salon.

Il repart avec un « A tout à l'heure » joyeux et un dernier sourire. Je reste un moment les yeux fixés sur la porte, avant de me secouer. Cette commande ne va pas se préparer toute seule !

Je suis installée depuis dix minutes à peine quand la sonnette tinte à nouveau. Je peste et repose la fleur que j'allais piquer quand j'entends :
- C'est moi !

Caroline entre en trombe dans l'arrière-boutique, un sac à langer sanglé sur l'épaule et le petit Maël dans les bras. Elle me fait la bise et je gagatise quelques secondes devant la bouille bien ronde du petit garçon. Son sourire est communicatif. Caroline jette un regard aux compositions terminées alignées sur mon plan de travail, aux tiges qui jonchent le sol, aux accessoires disséminés, à mes trois paires de sécateurs posées n'importe comment, aux seaux de fleurs qui encombrent le passage et à ma création presque terminée.
- T'as l'air d'avoir du boulot !
- Tu crois ?
- Je ne resterai pas longtemps. Je voulais juste savoir comment ça s'est passé ?
- Comment quoi s'est passé ?
- Le beau gosse du numéro 8, il t'a invitée ?

Je lève les yeux au ciel. Comment peut-elle être déjà au courant ?
- Il t'en a parlé ? demandé-je, surprise.
- On se croise régulièrement à la boulangerie. Comme il me demandait systématiquement de tes nouvelles, je

n'ai pas pu m'empêcher de lui faire remarquer que tu avais l'air de lui plaire. Nous avons un peu discuté et il m'a expliqué que tu l'avais rembarré peu après ton retour de Fantasyland. Il m'a demandé si tu voyais quelqu'un et je lui ai dit que tu avais du mal à te remettre de ta dernière rupture. Ces derniers temps, je savais qu'il envisageait de t'inviter à nouveau. Il m'a annoncé hier qu'il se lancerait aujourd'hui.
- Et je suppose que tu n'éprouves aucune honte à parler de moi derrière mon dos, ronchonné-je, contrariée, en piquant rageusement une tige dans l'éponge.

J'y suis allée tellement fort que la tige s'est cassée. Je jette la fleur.
- Si tu te comportais comme une personne saine d'esprit, je n'en aurais pas besoin, se défend mon amie. Tu ne peux pas m'en vouloir de m'inquiéter pour toi. Maxime est charmant. Tu as de la chance qu'il se soit montré aussi patient. Et, ce qui ne gâche rien, il est du même univers que toi.

J'avais raconté mon histoire invraisemblable à Caroline, juste après mon retour. Elle avait penché la tête sur le côté et froncé les sourcils :
- C'est bizarre, d'habitude, j'arrive toujours à savoir quand tu mens, mais là, rien.
- C'est parce que c'est la vérité, avais-je rétorqué. Et j'ai vraiment besoin que tu me croies.
- Mets-toi à ma place : si j'étais revenue après plusieurs mois d'absence en te racontant une histoire pareille, tu m'aurais crue sur parole ?
- Lève-toi.
- Pourquoi ?
- Je t'emmène au château. J'ouvrirai un portail.

Elle avait scruté mon visage un long moment avant de déclarer :

- D'accord, je te crois.

J'avais été surprise qu'elle avale une histoire pareille aussi rapidement. Devant mon air étonné, elle m'avait expliqué :

- Je suis ton amie depuis si longtemps que je préfère ne pas compter : cela me ficherait un coup au moral. Je te connais par cœur. Jamais tu n'aurais pu inventer un truc pareil. Et, surtout, je vois que tu as mal. Il serait assez malvenu de ma part de ne pas te faire confiance au moment où ce dont tu as besoin, c'est de mon soutien.

Elle m'avait serrée dans ses bras et une grande reconnaissance m'avait envahie. Je n'avais vraiment aucune envie de retourner à Kerdevel dans l'immédiat et j'étais soulagée qu'elle ne me le demande pas.

Caroline débarrasse ma chaise tournante des boîtes d'épingles et s'assied. Elle me regarde, un peu inquiète :

- Tu es vraiment en colère ?

Je soupire :

- Je sais que tu t'en fais pour moi, mais je vais bien.
- Non, c'est faux.
- Parce que je refuse de sortir avec un garçon ?
- Donc, tu lui as dit non ?
- Non, je lui ai dit oui, il passe me prendre à 20h30, mais là n'est pas la question.

Le visage de Caroline s'illumine. Elle se contorsionne à gauche et à droite pour empêcher Maël de saisir tout ce qui se trouve sur mon plan de travail. La prenant en pitié, je fournis au bambin un morceau de ruban coloré qui lui arrache un gazouillis ravi.

- Tu as dit oui !

Je hausse les épaules.

- Ce n'est qu'un dîner.

- C'est déjà ça ! Depuis que tu es rentrée, les seules fois où tu es sortie de cet endroit, c'était pour faire tes courses ou venir me voir à la maison. Tu n'es même pas venue au festival avec nous.
- Je ne pouvais pas, murmuré-je. Je n'aurais fait que le chercher du regard.

Le visage de Caroline est à nouveau soucieux.
- Je ne peux m'empêcher de penser que tu serais plus heureuse si tu retournais là-bas.
- Et vous laisser ? Qui garderait Maël le lundi ?
- Tu ne peux pas vivre ta vie par rapport à nous. Cela me fait plaisir que tu passes du temps avec Maël, mais cela me ferait encore plus plaisir que tu trouves le bonheur et fondes ta propre famille… Même si cela doit être ailleurs.

Je sais que c'est difficile pour elle de dire une chose pareille et j'éprouve envers elle une bouffée d'affection.
- Je ne veux pas retourner là-bas.
- Pourquoi ?

Afin d'éviter de répondre, je fais mine d'être à nouveau en colère :
- Ça c'est un peu fort ! Cela fait des mois que tu me harcèles pour que j'accepte de sortir avec quelqu'un et, le jour où je me décide, tu me demandes pourquoi je ne retourne pas là-bas !
- Je préfère que tu sortes avec Maxime plutôt que de te morfondre toute seule. Et, égoïstement, je préférerais que ça colle avec lui plutôt qu'avec un type qui n'est pas de notre planète. Mais je sais que tu ne l'oublies pas.

Je reste silencieuse et pique une nouvelle fleur. Je recule pour admirer le résultat.
- Elle est magnifique, me confirme Caroline.

Je suis plutôt satisfaite, moi aussi.

- Alors ? insiste mon amie.
- Alors, je crois que je vais m'arrêter là. Elle me semble plutôt réussie.
- Non, enfin oui, mais pourquoi ne repars-tu pas ?

Je soupire. Je sais que Caroline ne lâchera pas l'affaire.
- Parce que, même si Kerdevel me manque, c'est moins douloureux d'être ici.
- Tu veux dire plus facile.
- Si tu veux.

Elle soupire à son tour :
- Quoi qu'il en soit, j'espère que tu t'amuseras ce soir.

Elle se lève et s'approche pour que je puisse déposer un baiser sur la joue de Maël. Quand je relève la tête, je croise le regard de mon amie. Elle semble toujours soucieuse :
- En tout cas, fais-moi une promesse…
- Quoi ?
- Si tu choisis un jour de repartir, ne te sauve pas comme la dernière fois. Préviens-moi.
- C'est promis. Mais pour le moment, je te signale que je m'apprête à aller dîner avec Maxime, alors je ne vois vraiment pas pourquoi tu t'inquiètes.

Elle sourit et redevient la Caroline enjouée que je connais :
- Tu as raison. Il vaut mieux que je me sauve, si je veux que tu aies le temps de terminer tout ça. Et interdiction de fermer la boutique à 20h27. Prends du temps pour toi, pour te pomponner.
- Tu n'aimes pas ma tenue ?
- Prends le temps, c'est tout, élude-t-elle, et appelle-moi quand tu rentres : je veux tout savoir !

Elle gagne la boutique sans me laisser le temps de protester. J'entends un dernier « Tchao », la sonnette tinter et la porte se refermer. Je mets de côté la composition principale et m'attaque aux dernières, plus petites.

Chapitre 2

Ma dernière commande part à 19h46, alors que les horaires sur la vitrine indiquent clairement que je ferme à 19h.

- Désolée, je n'ai pas pu quitter le travail plus tôt, s'excuse la dame pressée qui vient chercher un centre de table pour un anniversaire.

Je ferme la boutique avec soulagement. Demain, je devrai me lever tôt pour préparer des centres de tables et le bouquet d'une mariée. La journée a été bien remplie et je suis fatiguée, de cette fatigue habituellement bienvenue car elle m'empêche de penser. Ce soir, ce n'est pas l'idéal. Je suis à deux doigts de chercher le numéro de Maxime afin d'annuler notre rendez-vous. Rien que d'imaginer la scène que me ferait Caroline, je me sens encore plus épuisée. Il est sans doute préférable d'affronter ce dîner.

Je gagne mon appartement, donne sa deuxième ration à Ciboulette et me plante face à mon miroir. Je comprends ce que voulait dire Caroline : mes cheveux noirs s'échappent en pagaille de mon chignon hâtif, le tee-shirt ample et le jean que je portais sous mon tablier ont été tâchés par mes activités de la journée, j'ai des poches sous mes yeux bleus.

- Pas terrible, commenté-je à mon reflet dans le miroir. Voyons ce que nous pouvons faire pour tenter d'améliorer tout cela !

J'ouvre ma garde-robe et cherche désespérément l'inspiration. Je suis un peu stressée. C'est mon premier rencart depuis… depuis que j'ai ouvert la boutique, en fait, si on ne considère pas les baisers volés entre deux batailles comme des rendez-vous galants. Peut-être qu'une varanem m'aiderait ? Un coup d'œil à mon réveil m'en dissuade. Si je veux avoir le temps de prendre une douche et de me maquiller un peu, mieux vaut éviter. J'opte pour une robe à fleurs et file me laver. Je me décrasse rapidement et me place face au miroir de la salle-de-bain en sortant mon matériel de maquillage. Je ne me suis pas maquillée depuis un an. En faisant l'inventaire des différents produits à ma disposition, mes pensées se tournent vers Dalya et mon cœur se serre. J'ai l'impression de l'entendre soupirer parce que je ne la laisse pas me coiffer comme elle le souhaiterait, de la voir s'agiter autour de moi pour me rendre plus attirante et intimidante tout à la fois.

J'ai commencé à tout remballer avant même de m'en rendre compte. Je me force à m'arrêter. J'inspire profondément à plusieurs reprises. Je ne peux pas aller à ce rendez-vous en ressemblant à un épouvantail. Je suis à nouveau à deux doigts de tout annuler, avant de me traiter d'idiote : je ne vais pas me priver de toute vie sociale, simplement parce que m'arranger un peu réveille des souvenirs ! J'empoigne fermement le mascara.

Quelques minutes plus tard, j'observe le résultat dans le miroir en pied de ma chambre. Le maquillage n'est pas mal, mais la robe ne convient pas : trop légère pour la saison. Je l'enlève, essaie un chemisier et une jupe qui rejoignent finalement la robe à terre. Différentes tenues s'accumulent bientôt autour de mes chevilles. La sonnette retentit en bas et, en catastrophe, je fouille dans le tas, en extrais la première robe, l'enfile à la va-vite et ajoute un gilet. Avant de quitter la chambre, je remarque que mes cheveux sont toujours en pétard. Je dénoue le chignon tout en descendant les marches et me démêle en traversant la boutique. Je pose la brosse sur une étagère, juste avant d'ouvrir la porte.

Le sourire éclatant de Maxime m'accueille. Il m'examine et je rougis.

- Cela fait bizarre de vous voir sans votre tablier ou votre tenue de sport. Vous êtes superbe !
- Si nous devons dîner ensemble, je propose que nous oubliions le « vous. »

Son sourire s'élargit :

- Comme tu veux.

Il m'ouvre la portière de sa voiture, la referme derrière moi et s'installe au volant.

- Où allons-nous ? demandé-je.
- A l'auberge d'Arduina. Tu connais ? Ce n'est pas ouvert depuis très longtemps.
- J'en ai entendu parler, mais je n'y suis jamais allée. Cela me tente bien, cela dit.

Il me jette un coup d'œil en coin :

- Je crois que tu ne sors pas très souvent.
- C'est Caroline qui t'a dit ça ?

Il grimace :

- Elle t'a dit que nous avions discuté…

Je croise les bras : ce que j'ai pardonné assez rapidement à ma meilleure amie n'est pas aussi facile à oublier de la part de ce quasi inconnu. Il remarque aussitôt ma mine contrariée.

- Je suis désolé, s'excuse-t-il. Je ne voulais pas commettre d'impair. Mais ton amie est du genre loquace.

Ça j'imagine sans peine. Maxime n'a sans doute rien fait de plus que demander si je voyais quelqu'un.

Caroline, de son côté, a dû lui raconter par le menu toute ma vie amoureuse depuis que j'ai cinq ans. Je m'oblige à sourire : je ne vais pas gâcher ma soirée en faisant la tête.

- Ça pour être loquace, elle est loquace. Mais il ne faut pas croire la moitié de ce qu'elle dit, déclaré-je d'un ton volontairement léger.

Il sourit, soulagé.

- Je comptais bien me faire ma propre opinion ce soir.

Le restaurant est en dehors de la ville, en bord de Meuse. Maxime a réservé une table le long de la grande baie vitrée. A cette heure, le paysage est plongé dans la pénombre du crépuscule, mais les lumières du restaurant se reflètent sur l'eau noire. En attendant que le serveur vienne prendre nos commandes, je demande à mon compagnon d'où il vient. Comme son accent chantant me l'avait suggéré, il est originaire du sud de la France.

- Comment as-tu échoué ici ? lui demandé-je, curieuse.

- C'est à cause du château, m'explique-t-il. Je suis passionné d'Histoire…

- C'est ce que tu enseignes, n'est-ce pas ?

- En effet ! J'aime tout particulièrement l'époque médiévale et le château de Sedan est le plus grand château fort d'Europe.

Je souris :

- Oui, ça je le sais.

- Je suis venu en vacances dans les Ardennes quand j'étais encore étudiant, pour voir le fameux château de la Principauté. Je suis tombé amoureux de la région. Dès que j'ai été diplômé, j'ai cherché à venir ici.

- Et maintenant que tu as pu visiter le château aussi souvent que tu le souhaitais, que vas-tu faire ? Retourner chez toi ?

- Cela dépend.

- De quoi ?

Il plante son regard dans le mien.

- De si j'ai des raisons de rester ou pas.

Je baisse les yeux et me concentre sur l'assiette que le serveur vient de déposer devant moi. Je lui ai juste dit d'accord pour un dîner. C'est un peu tôt pour parler d'avenir. Je ne lui ai rien promis. Comme je suis mal à l'aise, je joue avec mon collier. Il s'agit de petites graines jaunes, orange et rouges enfilées sur un simple fil. Pourtant, il s'agit de l'un de mes biens les plus précieux.

- Original, ton collier.
- Merci. C'est un cadeau.
- D'une personne chère ? demande-t-il avec une désinvolture un peu forcée.
- D'une amie, réponds-je en me rappelant brièvement les circonstances dans lesquelles Verya me l'a offert.

Pour détourner la conversation, je lui demande de me parler de l'endroit où il a grandi. Il me décrit son village, les champs de lavande et le chant des cigales, l'odeur particulière qu'exhale l'été sous le soleil implacable. Ses descriptions sont si précises que j'ai l'impression de sentir les parfums et le vent chaud et sec sur mon visage.

Le reste du dîner se passe remarquablement bien. Les plats sont délicieux et sa compagnie agréable. Il ne fait plus d'allusion à une quelconque relation et je me sens plus à l'aise. Nous évoquons nos enfances respectives. Comme je ne parle que de ma mère, il m'interroge :

- Et ton père ?
- Je ne l'ai pas connu, réponds-je un peu brusquement.

Il semble comprendre que c'est un sujet sensible.

- Et la Norvège, c'était bien ?

- La Norvège ?
- C'est bien là que tu étais, non, quand ta boutique est restée fermée ?
- Oh ! Oui, c'est vraiment magnifique, réponds-je en baissant à nouveau les yeux.

J'enfourne une bouchée de ma galette au sucre. Encore un sujet tabou. Il n'insiste pas et je lui sais gré de sa délicatesse. Quand nous sortons, le ciel est dégagé et piqueté d'étoiles. Je resserre les pans de mon gilet et lève les yeux vers la lune pâle. Même si j'ai passé la plus grande partie de ma vie sur Terre, depuis mon retour, je suis toujours surprise de ne pas la trouver bleue. Je frissonne.
- Tu as froid ?
- C'est ma faute. Je me suis préparée à la va-vite et je ne me suis pas assez couverte.

Il ôte sa veste et la pose sur mes épaules. Je le remercie d'un sourire. Dans la voiture, nous restons silencieux. Je rêve de mon lit, que je devrai malheureusement quitter dans quelques heures et remarque à peine la légère tension qui semble s'être emparée de mon compagnon. Il se gare sur le trottoir en face de chez moi et vient m'ouvrir la portière. Nous restons immobiles, l'un en face de l'autre.
- J'ai passé une excellente soirée, déclare-t-il finalement.
- Oui, c'était délicieux.

Il semble un peu déçu.
- L'auberge est très bien, en effet, concède-t-il.
- La prochaine fois, j'éviterai de prendre un dessert. J'ai l'impression que je vais exploser !

Son visage s'éclaire :
- La prochaine fois ?
- Si tu veux, réponds-je un peu timidement.
- Absolument !

Nous restons encore un moment à nous regarder. Il penche la tête vers moi et dépose un baiser rapide sur mes lèvres. Comme je ne proteste pas, il m'embrasse plus longuement. Je me dégage doucement avant qu'il puisse m'enlacer, me dirige vers la porte, me souviens que je porte toujours sa veste et fais demi-tour pour la lui rendre. Mon regard croise le sien. J'y lis de l'incertitude et une certaine inquiétude. Je lui souris, ce qui semble le rassurer. Il se penche vers moi, guettant mon approbation et je le laisse m'embrasser une dernière fois.

Je me réfugie dans la boutique, ferme la porte et attends un peu que les battements de mon cœur reprennent un rythme normal, tout en cherchant à faire le tri dans mes émotions. J'ai passé une bonne soirée. Maxime est beau garçon, intéressant, charmant et agréable. Alors, pourquoi est-ce que je me sens si mal ?

Je monte les marches d'un pas lourd, en pensant qu'il faut maintenant que j'appelle Caroline pour lui donner un compte-rendu détaillé. Je me demande ce que je vais bien pouvoir lui raconter, sachant que je ne sais pas moi-même où j'en suis. J'entre dans ma cuisine sans allumer la lumière, ôte mes chaussures à talon que j'envoie valser sur le côté. Mon gilet les rejoint par terre. Je me dirige instinctivement vers ma bouilloire et la mets à chauffer, à la seule lumière de l'éclairage public.

- Tu as passé une bonne soirée ?

Je fais un bond de cinquante centimètres avant de me retourner vers l'origine de la voix. Une voix que je reconnaîtrais entre mille. Alvën…

Chapitre 3

Il allume la lumière, juste à temps pour me voir rougir comme une idiote. Il est assis sur l'appui de fenêtre qui donne sur la rue. De là où il est, on voit très bien le trottoir d'en face, où Maxime s'est garé quelques instants plus tôt. Pourquoi, après plus d'un an d'absence, a-t-il fallu qu'il réapparaisse justement ce soir ? Il s'est exprimé d'un ton neutre, pourtant je me sens prise en faute. Je réagis aussitôt, comme bien souvent avec lui, par la colère :

- Ça t'intéresse maintenant ?

Il semble surpris par ma réponse et mon ton agressif. Il me dévisage de ses yeux bleu clair, avant de répondre froidement :

- Tu as le droit de faire ce que tu veux.

Il me détaille et je m'en veux soudain d'avoir choisi cette robe pour accompagner Maxime, presque autant que de l'avoir embrassé. Ce qui ne fait qu'augmenter mon agacement : de quel droit Alvën pourrait-il me juger en réapparaissant comme cela après plus d'un an ?

- Qu'est-ce que tu veux ? lui demandé-je sur un ton, une fois encore, plus agressif que je ne le voudrais.

Décidément, rien ne se passe comme je l'avais imaginé. Quand j'ai rêvé de nos retrouvailles, c'est-à-dire presque toutes les nuits depuis mon retour à Sedan, je ne venais pas de passer la soirée avec un autre homme et Alvën n'avait pas été témoin de notre baiser.

Si, dans mon imagination, j'étais toujours plutôt jolie, ce n'était que pour lui et il n'avait certainement pas ce regard glacial et cette expression fermée.
- Tu as un peu de temps à m'accorder, me demande-t-il, sarcastique, ou est-ce que je tombe mal ?
- Honnêtement, oui, tu tombes mal. Ma journée a été longue, ma nuit sera courte et j'ai beaucoup de travail demain. Peut-être pourrais-tu revenir en journée ?
- Il fait jour, en Kerdilön.
- Oui, eh bien, pas ici.

Nous nous jaugeons un moment du regard. Comme je connais bien cette expression renfrognée ! Comme ces yeux m'ont manqué !
- D'accord. Tu es en colère contre moi pour une raison qui m'échappe, mais non, je ne reviendrai pas plus tard. Je n'ai nulle part où passer la nuit. Je suis venu te demander de l'aide, puisque tu m'avais assuré que je pouvais venir te trouver en cas de besoin.
- Mais ça, c'était il y a plus d'un an ! réponds-je en croisant les bras.
- En effet. Je pensais que tu reviendrais avant cela, mais…
- Moi aussi, je pensais que tu reviendrais avant cela !

J'ai presque hurlé. Il faut que je me calme. Il est surpris par mon éclat, au point de se départir de son air renfrogné.
- C'est de cela qu'il s'agit ? Tu es fâchée que je ne sois pas revenu avant ?

Je lui tourne le dos sans répondre, saisis une tasse dans l'armoire d'un geste rageur, prépare mon sachet d'infusion avec des mains si tremblantes que j'en renverse de chaque côté.

Il s'est approché. Je ne l'ai pas vu, pourtant, je sais exactement quelle a été sa démarche. Je sens sa présence juste derrière moi. Je plonge mon sachet dans l'eau bouillante en refusant toujours de le regarder. J'aimerais tellement qu'il me prenne dans ses bras, mais après ce qu'il a vu et ma réaction stupide, cela m'étonnerait beaucoup qu'il le fasse. Je finis donc par me retourner. Aussitôt, ses yeux plongent dans les miens et je me sens frissonner.

- Tu m'avais dit avoir besoin de temps pour aller mieux, après…

Il ne termine pas.

- Et c'était vrai.

- Mais ça ne l'est plus, devine-t-il. Pourquoi n'es-tu pas revenue ?

Il a une nuance de reproche dans la voix. Par lâcheté, peut-être aussi un peu par orgueil, voilà pourquoi. Mais je n'ai certainement pas envie de le lui avouer.

- Je suis à ma place ici. C'est ici qu'est ma vie. En revenant, j'ai trouvé quelle était ma place dans l'univers – dans nos deux univers – et je n'ai pas envie de la quitter.

Mensonges, mensonges ! Je m'en rends compte en prononçant ces mots. Malgré mon attachement à ma vie ici, à Caroline et à sa famille, je n'ai qu'une envie, repartir là-bas !

- Dis plutôt que tu n'as pas envie de *le* quitter.

- Ça n'a rien à voir, protesté-je avec agacement.

- Admettons. Mais tu as de drôles de lectures pour une fleuriste qui s'estime à sa place dans les deux univers.

- Comment peux-tu savoir ce que je lis ?

- Tu as tardé à rentrer.

- Tu es entré dans ma chambre ?

- Je te cherchais. Et j'étais déjà entré dans ta chambre, même si ce n'était pas dans celle-ci. D'ailleurs, je vois que tu n'es pas plus ordonnée ici qu'en Kerdilön. Sauf qu'il n'y a pas de domestique pour ranger…

- Je range très bien mes affaires toute seule.

Il lève un sourcil, narquois.

- J'étais en retard, et fatiguée.
- Et indécise quant à ta tenue… Tu as bien choisi. J'imagine qu'il était sous le charme.
- Quel est le rapport avec mes lectures ?
- C'est toi qui m'as reproché d'être entré dans ta chambre.
- Peu importe. Qu'est-ce que tu veux ?
- Je te l'ai dit : nous avons besoin d'aide. Je voudrais que tu repartes avec moi.
- Kerdilön n'a donc pas assez d'élémentaux ?
- Il ne s'agit pas de Kerdilön, mais de Kervilgän.

Kervilgän, Le Royaume des Flammes. Une île volcanique au large de Kerdilön. L'ancien royaume de mon père.

- On peut s'asseoir ? me propose Alvën.
- C'est inutile. Tu vas repartir et je vais aller me coucher. Je suis certaine qu'il doit bien y avoir un élémental en Kerdilön ou en Kervilgän capable de t'aider…
- Mais aucun n'est l'héritier du trône.

Mon sang se glace.

- Moi non plus.
- Tu es sa fille. Le trône t'appartient de droit.
- Être reine ne m'intéresse pas.
- C'est pour cette raison que tu as sur ta table de nuit une bonne dizaine d'ouvrages traitant de politique et d'Histoire et encore une autre demi-douzaine sur les rois de France et leur manière de gouverner. Je suppose que cela n'a aucun rapport avec Kervilgän. Dis-moi, c'est pour te divertir ou t'aider à t'endormir ?
- Ces livres m'ont permis de comprendre au moins une chose : je ne suis pas du tout prête à gouverner un pays.
- Mais personne ne l'est jamais.

- De toute façon, je suppose que quelqu'un occupe le trône à présent.

Alvën fait la grimace :

- En fait, pas vraiment. Les nobles et les ministres n'arrivent pas à se mettre d'accord. Quant au peuple, ils ne lui ont évidemment pas demandé son avis. Le dernier noble en date à avoir remporté un semblant de consensus s'est fait assassiner. Ils sont tellement occupés par ce problème qu'ils en oublient tous les autres soucis de l'île.

- Quelqu'un s'assure-t-il que la nourriture soit acheminée en assez grande quantité ? Des élémentaux ont-ils commencé à fertiliser les terres ?

- Pour la nourriture, nous faisons au mieux de notre côté, mais j'ai l'impression que les responsables du nord de l'île gardent la plus grande partie de ce que nous apportons pour eux, alors que les habitants sont plus nombreux au sud de la chaîne de montagnes. Lorsque nous avons proposé d'aider, que ce soit à la distribution de nourriture ou au gouvernement, on nous a demandé si oui ou non nous comptions annexer Kervilgän. Comme mon père a répondu non, on nous a gentiment mais fermement éconduits hors du royaume. Les ministres nous ont fait remarquer que, dans ce cas, les affaires de Kervilgän ne nous concernaient pas.

- Donc, tu es en train de me dire que la population meurt tranquillement de faim pendant que les nobles se disputent pour savoir qui montera sur le trône !

Je bous littéralement.

- Et tu viens seulement maintenant ?

Alvën hausse les épaules. Il fuit mon regard :

- Nous pensions que les choses se calmeraient dès qu'ils choisiraient un roi. Mais après l'assassinat, plus personne ne s'est porté volontaire. Alors qu'ils se battaient pour avoir le trône, maintenant, ils se battent

pour ne surtout pas l'occuper, tout en cherchant à s'octroyer quand même un maximum de pouvoirs. Quand il est devenu évident que les choses ne s'arrangeraient pas, j'ai pensé venir te chercher mais…
- Mais ?
- Tu m'avais dit que tu avais besoin de temps pour aller mieux. Je pensais que tu reviendrais quand tu serais prête. Comme tu ne revenais pas, je me suis convaincu qu'il te fallait plus de temps encore et je ne voulais ni te brusquer, ni te blesser. Chaque jour qui passait, je me disais que tu allais peut-être reparaître. Plus je reportais, plus il m'était difficile de venir te chercher.
- Pourquoi ? demandé-je d'une voix étranglée.
- Parce que je pensais que, si tu avais voulu revenir, tu aurais déjà été là. J'en étais arrivé à la conclusion que tu t'étais reconstruite ici et que tu préférais y rester.

Avait-il peur que je l'aie oublié lui ? Que je l'aie remplacé ? Cela fait tellement écho à mes propres craintes que je ne sais quoi répondre. De toute façon, il poursuit :
- Mais ces derniers temps, les choses ont vraiment empiré : la rumeur du trésor de ton père s'est répandue et la pratique des Miroirs de feu s'est généralisée.

Juste avant le début de la guerre, tout le monde pensait encore qu'il n'existait que les Miroirs d'eau, obtenus en tissant des filaments d'air et d'eau. Ils permettent à un élémental maîtrisant ces deux éléments d'ouvrir un portail entre n'importe quel endroit de Kerdevel et les lieux de notre monde encore imprégnés de l'ancienne magie. Il suffit au tisseur de penser à l'endroit où il désire se rendre pour que le Miroir s'y ouvre. Mais mon père, privé d'élémentaux de l'eau et bien décidé à garder l'avantage de ces portails, a fini par découvrir comment tisser l'air avec le feu. Ces nouveaux Miroirs permettent non seulement de passer d'un univers à l'autre, mais également d'un point à un autre de Kerdevel.

Alvën poursuit :

- Des raids ont été menés dans les mines pour voler des pierres. Au début, ces attaques étaient rapides et peu nombreuses. Malheureusement, elles s'accélèrent et les pillards ne se contentent plus de dérober les gemmes, ils ont aussi fait des victimes. Le manque de cohésion au sein du gouvernement empêche la prise de mesures défensives. Les attaques sont de plus en plus organisées et de plus en plus meurtrières. Père craint que, bientôt, les bandes ne se contentent plus de grappiller des richesses ici et là, mais attaquent directement le château pour dérober le trésor.

- Qu'est-ce qui les empêche d'ouvrir des Miroirs directement dans la chambre et de se servir ?

Alvën m'adresse un sourire sans joie :

- Ton père.

Je le regarde sans comprendre :

- C'est ton père qui a trouvé comment créer des Miroirs de feu et, apparemment, il a tout de suite compris qu'ils représentaient une menace pour ce trésor qu'il aimait tellement. Alors, il a également trouvé comment les contrer. Ne me demande pas comment il a fait, mais tous les Miroirs que l'on tente de créer à l'intérieur du château aboutissent systématiquement dans une pièce…

- … vide du troisième étage.

- En effet. Les pillards n'ont pas encore osé mener une attaque généralisée contre le palais, mais je pense que ce n'est plus qu'une question de temps.

Il me regarde bien en face :

- Viendras-tu ?

Ces deux mots me ramènent plusieurs mois en arrière, dans un cachot obscur où j'ai pris la décision d'aider Alvën… et de quitter mon père. Je sais que la blessure de sa mort sera plus vive là-bas, où tout me le rappellera. Je sais aussi que la tristesse qui m'habite depuis mon retour n'est pas uniquement due à la mort de Brandanon et de Ben. Quoi que je puisse dire pour tenter de me persuader du contraire, je ne suis plus réellement à ma place ici. Les seules choses qui m'ont empêchée de repartir sont ma fierté – il se trouve que je ressemble plus à mon père de ce côté-là que je ne le pensais – et la peur. Peur qu'Alvën m'ait oubliée et n'ait refait sa vie. Peur de ne pas être à la hauteur. Je me souviens des regards admiratifs des élémentaux, de la confiance de Verya lorsqu'elle m'a affirmé que je pourrais être reine. Parfois, j'ai l'impression que ce qui s'est passé à Kerdevel est arrivé à quelqu'un d'autre. Impossible que la petite fleuriste ait réellement accompli tout cela. L'idée d'y retourner de moi-même, de prendre le risque de découvrir que la réalité n'est pas conforme à mes souvenirs, de quitter un métier où j'excelle pour me lancer dans l'inconnu, d'arriver et de trouver Alvën avec quelqu'un ou le trône de Kervilgän occupé, c'était trop difficile.

Mais maintenant que je sais qu'ils ont besoin de moi, je ne peux envisager de rester ici. Tant pis si je ne suis pas à la hauteur, je dois au moins essayer. Je ne serai sans doute pas pire que ce que mon peuple est en train de vivre. Je souris en réalisant que je considère déjà les habitants de Kervilgän comme mon peuple. Reste le problème d'Alvën. Je suis à deux doigts de lui demander si son père l'a déjà re-fiancé ou si lui-même a rencontré quelqu'un, mais après le baiser auquel il a assisté, je ne m'en sens pas le droit. De toute façon, je sais que cela ne changera rien à ma décision. J'ai attendu assez longtemps, j'ai fait des efforts pour me sentir à nouveau chez moi ici, mais à la façon dont mon

cœur bat depuis qu'Alvën m'a demandé de l'accompagner, je suis désormais certaine de savoir où est ma place, qu'il ait quelqu'un d'autre dans sa vie ou pas.
- Je vais venir.
- Parfait. Allons-y.

Il se dirige vers ma porte.
- Pas maintenant !

Il se tourne vers moi, interrogateur.
- Cette fois, il n'y a pas d'erdevën à nos trousses, expliqué-je. J'ai le temps d'organiser un peu mon départ. Il est hors de question que je disparaisse à nouveau sans rien dire à personne.
- La situation est assez délicate…
- … mais elle attendra certainement quelques heures. Une future mariée compte sur moi pour la décoration du plus beau jour de sa vie, Caroline m'a fait promettre de la prévenir avant de repartir et il est hors de question que j'abandonne Ciboulette.
- Sans parler de ton courtisan qu'il faudra prévenir…
- Courtisan ?
- Ah oui, je crois que, dans ton monde, vous dites « petit ami. »

Je rougis furieusement.
- Ce n'est pas mon petit ami.
- Vraiment ? Alors vous embrassez de simples connaissances, ici ?

Son ton est caustique et, plutôt que de m'excuser, je me braque bêtement :
- Ça ne te regarde pas. Et je suis trop fatiguée pour me disputer avec toi. Je vais me coucher.
- Et moi, qu'est-ce que je fais ?
- Tu peux dormir sur le canapé.
- Je n'ai pas envie de dormir. Il est sept heures du matin en Kerdilön.

- Alors regarde la télé. Bonne nuit !

Sur ce, je m'enferme dans ma chambre. Je reste là un moment, immobile, le cœur battant la chamade. Je meurs d'envie de retourner dans mon salon-cuisine, de lui dire combien il m'a manqué, de me lover dans ses bras et de l'embrasser, mais encore honteuse à l'idée qu'il ait assisté à mon retour avec Maxime, et en colère de me sentir honteuse, j'opte pour la solution de facilité et choisis de m'allonger.

Chapitre 4

Quand mon réveil sonne, bien trop tôt à mon goût, je quitte mon lit à regret et passe dans la cuisine, encore à moitié endormie. Un café s'impose, ce matin ! J'ai presque atteint la cafetière lorsque je capte un mouvement du coin de l'œil. Je tourne paresseusement la tête dans cette direction et pousse un hurlement. Quelqu'un se trouve sur mon canapé ! Alvën bondit sur ses pieds et scanne rapidement la pièce à la recherche d'un danger.

- Quoi ?
- Rien, je ne m'attendais pas à te trouver là.
- C'est toi qui m'as dit de m'y installer ! me fait-il remarquer en se tournant vers moi.
- J'ai cru que c'était un rêve.

Il ne répond pas. Il est trop occupé à me dévisager, les yeux légèrement écarquillés. Je réalise que je suis en chemise de nuit courte, tirant sur la nuisette, rougis furieusement et retourne en courant dans ma chambre. Quand j'en émerge, habillée d'un jean et d'un tee-shirt, Alvën m'adresse un sourire appréciateur. Pour me donner une contenance, je lui lance une des pommes disposées dans un panier sur la table. Il l'attrape au vol sans difficulté.

Pas le temps d'aller courir ce matin, mais hors de question de renoncer à tout exercice. Je mets finalement de l'eau à chauffer pour un thé – l'afflux d'adrénaline me dispense du café – et m'installe au milieu de la pièce en première position de la varanem. Alvën hausse un sourcil. Sans tenir compte de mes protestations, il déplace un peu mon canapé pour se faire de la place et se positionne à son tour. Ensemble, nous réalisons les différentes formes de la danse de l'épée, souplement et sans heurt.

Lorsque je termine, je me tourne vers mon compagnon, légèrement essoufflée mais radieuse. Cette varanem à deux m'a tellement manqué ! Il me rend mon sourire, ce qui fait naître une nuée de papillons dans le creux de mon estomac. Un seul de ses sourires me fait plus d'effet que le baiser de Maxime.

- Je vois que tu as gardé la forme, me déclare-t-il avec un regard approbateur.

- Cela me fait du bien. La varanem me vide la tête. Elle m'aide à oublier…

Mon sourire se fige, je détourne les yeux en secouant la tête.

- Excuse-moi, murmuré-je.

- En réalité, c'est plutôt moi qui te dois des excuses, je crois.

Je l'interroge du regard.

- C'est moi qui ai insisté pour que tu te joignes au combat, m'explique-t-il. Si je ne l'avais pas fait… Ben et ton père…

- C'est moi qui ai décidé de venir. Tu n'as pas à te sentir responsable.

- Mais j'ai insisté. C'était mon devoir de Gardien : si tu n'avais pas cédé, nous aurions perdu.

- Tu exagères.

Il me regarde, incrédule.

- Tu as éliminé un vilgarën, trouvé comment nous débarrasser du deuxième, permis qu'on ne soit pas débordés par les portails et éliminé Brandanon alors qu'il allait me tuer.

Les doutes reviennent au galop. Est-ce vraiment moi qui ai fait tout cela ? A entendre Alvën, je serais une sorte d'héroïne, mais dans la cuisine de mon petit appartement, alors que je passe mes journées à m'occuper de mes fleurs, cela me semble tellement surréaliste ! Et si je n'étais pas à la hauteur de ce qu'ils attendent de moi ?

Je prépare deux tasses de thé et des tartines, que je partage avec mon compagnon.

- Quoi qu'il en soit, reprends-je avant de mordre dans la mienne, tu n'es pas responsable.

Alvën semble soulagé.

- J'avais pensé que, peut-être…
- Quoi ?

Il me regarde en face :

- J'ai pensé que c'était peut-être la raison pour laquelle tu ne revenais pas. Parce que tu étais en colère.
- Cela n'a rien à voir.
- Alors pourquoi ?

Je prends une nouvelle bouchée. Je n'ai pas envie de lui répondre. Il me saisit la main et me fixe du regard. Mes yeux à moi sont posés sur nos mains. Et les papillons sont de retour.

- Dis-moi.
- Je ne sais pas dans ton monde, mais dans le mien, quand une fille ne répond pas à une question, c'est qu'elle n'a pas envie de répondre.

J'ai prononcé ma rebuffade d'un ton léger. Malgré tout, il retire sa main. Il a l'air blessé. Il s'est expliqué, lui, hier soir. J'imagine que cela a dû lui coûter d'avouer que la peur l'avait retenu. Je soupire et murmure :

- Parce que j'avais peur. Et aussi par fierté, j'imagine.

Il n'a toujours pas touché à son petit-déjeuner. Il continue à me dévisager. Apparemment, il attend que

je développe. Je pose ma tartine et tourne pensivement la cuillère dans ma tasse.
- J'avais peur de ne pas trouver ma place. Quand je me suis sentie assez bien pour revenir, j'ai craint que le trône ne soit déjà occupé, ou au contraire qu'il ne le soit pas, que je devienne reine et que je ne sois pas à la hauteur. Et comme tu ne venais pas me chercher, j'ai pensé que vous n'aviez pas besoin de moi, que je ne manquais à personne, alors ma fierté m'a empêchée de débarquer à l'improviste.

Je ne lui avoue pas que j'avais peur qu'il ait quelqu'un dans sa vie. C'est sans doute idiot, mais tant que je n'en parle pas, l'incertitude demeure. Si je pose la question et qu'il a quelqu'un... Je me lève brusquement :
- Bon, si nous voulons partir aujourd'hui, j'ai vraiment beaucoup de travail. Je te laisse finir de déjeuner. Tu peux en profiter et aller te balader un peu dans mon monde, si tu veux.

Il écarte les bras pour me faire remarquer sa tunique et ses chausses. J'ai tellement l'habitude de le voir habillé comme cela que je n'y ai pas prêté attention.
- J'imagine que tu n'as pas de vêtements pour moi ? Petite précision : je doute que ta robe à fleurs soit à ma taille.

Je m'esclaffe en imaginant la scène et secoue la tête.
- Alors, je crois qu'il est préférable que je reste ici. Ça te dérange si je te regarde travailler ?

Absolument ! Préparer mes compositions devant lui va vraiment me mettre la pression et je n'ai pas besoin de cela ! Peut-être pourrais-je demander à Caroline de m'apporter des vêtements de Manu ? Caroline ! J'ai complètement oublié de l'appeler hier !

Un coup d'œil à mon téléphone m'apprend qu'elle a essayé de me joindre trois fois hier soir et déjà quatre fois ce matin. Je grimace.
- Tu permets une seconde ? demandé-je en montrant mon portable.
- Je permets quoi ?

Évidemment, il ne sait pas ce que c'est !
- Je voudrais appeler mon amie. Elle pourra peut-être t'apporter une tenue plus adaptée.
- Avec ça ?
- Avec ça. Tu n'en as pas vu à la télé cette nuit ?
- Je ne l'ai pas regardée.
- Vraiment ?
- Je ne savais pas comment la faire fonctionner, m'avoue-t-il, un peu mal à l'aise.

Le souvenir de ma première journée en Kerdilön, sans savoir comment ouvrir les portes ou le robinet, me revient en mémoire
- Je suis désolée. J'aurais dû t'expliquer.
- Ça ne fait rien. Je t'ai emprunté quelques livres à la place.

Il désigne ma bibliothèque, qui déborde de romans.
- Tu lis le français ?
- Cela fait partie de ce que les jeunes nobles apprennent. Tu ne voulais pas appeler ton amie ?

La sonnerie a à peine retenti que Caroline décroche :
- Toi, tu m'as encore filé une peur bleue !
- Que voulais-tu qu'il m'arrive ?
- Les mecs mignons qui sont en fait des psychopathes, ça existe, tu sais !
- Toi, tu regardes trop de films policiers !
- Bon alors ?
- Alors quoi ?

- Raconte !
- Je ne peux pas pour l'instant.
- Il est encore là ? me demande-t-elle, tout excitée.

Comment peut-elle le savoir ? Et puis je réalise qu'elle ne parle probablement pas d'Alvën.
- Quoi ? Non !
- Ben alors ?
- Alvën est arrivé cette nuit.
- …
- Tu m'as entendue ?
- Oui.

Son enthousiasme est complètement douché.
- Tu vas repartir, n'est-ce pas ?

Même si elle m'a assuré qu'elle voulait surtout mon bonheur, quelle que soit ma décision, je sais que la séparation va être difficile. Finalement, je n'ai pas le cœur de lui demander d'apporter des vêtements ce matin.
- Oui. Mais je dois honorer mes commandes d'abord. J'ai un boulot dingue ce matin. Tu pourrais passer en début d'après-midi ? lui demandé-je d'une petite voix.
- Bien sûr ! me répond ma meilleure amie en essayant de paraître enjouée.

Mais je la connais par cœur et c'est le moral dans les baskets que je descends dans mon arrière-boutique pour préparer le mariage d'une inconnue. Alvën me rejoint quelques minutes plus tard, La Communauté de l'Anneau à la main. Il surprend mon coup d'œil au bouquin et explique :
- C'était la série la plus abîmée. J'en ai déduit que c'était ta préférée.

Je hoche la tête. Il poursuit :
- Je t'ai descendu ton petit-déjeuner. Tu es partie sans manger.

Je lui demande de poser la tartine entamée et la tasse sur le plan de travail. Il s'exécute en déplaçant un peu quelques tiges coupées de ma composition de la veille, un rouleau de bolduc et une boîte de papillons servant à décorer les bouquets. Il s'installe sur la chaise tournante occupée la veille par Caroline et se plonge dans le livre. Bien. Il ne restera pas là à me regarder, ce qui me facilitera un peu les choses. La mariée avait des idées précises sur ce qu'elle voulait, alors je n'aurai pas trop à improviser. C'est heureux parce que la présence d'Alvën, même plongé dans le Seigneur des Anneaux, me déconcentre quelque peu. Je ne cesse de lui jeter des regards furtifs et j'ai la nette impression qu'il fait de même, quand je suis absorbée par ma tâche.

Neuf heures sonnent à mon horloge ancienne. Je vais ouvrir la boutique et reviens m'installer pour continuer mes centres de table. Je suis à peine assise que la porte d'entrée s'ouvre, saluée par ma sonnette. J'espère que ce n'est pas Caroline ! Cela va être assez difficile comme cela de lui dire au revoir sans qu'elle reste là toute la journée !

Je retourne dans la boutique… et tombe sur Maxime. Je l'avais presque oublié, celui-là ! Il est tout sourire, s'approche de moi et me dépose un baiser sur les lèvres. Devant mon air interdit, il s'excuse :
- Désolé. Je ne veux pas faire le mec collant, mais j'ai vraiment passé une bonne soirée hier. Je me demandais si tu serais d'accord pour aller au cinéma ce soir ?

Son sourire se fige. Ses yeux sont fixés sur la porte qui donne sur l'arrière-boutique. Alvën s'est encastré dans l'entrebâillement et négligemment appuyé contre le chambranle, les bras croisés.
- Oh ! Désolé, répète Maxime. J'ignorais que tu n'étais pas seule.

Le ton de sa voix indique clairement qu'il se demande qui est cet homme présent dans la partie privée de la maison à neuf heures du matin.

- Maxime, je te présente Alvën. Alvën, Maxime.

Je sais que je suis rouge écarlate. Si seulement mon pouvoir pouvait fonctionner aussi bien ici qu'à Kerdevel, j'ordonnerais au sol de se fendre et de m'avaler sur le champ.

- Alvën ? répète Maxime. C'est un étranger ?
- On peut dire ça. Il vient... de Norvège.
- Oh... C'est ton ex, c'est ça ?

C'est simplifier à outrance la situation, mais je saute sur l'explication.

- Oui, c'est ça.

L'idée de faire mes adieux à Maxime devant Alvën est passablement gênante. Je rejoins ce dernier, le repousse d'un geste décidé et lui ferme la porte au nez. J'entraîne ensuite Maxime le plus loin possible :

- Je suis vraiment désolée. Tu es quelqu'un de bien et je ne voulais pas te blesser. Mais Alvën a voyagé de loin pour venir me retrouver. On s'est... réconcilié (si seulement !) et... je vais certainement repartir avec lui (ça, c'est sûr !).
- Partir ? Avec lui ?
- Oui, enfin... tu as dû remarquer que ma rupture avec lui avait été très douloureuse (j'espère vraiment qu'Alvën n'a pas collé son oreille contre la porte) et je suis heureuse que nous ayons une deuxième chance.
- Tu n'as pas peur qu'il te blesse à nouveau ?
- Je ne sais pas, mais nous devons essayer. Repartir là-bas, c'est vraiment ce que je veux. Tu comprends ?

Nous restons à nous regarder, silencieux. La porte se rouvre, comme sous l'effet d'un courant d'air. Alvën est innocemment installé à ma table, le livre à la main. Je me demande dans quelle mesure il contrôle

l'air, dans mon monde ? Comme la porte grince un peu, il lève les yeux de son livre en feignant l'étonnement. Il nous observe poliment, un sourcil levé. Maxime lui lance un nouveau regard noir avant de reporter son attention sur moi :
- Bon, alors, je suppose qu'il ne me reste qu'à te dire au revoir. Je ne vais pas aller jusqu'à dire que je suis heureux pour toi, mais je te souhaite le meilleur.

Il est fair-play, je dois le reconnaître. Avec un air de défi, il se penche et m'embrasse longuement. Bon, peut-être pas si fair-play que ça, finalement. Il se redresse et me glisse :
- Prends soin de toi.

Il se détourne et quitte la boutique à grandes enjambées. Une fois la porte refermée, je me secoue et me tourne vers Alvën. Je surprends une lueur de colère dans ses yeux clairs, juste avant qu'il ne retourne nonchalamment à sa lecture. Jaloux ? L'idée me remonte un peu le moral, après cet au revoir qui me laisse un arrière-goût de culpabilité.

Les parents de la mariée passent prendre sa commande peu avant midi. Je monte alors nous préparer des sandwichs. De retour dans l'arrière-boutique, j'en lance un à mon compagnon :
- Tiens ! Ce n'est pas de la grande cuisine, mais je n'ai pas le temps pour autre chose.
- Tu n'es toujours pas prête à partir ?
- Je dois voir Caroline d'abord. Et je ne peux pas laisser tout ce bazar en plan.

Alvën jette un coup d'œil circulaire avant de me décocher un sourire moqueur :
- Quand je disais que tu n'étais pas très ordonnée…
- Je n'ai pas eu le temps d'être ordonnée ces deux derniers jours.

Tout en mangeant, je commence à rassembler les tiges coupées qui traînent un peu partout. Alvën a posé son livre pour me donner un coup de main. Lorsque tout ce qui doit aller à la poubelle s'y trouve enfin, je ferme le sac et le sors. J'entreprends ensuite de ranger tous mes outils et tous les éléments de décoration dans différents cartons. La pièce retrouve enfin un semblant d'ordre. Satisfaite, je sors un classeur d'une étagère et le pose sur le plan de travail.

Je sers fébrilement mes quelques clients, en leur offrant à tous une plante ou un bouquet en cadeau, leur expliquant que je liquide mon stock. Finalement, la porte s'ouvre sur Caroline. Elle est seule. Maël a dû rester avec Manu. C'est aussi bien. Nous connaissant toutes les deux, nous n'allons pas réussir à nous séparer sans nous transformer en fontaines, et le petit bout n'aurait pas compris.

Elle parvient à ébaucher un pâle sourire :

- Alors, tu es décidée ?

Incapable de parler à cause de la boule qui noue ma gorge, je me contente de hocher la tête.

- Il est là ?

- Viens, lui dis-je avant de passer dans la partie privée.

Alvën tourne les yeux vers elle. Il pose son livre et se lève :

- Je me souviens de vous. Vous étiez avec Liz le jour du festival, l'année dernière. Vous devez être la fameuse Caroline dont elle parle si souvent.

- Je me souviens de vous, moi aussi. Vous êtes encore plus sexy vu de près.

Alvën écarquille les yeux tandis que je pouffe de rire. C'est du Caroline tout craché ça !

- Je comprends pourquoi Lizzy est prête à tout plaquer pour vous.

J'ouvre la bouche pour la détromper : ce n'est pas pour lui que je pars – enfin, pas entièrement – mais elle ne me laisse pas le temps d'en placer une.
- Mais je vous préviens que si vous lui faites du mal et qu'elle me revient autant en loques que l'année dernière, je trouverai le moyen de venir vous dénicher à Ker-machin-chose et je vous réduirai en bouillie !

Alvën sourit et me déclare en la désignant de la tête :
- Je l'aime bien.

Je prends le classeur et le tends à mon amie.
- Qu'est-ce que c'est ? demande-t-elle, intriguée.
- Les documents dont tu auras besoin lorsque je serai partie. Je les ai établis avec un notaire, il y a quelques temps, juste au cas où... Ils précisent que tu es la bénéficiaire, si je devais partir... à l'étranger. La maison sera à toi. Tu pourras la louer à un fleuriste ou embaucher quelqu'un pour faire tourner la boutique ou encore la vendre, c'est toi qui vois.

Les yeux de Caroline se remplissent de larmes. Elle se mord la lèvre et pose le classeur avant de me serrer dans ses bras. Je la serre à mon tour, tandis que ma vision se trouble.
- Allons, je reviendrai vous voir de temps à autre, murmuré-je.
- Est-ce que je peux t'accompagner ? Manu m'a affirmé qu'il pouvait s'en sortir quelques jours sans moi...
- J'adorerais te faire visiter Kerdilön et Kervilgän, te présenter Cormélia, Kalkak, Verya ou encore Dalya, tu le sais bien, mais pas maintenant. Les choses en Kervilgän sont un peu... compliquées, en ce moment.
- Tu veux dire dangereuses ?

Je me dégage et la prends par les épaules, à bout de bras :

- Beaucoup moins que la dernière fois, je te l'assure. Et puis, je ne suis pas sans défense…

Elle éclate d'un petit rire nerveux :

- J'ai toujours du mal à t'imaginer en magicienne guerrière.

- Moi aussi, si ça peut te rassurer.

Nous sourions toutes les deux derrière nos larmes.

- Dès que les choses se seront calmées, je reviendrai chercher Ciboulette et je vous emmènerai aussi tous les trois visiter Kerdevel. C'est promis.

- T'as intérêt à ne pas oublier !

Nous restons quelques instants immobiles, face à face. Finalement, je désigne la boutique d'un geste vague.

- Si le cœur t'en dit, tu peux aussi vendre les dernières plantes et compositions. Cela m'attriste de penser que tout sera jeté. Ces deux-là sont pour Monsieur Duval. Sa femme adore les roses et les pivoines.

- Ne t'inquiète pas, je m'arrangerai avec Mélanie pour que nous puissions ouvrir quelques jours afin de faire un maximum d'heureux.

Rassurée, je me tourne vers Alvën :

- Voilà. Je vais dire au revoir à Ciboulette et je serai prête.

Je monte les marches et m'aperçois que Caroline m'a suivie. Je trouve ma petite chatte endormie sur mon lit. Je la caresse un moment et lui murmure :

- Je reviendrai vite te chercher, c'est promis. Dès que j'aurai un endroit à moi où t'installer.

Elle s'étire en bâillant, me regarde de sous ses paupières à moitié closes, change de position et referme les yeux.

Dans le salon, je prends sur une étagère un cadre qui expose mes trois photos préférées. Sur la première, ma mère et moi nous tenons par l'épaule et sourions à l'objectif devant les rochers de Roc la Tour. Sur la deuxième, on peut voir Caroline, Manu, Samuel, Mélanie et moi, un verre d'hydromel à la main, accoutrés de nos costumes un jour de festival. La dernière est une photo de Caroline et de Manu, avec Maël, que j'ai prise cet été. Je fourre le cadre dans un petit sac et me dirige vers le palier. Avant de franchir le seuil de mon appartement, je me retourne une dernière fois et le balaie du regard.
- Tu n'emportes rien d'autre ? s'étonne mon amie.

Je souris un peu tristement :
- Rien de tout cela ne me servira vraiment, là-bas. Tu pourras donner mes vêtements à des associations. Mes livres aussi. Garde ce qui te plaît, donne le reste.
- Tu es certaine de ne pas en avoir besoin un jour ?
- Absolument. Quoi que puisse me réserver Kerdevel, je sais maintenant, de façon certaine, que je resterai là-bas. Ces quelques mois m'ont enfin permis de comprendre que je ne suis pas à ma place ici. Je suis désolée de te laisser tout cela sur les bras…
- Tu veux rire ? Tu me fais cadeau de la maison de ta mère. Je ne vais quand même pas râler parce qu'il y a quelques cartons à faire. Tu peux partir tranquille, va. On s'occupera de tout.

Caroline insiste pour m'accompagner jusqu'au château. Alvën semble comprendre que c'est important pour nous et reste en retrait. Je ferme le store devant ma vitrine et y accroche une feuille indiquant : « Fermé. » Je tourne la clé et confie le trousseau à mon amie. Même si je sais que je prends la bonne décision, mon cœur se serre dans ma poitrine. Je reste un moment

immobile à fixer la vitrine. Caroline me prend par le bras et me lance d'un ton joyeux presque naturel :
- Allons, en route pour ta nouvelle vie !

Chapitre 5

Une fois dans la cour du château, nous descendons la volée de marches à droite de l'accueil et débouchons dans la première Salle au jeu de paume. Dans la deuxième, au fond à droite, se trouve une ouverture barrée d'une simple chaîne. Après nous être assurés que personne ne nous regarde, nous l'enjambons et nous retrouvons dans une vaste salle, au plafond bas soutenu par des colonnes. Des gouttes d'eau tombent de temps à autre en éveillant des échos, créant avec le temps de minuscules stalactites. Malgré la lampe torche du téléphone de Caroline, le fond de la pièce reste dans l'obscurité.

C'est ici qu'Alvën m'a embrassée pour la première fois. Il semble maintenant être à mille lieues de toute pensée romantique. Il a déjà commencé à créer un Miroir, ce qui a provoqué un petit cri de frayeur chez mon amie.

Elle s'avance, bouche bée, vers la surface miroitante qui s'est stabilisée.

- Je ne dirai pas que je ne croyais pas ton histoire, murmure-t-elle. Mais voir ça…

Elle se tourne vers moi, dévorée par la curiosité :

- Tu es sûre que je ne peux pas… ? Pas longtemps, juste pour voir.

- Où nous fais-tu arriver ? demandé-je au Maître Gardien.

- En Kerdilön, dans les jardins du palais.
- Il y a certainement du monde là-bas ! N'est-ce pas un peu dangereux ?

Si une personne se trouve à l'endroit où un Miroir est créé, non seulement elle meurt, mais son corps disparaît. C'est ce qui est arrivé à mon père.
- Nous avons aménagé une aire dédiée aux Miroirs, m'explique-t-il. Comme un Miroir ne peut pas être créé à un endroit où un autre est déjà ouvert, cela limite les risques d'accident.

Kerdilön devrait être suffisamment sûr pour que Caroline puisse satisfaire sa curiosité.
- Tu peux venir, décidé-je.
- Mais pas longtemps, précise Alvën. Je ne vais pas laisser le Miroir ouvert indéfiniment.
- Juste un coup d'œil, promet Caroline, tout excitée.

Alvën passe en premier. Sa disparition arrache un nouveau petit cri à mon amie. Je lui prends la main.
- Prête ? lui demandé-je.

Elle hoche la tête. Son excitation est mêlée d'un soupçon d'appréhension. Ce n'est pas mon cas. Mon cœur bat à toute allure sous l'effet de l'anticipation. Nous avançons ensemble. Je ferme les yeux. Je sens Caroline frissonner au contact de la surface froide et humide, mais nous sommes déjà de l'autre côté. Nous sommes accueillies par les cris mélancoliques des oiseaux marins. Des odeurs de sel et d'iode nous assaillent, mélangées au parfum des fleurs extraordinaires du jardin. J'ai l'impression de sortir d'un long sommeil. Même les yeux fermés, grâce à mon don qui s'épanouit ici, je suis plus consciente de ce qui m'entoure : de la vie qui grouille sous mes pieds, qui s'infiltre dans les racines et coule dans les plantes, de la richesse de la terre, de l'humidité agréable de l'air, de la caresse du vent sur mon visage.

Caroline laisse échapper une exclamation émerveillée. J'aurais voulu m'imprégner plus longtemps de ce que mes sens me transmettent, mais j'ouvre finalement les yeux. Le soleil est en train de se coucher. La reconstruction du palais a bien avancé. L'aile contenant la salle du trône et la bibliothèque avait été épargnée par le feu et les combats. Le bâtiment principal avait été beaucoup plus endommagé. Si les murs en pierre avaient globalement bien résisté à l'incendie, tout le reste avait entièrement brûlé, ne laissant qu'une coquille vide, effondrée par endroits. Presque tous les étages sont déjà reconstruits, à défaut d'être habitables. Il faudra certainement du temps pour que les appartements retrouvent leur faste et leur confort d'autrefois.

Des élémentaux de l'air s'affairent encore, malgré l'heure tardive, à soulever des poutres sous la direction des maîtres d'œuvre. Caroline regarde avec des yeux ronds les différents éléments de construction flotter dans les airs avant de s'emboîter à leur place. Elle tourne ensuite sur elle-même pour contempler le jardin. Ce dernier est aussi beau que dans mes souvenirs. Il ne porte déjà plus aucune trace des piétinements des erdevën ou des dommages infligés par les élémentaux du feu. Les jardiniers ont bien travaillé.

Alvën se tient toujours à côté du Miroir.

- Je sais qu'il vous est difficile de vous séparer, mais, à moins que Caroline ne désire rester quelques jours, je pense qu'il est temps pour elle de rentrer.

Une expression résignée se dessine sur les traits de mon amie :

- Vous avez raison. Je vous remercie de m'avoir permis de satisfaire ma curiosité. N'oublie pas ta promesse, ajoute-t-elle d'un air faussement sévère en se tournant vers moi.

Je la serre une dernière fois dans mes bras :
- C'est promis. Je reviendrai vous chercher et je vous ferai visiter.

Caroline se dégage et dépose un baiser sur ma joue :
- Fais attention à toi, d'accord ?

Elle se tourne vers Alvën :
- Et vous, n'oubliez pas ce que je vous ai dit : vous avez intérêt à prendre soin d'elle, c'est compris ?

Il lui sourit, mais c'est moi qu'il regarde quand il déclare :
- C'est bien mon intention.

Son expression intense réveille les papillons dans mon estomac. Caroline me lance un clin d'œil malicieux :
- Bon, eh bien, je vous laisse. Soyez sages tous les deux !

Elle inspire et se dirige résolument vers le Miroir. Un dernier signe de la main, et elle est partie. Je reste à regarder le point où elle a disparu même après la disparition du portail. Lorsque je reporte mon attention sur mon compagnon pour connaître la suite du programme, je constate qu'il me fixe toujours avec la même intensité. Mon cœur accélère aussitôt. Nous nous mettons à parler en même temps :
- Je voulais te demander…
- En ce qui concerne…

Nous nous arrêtons au même moment. Alvën sourit et me fait signe de parler, mais je n'en ai pas l'occasion. Derrière moi, une exclamation retentit :
- Liz !
- Liz, liz, liz, liz, répète sans fin une voix gazouillante.

Cormélia court vers moi, Bali, son horripilant galipi, perché sur l'épaule. La jeune princesse me serre dans ses bras avec enthousiasme, pendant que le drôle

d'animal aux poils et aux plumes d'un blanc éclatant agite frénétiquement ses petites ailes duveteuses.
- Je suis si heureuse de te revoir ! m'assure Cormélia.
- Liz, liz, liz, liz, continue de chantonner le galipi.

La princesse lève une main agacée pour le faire taire. Le petit volatile rosit légèrement sous l'effet de la contrariété, déroule sa queue aux longues plumes jusqu'alors enroulée autour de l'épaule de sa propriétaire et s'envole vers un buisson où il peut poursuivre tranquillement sa litanie.
- Je suis heureuse de te retrouver, moi aussi ! assuré-je à mon tour.
- Tant mieux ! Je dois t'avouer que j'étais un peu inquiète. Quand Alvën a décidé d'aller te chercher... je ne savais pas si tu accepterais de revenir.
- Il m'a fallu du temps – plus que je ne l'aurais cru au départ – mais je sais maintenant que j'appartiens à cet univers.

Son visage s'illumine, avant de se faire plus solennel, comme si elle se rappelait brusquement son rang :
- Père m'a priée de vous mener à lui dès votre arrivée.

Je prends une profonde inspiration : le roi Sartal m'a toujours un peu intimidée. Cormélia nous précède vers le palais. Je lève les yeux vers les étages en chantier et ne peux m'empêcher de demander :
- Où vivez-vous pendant les travaux ? Les quartiers royaux sont-ils déjà habitables ?

La princesse fait la grimace :
- Pas pour le moment, même si cela ne saurait tarder, à présent. Un de nos amis nobles nous a prêté sa demeure, dans la capitale : sa famille et lui habitent leur maison de campagne en attendant.

J'imagine que ce ne doit pas être facile pour la famille royale de dépendre ainsi de la générosité de l'un de leur sujet. Nous entrons dans le hall, qui n'a guère changé. Les plantes grimpantes aux couleurs chatoyantes ont déjà repoussé. Je m'attends à être introduite dans la salle du trône, mais nous montons plutôt le vaste escalier de pierre et pénétrons dans la bibliothèque. Je constate alors que les petites tables qui y étaient disséminées ont disparu, remplacées par une seule table, longue et imposante, occupant une bonne partie de l'allée centrale. Sartal y siège, en compagnie de la reine Bérylia et de plusieurs conseillers. Je reconnais immédiatement deux d'entre eux et mon visage s'éclaire. Un homme aussi grand qu'un ours, aux longs cheveux roux et à la barbe hirsute, un bandeau sur l'œil droit, se lève lorsqu'il m'aperçoit, un large sourire aux lèvres. La jeune femme brune installée en face de lui l'imite aussitôt. Son expression n'est pas aussi accueillante, mais je ne m'en offusque pas. La jovialité ne fait pas partie des plus grandes qualités de Verya. Je n'en suis pas moins heureuse de la revoir et j'ai du mal à contenir mon émotion lorsqu'ils posent tous deux leur main droite sur le cœur en entonnant :

- Lanam eladön.

« Courage et honneur », la devise des Gardiens. Les autres conseillers froncent quelque peu les sourcils devant ce manquement au protocole. Après tout, même si je maîtrise trois éléments, je n'ai jamais été reconnue comme Gardienne à proprement parler et je suis l'héritière du trône d'un autre royaume. Sartal dissipe le léger moment de gêne en m'accueillant d'un signe de tête assorti d'un :

- Soyez la bienvenue, princesse Alizé de Kervilgän.

Je suis très fière de parvenir à réprimer une grimace à l'utilisation de mon prénom entier. Ce prénom est tout ce que m'a légué mon père avant de disparaître, lorsque j'étais bébé. J'ai longtemps cru qu'il nous avait abandonnées, ma mère et moi, mais il s'est avéré qu'il était en fait le souverain d'un royaume de Kerdevel. Ma mère avait refusé que j'y grandisse pour une raison que je ne connaîtrai sans doute jamais. Mais dans la mesure où il s'est avéré être un tyran cupide et sanguinaire, je dirais que son intuition l'a bien servie. Quoi qu'il en soit, je déteste ce prénom, mais j'imagine que reprendre le roi à ce sujet serait faire montre d'un autre manquement au protocole. A la place, je m'incline dans une profonde révérence, un peu difficile à réaliser en jeans, mais on fait ce qu'on peut...

- Je vous remercie pour votre accueil, votre Majesté.

Sartal nous désigne trois sièges vacants :

- Je vous en prie, asseyez-vous. Nous avons beaucoup de choses à discuter.

J'obéis, tout en regrettant de ne pas m'être davantage renseignée sur la situation auprès d'Alvën. Entièrement préoccupée par mon départ et mes adieux, je ne lui ai même pas demandé pourquoi il m'avait amenée ici plutôt qu'en Kervilgän. Pourquoi Sartal m'a-t-il convoquée à ce conseil ? Qu'attend-il de moi ? Tu parles d'une prétendante au trône ! Je n'ai aucune idée de ce qui se passe !

- Tu as mis plus de temps que je ne le pensais, fait remarquer le roi à son fils. Des difficultés ?

Le coup d'œil qu'il me lance en dit long : il se demande si j'ai été difficile à convaincre.

- Pas vraiment. La princesse Alizé avait seulement des affaires à régler avant de quitter son monde.

Je lui lance un regard noir. Je suis nettement moins disposée à accepter l'utilisation de mon prénom de sa part. Ses lèvres frémissent dans ce que j'ai appris à associer à l'ébauche d'un sourire.

- En tout cas, vous tombez bien, reprend le roi. Verya vient de rentrer et s'apprêtait à nous faire son rapport.

Tous les regards se tournent vers la jolie Gardienne brune. Tout le monde a l'air de savoir d'où elle revient. Tout le monde sauf moi, évidemment.
- La situation a encore empiré, j'en ai peur, commence Verya. Ils ne m'ont même pas permis de débarquer. Les gardes en poste sur le ponton portaient tous le symbole de la maison Ghalyar. Ils étaient nombreux, accompagnés d'élémentaux, et empêchaient les gens d'approcher. La foule était houleuse et désespérée. Certains ont tenté de passer le cordon. Ils ont été arrêtés.

Je m'agite sur ma chaise. Incapable de résister, je l'interromps :
- Vous êtes allée en Kervilgän ?

Les conseillers me dévisagent d'un air réprobateur. Le roi m'adresse un sourire indulgent et je me sens rougir.
- Pardonnez-nous, Altesse. J'avais supposé qu'Alvën aurait profité du temps passé dans votre monde pour vous mettre au courant.
- Eh bien, il m'a expliqué que le trône de Kervilgän était toujours vacant, que les nobles se disputaient au lieu de s'unir contre les brigands et que vous n'y étiez pas les bienvenus.

Le roi m'adresse un nouveau sourire indulgent. Il commence légèrement à m'irriter !
- C'est un résumé très incomplet… commence-t-il.
- Comme je vous l'ai dit, Père, Alizé avait des affaires urgentes à régler. Nous n'avons guère eu le temps de parler des événements. Je pensais que nous la mettrions au courant de la situation ici.

Je lui suis reconnaissante d'être intervenu en ma faveur, et encore plus d'avoir passé sous silence que ces affaires urgentes en question étaient la préparation de bouquets pour une mariée. Presque assez

reconnaissante pour oublier qu'il m'a encore appelée Alizé.
- Très bien, soupire Sartal d'une façon un peu théâtrale. Après votre… départ, les nobles de Kervilgän se sont effectivement disputé le trône. Ils ont été tellement concentrés sur leur lutte de pouvoir qu'ils nous ont laissé pendant un temps aller et venir à notre guise. Nos élémentaux ont amorcé la fertilisation d'une portion de sol et les convois alimentaires ont été acheminés avec régularité. Peu de temps après, des raids ont commencé sur l'île. Nos élémentaux en ont repoussé un : ils se trouvaient à proximité et ont voulu aider. Le conseil de Kervilgän n'a pas du tout apprécié que nous prenions les armes sur leur sol, même pour défendre les mines. Quand le Seigneur Brondil est monté sur le trône, il a pris des mesures pour nous interdire l'accès à l'île. Je pense qu'elles ont été les seules décisions prises sous son règne, qui s'est avéré très bref. Il a été assassiné au bout de deux rendiën.

Autrement dit, il est resté sur le trône vingt-deux jours. Même si les journées sont plus longues ici que chez nous, c'est effectivement très court. Le roi poursuit :
- Depuis, les nobles et les ministres se disputent pour avoir plus de poids dans les décisions prises sans pour autant monter sur le trône.
- Ils ont tellement l'habitude de se battre entre eux qu'ils ont même cessé de partager la nourriture que nous apportons, ajoute Verya. Lorsque nous avons quitté le port, des troupes arborant un blason différent sont arrivées. La foule s'est dispersée, mais il y a eu des affrontements.
- Ils sont si occupés par leurs querelles internes qu'ils en oublient de défendre l'île contre les intrusions extérieures, reprend Sartal.

- Qui est responsable de ces intrusions ? demandé-je. S'agit-il de plusieurs groupes de voleurs ?
- Au départ, quelques élémentaux du feu ayant appris comment voyager par Miroir ont amené des opportunistes en Kervilgän. Ces derniers ont été assez facilement repoussés. Maintenant, les attaques sont mieux organisées. Elles sont menées par le prince cadet du royaume de Kerhuel, lui-même élémental du feu, de la terre et de l'air. Il a été banni par son frère aîné lorsque celui-ci a accédé au trône, probablement parce qu'il avait peur qu'il ne manigance un coup d'état pour le lui voler. Cela doit faire trois ardonan[1], à présent. Jorsh - c'est son nom - s'est engagé comme pirate. Il a rapidement assis sa réputation et possède maintenant une petite flotte de navires. Il a rassemblé autour de lui des coupes jarrets et des élémentaux sans allégeance. Avant la chute de Brandanon, il se contentait d'écumer les mers, mais le trésor de Kervilgän a attisé sa cupidité. Je pense qu'il n'aspire pas seulement à s'emparer des richesses mais plutôt à monter lui-même sur le trône de votre père.

Sartal se penche en avant :
- Vous comprenez pourquoi Kervilgän a besoin d'un souverain qui puisse unir les nobles et l'armée.

Oui, ça je le comprends. Ce que je ne comprends pas, en revanche, c'est l'intérêt de Sartal dans tout cela. Je pensais qu'Alvën était venu me chercher à cause de sa promesse de veiller à ce que le peuple de Kervilgän ne meure pas de faim en attendant que l'île puisse être autonome. D'après ce que je comprends, il a plutôt été envoyé par son père. Pourquoi ? Sartal craint-il que ce Jorsh ait des envies

1 L'ardona (ardonan au pluriel) est l'équivalent de notre année. Elle est découpée en cinquante-neuf rendiën (périodes de onze jours).

d'expansion, une fois sur le trône de l'île ? Je suppose que la perspective d'avoir un nouveau voisin cupide et vindicatif ne le séduit pas plus que cela.

- Je suis heureux que vous ayez accepté de venir, poursuit Sartal. Nous allons vous donner des lettres de recommandation à présenter au conseil de Kervilgän. Alvën vous accompagnera, pas tout seul, cette fois, ajoute-t-il sur un ton légèrement réprobateur. Il pourra appuyer votre prétention et vous conseiller.

Alors c'est ça. Il ne désire pas annexer Kervilgän, mais il veut être celui qui me mettra sur le trône. Ainsi, je lui serai redevable. Peut-être même espère-t-il que les conseils d'Alvën m'influenceront suffisamment pour lui permettre de gouverner Kervilgän à distance. Mais pourquoi se contenter d'une reine marionnette alors qu'il aurait pu devenir lui-même roi de Kervilgän ?

- Un Miroir de feu vous emmènera jusqu'à la côte, continue-t-il. A partir de là, vous devrez voyager par des moyens plus conventionnels. Arriver directement au palais serait une erreur puisqu'il nous a été interdit d'entrer en Kervilgän.

Je prête à peine attention à ses paroles, préoccupée par mes réflexions. Kervilgän est loin. Et très riche. Un cadeau empoisonné, en quelque sorte : même avec les Miroirs de feu, la distance resterait problématique. Sartal ne serait pas sur place pour défendre l'île contre les convoitises. Les nobles de Kervilgän auraient même certainement fini par fomenter un coup d'état. Il est sans doute beaucoup plus aisé pour lui d'avoir quelqu'un à qui déléguer le pouvoir là-bas, tout en s'arrangeant pour que cette personne soit bien disposée envers Kerdilön. Comme pour confirmer le cheminement de mes pensées, il poursuit :

- Lorsque vous aurez pris le pouvoir, une de vos premières mesures devra être…
- Pardonnez-moi, Majesté, l'interromps-je. Je vous suis infiniment reconnaissante d'avoir permis à Alvën de venir me chercher, de m'avoir accueillie et informée, mais je pense que les nobles accepteront davantage ma présence si vous ne semblez pas en être à l'origine.

Je dois faire attention à mes paroles : si je ne veux pas être une marionnette entre les mains de Sartal, je ne souhaite pas non plus vexer mon seul allié. Sartal fronce les sourcils et je m'empresse de poursuivre :
- Vous avez reconnu vous-mêmes que les ministres vous avaient chassé par crainte d'ingérence de votre part. Me présenter avec des lettres de recommandation ne me semble pas être le meilleur moyen de les rassurer.

Même si je meurs d'envie qu'Alvën m'accompagne, j'ajoute un peu à contrecœur :
- De même, la présence du Maître Gardien, fils du roi de Kerdilön, ne me semble guère indiquée en la circonstance. Il est sans doute préférable que je me débrouille seule.

Sartal croise les bras et s'adosse à son siège.
- Et comment comptez-vous les persuader, dans ce cas ? Vous n'avez aucune expérience.
- C'est vrai. Pourtant, vous semblez persuadé que je suis la bonne personne. D'autre part, vous parlez de « prétention », mais si je veux que les nobles m'acceptent, alors que je suis une étrangère et que j'ai été élevée comme une fille du peuple, je ne peux les laisser penser que je n'ai qu'une « prétention. » Je dois agir comme si la question ne se posait pas. Après tout, je *suis* l'héritière de Brandanon. Le trône me revient de droit.

Cette déclaration fait naître un murmure mécontent parmi les conseillers, mais Kalkak hoche la

tête, Verya m'adresse un bref regard approbateur et je surprends un demi-sourire sur le visage d'Alvën.
- Et vous comptez faire valoir votre « droit » ainsi vêtue ? ne peut s'empêcher de demander un vieil homme qui me toise depuis le début de la réunion comme si j'étais la chose la plus inconvenante sur laquelle il ait jamais eu le malheur de poser le regard.

Il est certain que mon tee-shirt et mon jean décontracté jurent, non seulement par leur appartenance manifeste à un autre univers, mais aussi par leur simplicité, avec les tissus chatoyants et de bonne qualité portés par toutes les autres personnes présentes.
- Bien sûr que non, réponds-je en souriant au conseiller. Je n'ai malheureusement pas eu le temps de me changer avant d'être convoquée à cette réunion, mais je compte bien prendre le temps de me préparer avant de rencontrer mon propre Conseil.
- Donc, vous ne voulez pas de notre aide, mais vous ne direz pas non lorsque nous vous fournirons vêtements, vivres et moyens de transport.
- Paix, Gregorn, intervient la reine d'une voix douce. La princesse Alizé n'est pas seulement une invitée et une future alliée. Elle a aussi sauvé la famille royale et le royaume tout entier. Le moins que nous puissions faire, c'est de l'aider à notre tour.

Ce dont j'aurais besoin, pour me préparer à affronter l'ancien Conseil de mon père, c'est de mes robes restées en Kervilgän et surtout des mains expertes de Dalya. Si je veux être prise au sérieux en tant que reine de Kervilgän, je dois ressembler à une reine de Kervilgän. Je vais devoir réfléchir au moyen de contacter mon ancienne servante et amie. En attendant, les vêtements que pourront me procurer les Kerdilonaï

seront toujours plus adaptés que mon jean délavé. J'incline la tête en direction de la souveraine :
- J'apprécie votre générosité à mon égard, Majesté.

La reine se lève d'un mouvement gracieux :
- Bien. Il est tard. Je pense qu'il est temps de mettre un terme à cette réunion et de nous conduire enfin en hôtes. Notre invitée a certainement faim et envie de se rafraîchir. Nous ne pouvons malheureusement pas vous accueillir ici, même si les travaux ont bien avancé. Voulez-vous m'accompagner à notre demeure actuelle ?

Sartal tapote sur la table :
- Demain matin, nous parlerons de ces mesures évoquées tout à l'heure.

J'espérais que mon refus avait été suffisamment clair, mais visiblement, en cherchant à rester polie, je ne me suis pas montrée assez ferme. La reine et Alvën échangent un regard tandis que Kalkak fronce ostensiblement les sourcils. Le roi me place dans une situation délicate : je ne peux refuser sans me montrer grossière.
- Je serai heureuse de profiter des conseils avisés d'un souverain ayant votre expérience, votre Majesté, parviens-je à répondre. Je suis certaine qu'ils m'aideront à mieux appréhender les différents aspects des situations auxquelles je serai confrontée.

Une fois encore, je surprends un demi-sourire sur les lèvres d'Alvën. Je m'incline profondément et sors de la pièce en compagnie de la reine et de Cormélia.

Chapitre 6

Nous sommes à peine sorties dans le jardin que Bali, le petit galipi de Cormélia, volette jusqu'à nous et se pose sur l'épaule de mon amie. Celle-ci le gratte distraitement derrière une oreille, ce qui me fait penser à Ciboulette. J'espère qu'elle ne m'en voudra pas trop de l'avoir laissée une nouvelle fois. La reine se dirige vers une voiture fermée attelée à deux chevaux blancs. Le cocher nous ouvre la porte et nous donne la main pour nous aider à monter. Malgré son professionnalisme, il ne peut s'empêcher d'écarquiller les yeux devant ma tenue. Je suis soulagée d'effectuer le trajet en voiture : j'éviterai ainsi de scandaliser toute la population de Jarion. Cormélia s'assied près de sa mère et je m'installe en face d'elle.

- Tu t'en es bien sortie, me lance mon amie avec une petite moue appréciative.

Elle ne semble pas en colère. Cela me soulage quelque peu : peut-être ai-je réussi à ne pas avoir trop l'air ingrate ou irrespectueuse. Je jette un coup d'œil rapide à la reine. Parler de la réunion en sa présence ne me met pas particulièrement à l'aise.

- Merci, marmonné-je.
- Cormélia a raison. Vous avez bien manœuvré, même si mon époux ne vous a pas facilité la tâche.

Je reste silencieuse, les yeux rivés droit devant moi afin d'éviter de croiser son regard.

- J'espère que sa tentative d'ingérence ne vous a pas trop contrariée, poursuit Bérylia. Ne vous en faites pas : il ne vous ennuiera plus. Alvën ne manquera pas de lui faire remarquer qu'il a manqué de délicatesse. Mais il faut que vous compreniez que la guerre avec Brandanon a profondément marqué notre pays.
- Je crois que je peux comprendre ça, répliqué-je plus sèchement que je ne l'aurais voulu.

Des images se succèdent dans ma tête : les combats ; les hommes en train de brûler sur les remparts ; des créatures de terre, de pierre et de feu qui me glacent le sang ; les hommes que j'ai tués ; un soldat désarmé transformé en torche humaine parce que j'ai refusé de me rendre ; mon frère, assassiné sous mes yeux par mon père ; Brandanon s'apprêtant à faire brûler Alvën, disparaissant dans le néant, détruit par mon propre Miroir.
- Pardonnez-moi, s'excuse la reine.

Je secoue la tête :
- Non, c'est à moi de vous demander pardon. Je sais ce que votre peuple a subi. Si j'ai souffert, je suis loin d'être la seule. Mais je suis certainement la seule à avoir fui mes responsabilités, ajouté-je à mi-voix.
- Nous vous en avons demandé beaucoup et trop vite. Il est naturel d'avoir eu besoin de temps pour assimiler tout cela. Je ne vous juge et ne vous condamne pas, mais je vous demande de faire de même pour mon mari. La situation en Kervilgän le préoccupe beaucoup. Si les richesses qui se trouvent là-bas tombent entre de mauvaises mains, elles risquent de fragiliser l'équilibre et la paix qui règnent entre les différents royaumes de Kerdevel.
- Je comprends et je vous promets de faire de mon mieux pour éviter de nouveaux conflits, mais je dois aussi penser à l'avenir de Kervilgän sur le long terme :

si je ne parviens pas à convaincre les nobles de ma légitimité, je ne resterai pas longtemps sur le trône.
- Je le sais. Mon mari le sait, lui aussi. Sa proposition de vous adjoindre Alvën ne partait pas seulement d'un désir de vous influencer, mais aussi de vous protéger.
- D'ailleurs, je doute que tu parviennes à persuader mon frère de te laisser partir seule, intervient Cormélia. Le dernier roi de Kervilgän n'a pas fait long feu.
- Je serais moi aussi rassurée s'il m'accompagnait, mais le fait qu'il soit prince, même s'il a renoncé au trône, ne leur plaira pas. Ils auront trop peur qu'il ne se mêle de notre politique en faveur de Kerdilön.

Une pensée me frappe brusquement : était-ce le plan depuis le début ? Sartal pensait-il que je prendrais le trône aussitôt après la fin de la guerre ? Avait-il ordonné à Alvën, après la rupture de ses fiançailles avec Anaëlle, de se rapprocher de moi pour que le Maître Gardien puisse influencer les décisions de sa nouvelle fiancée inexpérimentée ? Cela expliquerait pourquoi un prince courageux et séduisant, aimé et respecté, se serait intéressé à moi. Cette idée me comprime douloureusement la poitrine.

Cormélia hausse les épaules :
- Bonne chance ! Quand il a décidé quelque chose, il est plutôt du genre têtu !
- Têtu, têtu, approuve Bali.

Ça, je le sais ! Cormélia n'a pas remarqué mon inquiétude, ou alors elle l'a attribuée à la perspective de faire entendre raison à son frère. Sans doute pour me changer les idées, elle me demande des nouvelles de Caroline et de son bébé. Je fais de mon mieux pour chasser provisoirement Alvën de mes pensées et nous discutons tranquillement jusqu'à ce que la voiture s'arrête devant un beau manoir. Une fois dans le hall, la reine me confie aux soins de sa fille et prend congé.

Cormélia renvoie la cohorte de domestiques accourus à notre arrivée, non sans leur avoir demandé d'apporter une collation dans sa chambre.

Ses appartements sont plus petits que ceux du palais, même si le lit paraît toujours aussi monumental. Elle m'entraîne devant la glace et se place à côté de moi. Elle sourit, ravie :
- J'en étais sûre ! Nous faisons sensiblement la même taille à présent !

C'est pourtant vrai ! Elle a bien grandi au cours de cette année écoulée.
- Mes robes devraient t'aller. Au besoin, nous ferons venir une couturière pour effectuer quelques retouches.

Nous nous installons dans des fauteuils confortables en attendant l'arrivée de la servante personnelle de Cormélia. Celle-ci arrive bientôt avec un plateau chargé de petits gâteaux et d'une carafe emplie de thé glacé. La pauvre a à peine le temps de se décharger de son fardeau que la princesse lui demande de sortir sa plus jolie robe. Je viens d'enfourner l'une des pâtisseries lorsqu'elle nous montre une robe d'un bleu très pâle, brodée de dentelles et de perles minuscules.
- Elle est magnifique, mais je pense qu'il me faudrait quelque chose de moins fragile et salissant pour le voyage.
- Voyage, voyage, voyage, gazouille le galipi tandis que Cormélia hausse la voix pour couvrir ses bavardages.
- Mais il va bien falloir que tu aies l'air d'une reine ! Tu ne peux pas arriver en jupe fendue !

J'aimerais dire à mon amie que je compte m'introduire dans le palais sans être remarquée pour y trouver Dalya et lui laisser le soin de me préparer, mais je n'ose pas devant la servante. Mieux vaut ne pas ébruiter mes projets : Sartal n'aimera pas du tout que je

ne suive pas son plan, mais j'ai bien l'intention de laisser mon escorte, quelle qu'elle soit, sur la côte
- Peut-être celle-ci conviendra-t-elle, propose la domestique en sortant une autre tenue de l'armoire.

Il s'agit d'une robe grise plus épaisse, brodée de délicats motifs floraux blancs. Avant que Cornélia puisse protester, je la prends en remerciant :
- Oui, merci, c'est parfait.
- Parfait, parfait, parfait...
- Parfait pour voyager, mais pour une reine... maugrée Cormélia en caressant distraitement Bali pour le faire taire.
- Ne t'inquiète pas. Je doute qu'ils me couronnent sur le champ. J'aurai le temps de me changer.
- Sans doute, acquiesce-t-elle de mauvaise grâce. En tout cas, en attendant ton départ, tu pourrais porter une de celles-ci…
- Cormélia ?
- Hmm ?
- Je partirai dès l'aube.
- Dès l'aube ? Mais je pensais que tu resterais quelques jours !

Elle en oublie de caresser le galipi qui reprend aussitôt ses gazouillis. Elle a l'air réellement déçue et je suis touchée par sa réaction.
- Nous pourrons nous voir plus souvent quand les choses se seront apaisées en Kervilgän, cherché-je à la consoler.

Comme Cormélia affiche toujours une mine dépitée, je tente de lui expliquer :
- C'est peut-être idiot, surtout quand on sait que c'est moi qui ai décidé de ne pas revenir plus tôt, mais j'ai maintenant l'impression que je ne dois plus perdre un instant. En fait, si cela ne m'ennuyait pas de débarquer là-bas en pleine nuit, je partirais même dès maintenant.

- Bon… Nous allons au moins passer cette soirée ensemble ! Une chambre a été préparée pour toi, mais tu pourrais dormir ici !

J'accepte de bonne grâce. Pour ma part, je n'ai pas du tout sommeil. Cela doit être seulement la fin d'après-midi dans mon monde. La servante se retire après avoir aidé Cormélia à enfiler sa chemise de nuit. J'ai enfilé la mienne toute seule, dissimulée derrière un paravent. Avant que la domestique ne quitte la pièce, je la remercie :

- Navalmen seï ada[2] ! lui dis-je.

Elle sourit :

- Ada Lodrical, répond-elle.

Une fois la porte refermée derrière elle, j'interroge Cormélia :

- Lodrical ?

- Cela veut dire « Majesté », mais pour une dame. Pour un roi, on dit « Lodricam. »

Nous nous installons toutes les deux sur le lit gigantesque. Bali déplie sa longue queue duveteuse et déploie ses ailes minuscules. Il quitte l'épaule de la princesse pour aller s'installer sur un coussin moelleux. Il pose la tête sur ses pattes, ferme ses yeux verts et enroule les plumes de sa queue autour de lui, dissimulant ainsi sa frimousse aux traits félins.

- Joli, ton collier de brimbin, me fait remarquer ma compagne.

Je souris :

- C'est un cadeau de Verya.

- Alors garde-le bien précieusement. Je n'avais jamais entendu dire qu'elle ait jamais fait un cadeau à qui que ce soit !

---

2 « Merci et au revoir ! »

Je m'apprête à défendre la jeune femme quand je remarque le sourire de la princesse.
- Il faut croire que je suis spéciale dans ce cas, rétorqué-je en riant.
- Ça, je n'en doute pas !

Nous discutons jusque tard dans la nuit, jusqu'à ce que Cormélia reste finalement silencieuse à l'une de mes remarques. Sa respiration s'est faite régulière. Je ne tarde pas à l'imiter : la journée a été longue et la nuit est également tombée sur le château de Sedan, à présent.

Je m'éveille bien avant Cormélia. Pour moi, huit heures de sommeil sont amplement suffisantes. Les journées de Kerdevel font vingt-huit heures et les Kerdilonaï dorment plus longtemps que nous. De plus, la princesse n'est pas vraiment ce qu'on appelle une lève-tôt. Alvën, de son côté, est certainement déjà debout, mais je n'ai aucune idée de l'endroit où le chercher. Lors de mon précédent séjour, je le retrouvais dans la cour du palais pour une séance de varanem matinale. C'est peut-être là qu'il se trouve, mais j'ai dans l'idée que Cormélia prendrait assez mal que je parte sans elle. J'enfile la robe choisie la veille sans faire de bruit, sélectionne quelques pâtisseries encore empilées sur le plateau et me mets à la recherche d'un endroit où pratiquer la danse de l'épée.

Je sors du manoir en croisant quelques domestiques qui s'inclinent respectueusement à mon passage. Je contourne le bâtiment. Un parc ombragé et odorant s'étend entre la bâtisse et les dépendances. Je m'y promène un moment, dégustant mon petit-déjeuner et profitant de la lumière dorée de l'aube. Au centre du jardin, une fontaine chante sur une petite terrasse. L'espace y est suffisamment dégagé et je me mets en position. La varanem détend mes muscles et mon esprit.

Lorsque j'ai terminé, je suis prête à affronter la journée, et même le roi Sartal. Je m'installe sur un banc et réfléchis à la situation de Kervilgän. C'est là que Cormélia me trouve.
- Pendant un instant, j'ai cru que tu étais retournée au palais sans moi.

Je souris :
- L'idée m'a effleurée, mais je me suis dit que tu ne me pardonnerais jamais.
- Et tu avais raison, affirme mon amie. Veux-tu déjeuner ?
- C'est déjà fait.
- Bon, alors je suppose que je n'ai plus qu'à t'accompagner là-bas.

Son ton un peu éteint montre qu'elle est toujours déçue.
- Nous pouvons peut-être regagner le palais à pied ? suggéré-je.

Elle accepte ma proposition avec joie. Cela nous laissera encore du temps pour discuter. Nous quittons le manoir et parcourons sans nous presser les rues magnifiques de Jarion, la capitale. Les pavés sont propres grâce à un système de canaux géré par des élémentaux de l'eau. Les maisons sont simples mais confortables, avec des jardins splendides. Les rues elles-mêmes sont larges et bordées d'arbres, avec des fontaines ou des plantations au centre de chaque intersection.

La population est beaucoup plus détendue que lors de mon dernier passage. Les gens saluent leur princesse avec des révérences et des sourires. Je me rappelle avec un pincement au cœur l'attitude soumise et effrayée des habitants de Kervilgän lorsque mon père se promenait dans sa ville. J'espère que mon peuple se comportera un jour envers moi comme ces gens envers ma jeune compagne : avec un respect mêlé d'affection.

Nous nous dirigeons vers le bord de mer et Cormélia me raconte ce qui s'est passé depuis mon départ. Elle évoque surtout les travaux de reconstruction et je finis par demander :

- Avez-vous des nouvelles d'Anaëlle ?

J'avais apprécié la princesse de Kervillis lors de mon précédent séjour, même si elle était promise à Alvën.

- Pas vraiment. Les élémentaux kervillaï sont repartis après la fin de la guerre. Depuis, les relations entre nos deux royaumes ne sont ni franchement cordiales, ni franchement hostiles. Je suppose que le mot qui les définirait le mieux serait « guindées. » Nous entretenons toujours des liens commerciaux et politiques, mais sans plus.

Je grimace sous le coup de la culpabilité. Après tout, c'est ma faute si les fiançailles ont été rompues. Cormélia le remarque :

- Bah, ne t'en fais pas. Pour ma part, je suis ravie qu'Alvën n'ait pas été obligé d'épouser Anaëlle.

- Pourquoi ? Je pensais que tu l'appréciais ?

- Oui, je la trouvais agréable et gentille. Alvën aussi, sans doute. Tu sais, j'adore mon frère et je suis heureuse qu'il ne soit pas obligé de passer sa vie avec une fille pour laquelle il n'éprouve qu'une vague affection, surtout en étant amoureux d'une autre.

Nous avons atteint la plage. Mon cœur bat soudain beaucoup plus vite et ce n'est pas à cause de l'effort fourni pour marcher dans le sable mou, en robe, sous ce soleil.

- Vraiment ? fais-je du ton le plus détaché possible.

Cormélia me donne une bourrade :

- Oh, je t'en prie ! Quand il est rentré, après la bataille, il n'avait que ton nom à la bouche. Ensuite, au fil du temps, il est devenu de plus en plus renfermé et taciturne. Mais j'étais là quand Père a suggéré qu'il serait peut-être temps d'aller te chercher. Cela faisait longtemps que ses yeux n'avaient pas brillé de cette façon !
- Donc, commencé-je timidement, il n'a personne dans sa vie ?
- Mais bien sûr que si !

Je fronce les sourcils.

- Tu n'as pas écouté ce que je viens de dire ? se moque gentiment mon amie.

Si, j'ai écouté. Un bonheur et un soulagement incroyables me gonflent la poitrine, malheureusement rapidement douchés par une autre sensation bien trop familière. Cormélia examine ma réaction du coin de l'œil.

- Tu as l'air soucieuse, me fait-elle remarquer.
- C'est… difficile à expliquer.
- Essaie quand même !
- Je suis repartie très vite, après la fin de la guerre. J'ai repris ma petite vie dans mon univers et, parfois, j'ai du mal à croire que j'ai réellement fait tout cela. Alvën me considère comme une sorte… d'héroïne. Mais j'ai simplement réagi au mieux face à la situation et je me demande si…

Ma voix s'éteint.

- Tu as peur de le décevoir ? De ne pas être à la hauteur ?

J'acquiesce, la gorge nouée. Cormélia penche la tête sur le côté : elle prend le temps de réfléchir et je lui suis reconnaissante de ne pas éclater de rire en me disant que je suis stupide.

- Je pense que le courage, ce n'est pas chercher volontairement les ennuis, c'est simplement affronter de son mieux les épreuves qui se présentent sans se défiler. Et quelle que soit ta vie dans l'autre monde, tu as fait preuve de beaucoup de courage ici. De toute façon, Alvën avait déjà des sentiments pour toi avant même que tu apprennes à utiliser tes pouvoirs, bien avant que tu ne sois devenue l'héroïne de toute l'armée !

Je réfléchis à mon tour. Les débuts de ma relation avec le Maître Gardien ont été plutôt chaotiques. A l'époque il se montrait sévère et distant avec moi. Il me donnait souvent l'impression que j'étais stupide et nulle en tout, me malmenant à l'entraînement et souriant rarement.

- Ce n'est pas le souvenir que j'en ai.
- Il essayait de garder ses distances avec toi pour mieux lutter contre ce qu'il éprouvait. Après tout, il était fiancé à l'époque.

Devant ma grimace dubitative, Cormélia me prend le bras :

- Tu peux me croire, je le connais bien !

Je lui souris, le cœur soudain plus léger qu'il ne l'a été depuis que j'ai laissé Alvën sur un ponton de Kerdilön pour me rendre en Kervilgän, il y a plus d'un an de cela.

Chapitre 7

Nous quittons la plage au niveau du château. Sartal est déjà sur le chantier. Il discute avec des hommes armés d'instruments étranges, de plans et de plumes. Certainement les architectes. De nombreux élémentaux aident toujours aux travaux, y compris Verya, Kalkak et Alvën. Ce dernier travaille torse nu, ce qui chasse momentanément de ma tête ce que j'étais venue faire ici. Cormélia, surprise de mon arrêt brutal à bonne distance du roi, suit mon regard et glousse, ce qui me ramène sur Terre. Enfin, sur Kerdevel.

Sartal s'approche de nous. Je m'incline.

- Altesse, me salue-t-il. Je ne pensais pas vous revoir avant le repas, au manoir.
- Je suis venue prendre congé, Lodricam.
- Vous nous quittez déjà ?
- Avec votre permission, bien sûr. J'ai hâte de me rendre compte de la situation en Kervilgän par moi-même.

Kalkak, Verya et Alvën se sont approchés.

- Pour ma part, je suis prêt à partir, intervient le géant roux.

Sartal jette un coup d'œil aux poutres qui volent, puis au colosse :

- Je sais que vous avez hâte de retourner à votre propre château, mais j'avais espéré…

Le roi secoue la tête :

- Bien sûr, vous pouvez partir maintenant. Il suffit de trouver Holgane.

- Je sais où elle est, assure Verya. Je vais la chercher.
- Qui est Holgane ? demandé-je.
- Un élémental du feu de Kervilgän. Elle est restée après la bataille pour apprendre à nos quelques élémentaux maîtrisant cet élément à créer des Miroirs, m'explique Alvën. Elle souhaite maintenant rentrer chez elle.

Si certains Kerdilonaï utilisent le feu, ce n'est pas le cas de la grande majorité des Gardiens. Ni Kalkak, ni Alvën ni Verya ne sont capables d'ouvrir ce nouveau type de portail. En attendant le retour de Verya et de l'élémental kervilgaï, nous gagnons la zone réservée aux Miroirs. Alvën s'est placé à mes côtés et je fais de mon mieux pour ne pas regarder dans sa direction. Il serait assez embarrassant de me perdre dans la contemplation de ses abdominaux devant le roi. Cela dit, même si elle me trouble, sa présence est rassurante. Je me demande comment je vais m'en passer en Kervilgän. La dernière fois, c'est seulement à ses côtés que j'ai pu donner le meilleur de moi-même. Comment va-t-il réagir quand je vais l'abandonner une fois de plus sur la plage de Kerdilön ? Un serviteur s'approche avec une tunique qu'Alvën s'empresse d'enfiler. Dommage…

Verya nous rejoint bientôt avec la dénommée Holgane, une femme d'une trentaine d'années, aux cheveux bruns et aux yeux sombres. Elle s'incline devant le roi, puis devant moi.
- Lodrican.

Je reconnais la forme du pluriel. Elle s'est adressée à moi comme étant l'égale de Sartal. Ce dernier tique un peu, mais cela m'encourage.
- Je regrette que nous ne puissions discuter plus avant, Altesse, déplore le roi.

Il croise le regard réprobateur de son fils, se racle la gorge et se redresse :

- Mais enfin, je vous laisse entre de bonnes mains.
- Lanam eladön, Liz, me déclare Verya. Je vous souhaite bonne chance.
- Vous ne venez pas avec nous ? m'étonné-je.
- Non. Mes responsabilités me retiennent ici. De toute façon, je ne vous aurais pas accompagnée jusqu'en Kervilgän : il est préférable que nous ne débarquions pas en force.

Je hoche la tête et la serre dans mes bras. Elle me tapote le dos un peu maladroitement. Lorsque je la relâche, elle m'accorde un de ses rares sourires.
- Je crois que je pourrais me faire à vos coutumes, avec le temps, me dit-elle.

Kalkak s'esclaffe, mais Alvën, toujours pragmatique, s'est déjà tourné vers Holgane :
- Pouvez-vous nous emmener au château de Kalkak, s'il vous plaît ?

Sans un mot, la Kervilgaï se tourne vers la zone circulaire délimitée par une petite haie. L'élémental fait apparaître des flammes qu'elle tisse selon un dessin compliqué. Les flammes s'entremêlent et s'enroulent jusqu'à former un vaste disque qui refroidit et s'opacifie. Il ressemble presque à un disque de fumée. Rien à voir avec le doux scintillement du Miroir d'eau. Je m'incline une dernière fois devant Sartal, qui me répond d'un simple signe de tête. Kalkak a déjà disparu et je le suis. Je reconnais tout de suite le bâtiment qui m'entoure à présent : le château fort de Kalkak. Une excentricité qui s'est révélée bien utile face aux troupes de mon père. Nous sommes arrivés au milieu d'un espace dégagé délimité par des petits piquets attachés par une ficelle. Je m'écarte afin de laisser la place à Alvën et Holgane.

- On se retrouve dans le hall pour manger un morceau, me lance Kalkak avant de s'éloigner à grands pas pour inspecter l'avancement des travaux de son domaine.

La grande fosse que j'avais creusée au milieu de la cour est presque comblée. Il ne reste qu'un petit étang qui, visiblement, est destiné à rester.

La porte a été déblayée et la muraille est presque réparée. Après un an, on aurait pu penser que les travaux seraient plus avancés, mais j'imagine que la remise en état de la forteresse ne faisait pas partie des priorités de reconstruction.

Alvën et moi nous dirigeons ensemble vers l'entrée du château. Holgane marche en retrait, comme si nous lui faisions peur. A bien y réfléchir, c'est sans doute le cas. Alvën est le chef de l'armée contre laquelle elle s'est battue et je suis la fille d'un roi redouté et légèrement cinglé. Elle n'est cependant pas assez loin pour que je puisse parler librement à mon compagnon. Depuis ma discussion avec Cormélia, je brûle de pouvoir m'excuser, de combler la distance qui s'est installée entre nous et de retrouver la relation que nous avions avant mon départ.

Malheureusement, l'occasion ne se présente pas non plus au cours de cette collation qui sert de petit-déjeuner tardif à mes deux compagnons. Kalkak monopolise la conversation, ce dont je ne me plains pas vraiment. Il est amusant et comble les silences gênés entre Alvën et moi. Nous rions de concert à ses anecdotes. Lorsque mes yeux dérivent de temps à autre vers le Maître Gardien, je constate qu'il me regarde aussi, de façon bien moins discrète, et je rosis.

Kalkak se rejette en arrière contre son dossier après avoir mangé suffisamment de gâteaux et de fruits pour nourrir une famille entière pendant deux jours. Je me penche en avant et demande :

- Quelle est la suite du programme ?
- La forteresse de Kalkak est le point le plus au sud de Kerdilön possédant une aire pour les Miroirs, explique Alvën. A partir de là, Holgane, toi et moi allons voyager à cheval, puis par bateau.

Je me tourne vers notre hôte :
- Vous ne nous accompagnez pas ?
- Comme Verya l'a dit : mieux vaut ne pas débarquer en Kervilgän avec tout un troupeau de Kerdilonaï. Et je suis certain qu'Alvën saura assurer votre sécurité.
- Je n'ai pas besoin qu'on assure ma sécurité, marmonné-je.
- Ça, je n'en doute pas ! confirme Kalkak avec un large sourire.

Je pourrais demander à Holgane de créer un Miroir de feu, ici et maintenant, et me retrouver aussitôt dans le palais. Nous gagnerions tellement de temps !
- Pourrais-je te parler en privé un instant ? demandé-je à Alvën.

Le sourire de Kalkak s'élargit. Alvën se contente de hocher la tête. Est-ce parce que sa gorge est soudain aussi sèche que la mienne ?
- Je vous laisse, décrète le géant roux. De toute façon, je dois voir mon intendant.

Comme Holgane a refusé de se joindre à nous pour déjeuner, Alvën et moi nous retrouvons seuls à l'extrémité d'une des deux longues tables du hall. Par quoi dois-je commencer ? Par m'excuser et lui dire que j'aimerais tellement que nous puissions reprendre notre histoire ? Ou par lui dire que je ne veux pas qu'il m'accompagne ? Les deux idées ne sont-elles pas légèrement incompatibles ? Pourquoi tout doit-il toujours être aussi compliqué ?

Je dois me concentrer sur ce qui est le plus important pour l'instant, à savoir persuader les nobles de Kervilgän de m'accepter pour reine. C'est bien ce qu'on attend d'une souveraine, non ? De faire passer son peuple en premier.

Alvën attend, un sourcil levé. J'inspire profondément :

- Je souhaite que Holgane crée un Miroir de feu ici, qui débouche dans le château.

Son sourcil se hausse plus haut :

- Pour quelle raison ?

- Parce que mes chances d'être reconnue comme reine de Kervilgän augmenteront si je ressemble à une reine de Kervilgän. Je sais que cela peut sembler idiot. Il ne suffit pas d'affubler n'importe qui d'une robe hors de prix au décolleté plongeant pour qu'elle devienne soudain reine, mais…

- Non, je crois que tu as raison.

Je m'attendais à être obligée de discuter bien davantage. Mon cœur se serre à l'idée de cette nouvelle séparation, qu'il a l'air de prendre plutôt bien.

- Je suis heureuse de savoir que tu le prends comme ça, affirmé-je. Alors, je suppose qu'il est temps de nous dire au revoir.

- Pourquoi ?

Mélange de soulagement – il ne prenait pas notre séparation à la légère – et d'inquiétude – ça ne va pas être si facile que ça, finalement.

- Parce que vous n'avez pas cessé de me répéter que les Kerdilonaï n'étaient pas les bienvenus en Kervilgän. J'imagine que l'arrivée du Maître Gardien en plein cœur du palais, sans y avoir été invité, ne sera pas très bien perçue.

- Dans ce cas, tout va bien. Je ne suis plus Maître Gardien.

Je me rends compte au bout de quelques secondes que je le regarde bêtement, la bouche entrouverte. Je secoue la tête pour me ressaisir.
- Comment cela, tu n'es plus Maître Gardien ?
- J'ai donné ma démission avant de quitter Jarion.

Je me sens engourdie. Il a démissionné… pour moi ? Pour pouvoir m'accompagner ? Je mets un certain temps à retrouver l'usage de ma voix :
- Et ton père l'a acceptée ?
- Oui. Il savait que cela faciliterait ma présence à tes côtés.

Un doute affreux s'insinue aussitôt dans mes pensées :
- Donc, tu as démissionné pour m'accompagner… pour pouvoir rendre des comptes à ton père ?

Son regard se durcit. Et voilà, j'ai encore mis les pieds dans le plat.
- Cela me navre que tu penses ça.

Il se lève et s'éloigne de la table. Je reste paralysée l'espace d'une seconde. Non. Je ne peux pas laisser les choses se dégrader encore davantage entre nous. Toute cette distance est entièrement ma faute et j'ai intérêt à réparer les dégâts. Je le rattrape et lui prends le bras :
- Attends !

Il se tourne vers moi. Son regard est toujours glacé. J'inspire profondément et me jette à l'eau :
- Je suis désolée.

Il hausse les épaules et fait mine de s'éloigner à nouveau. Je ne lâche pas son bras :
- Non, s'il te plaît, laisse-moi parler.

Il s'arrête et me dévisage, attendant que je me décide.
- Je ne parle pas seulement de ce que je viens de dire. Je suis désolée… pour tout. Pour n'avoir pas été assez

forte pour rester, après la guerre, pour avoir eu peur de revenir, pour ma réaction quand tu es venu me chercher, pour… avoir laissé Maxime m'embrasser, pour être restée sur la défensive depuis que je suis arrivée, parce que je me sentais tellement coupable de tout le reste, parce que j'avais peur que tes sentiments aient changé, alors que je n'ai qu'une envie : reprendre notre histoire là où nous l'avons laissée…

Ma voix s'éteint et je dois faire un effort pour ajouter timidement :

- Si tu le veux bien ?

Mon cœur bat tellement vite que j'ai l'impression d'avoir piqué un sprint. Ma bouche est horriblement sèche, je sais que je retiens ma respiration mais n'arrive pas pour autant à expirer. Au bout de quelques secondes qui me semblent des heures, son expression s'adoucit :

- Il va falloir que tu me fasses confiance et que tu acceptes une fois pour toutes que je suis le fils de Sartal, sans pour autant ne faire qu'obéir à ses ordres, parce que si tu vois mon père derrière chacune de mes paroles...

- Je te l'ai dit : je suis désolée. C'est simplement que j'ai du mal à y croire. J'ai du mal à réaliser que tu puisses faire tout ça juste… juste pour moi.

Il m'adresse un sourire malicieux qui me réchauffe le corps et allège mon cœur. Son regard se fait tendre :

- Eh bien, il va falloir que vous vous fassiez à cette idée, princesse Alizé.

- Liz, rétorqué-je automatiquement.

- Oui, alors ça, c'est une autre chose à laquelle il va falloir te faire. Si tu deviens reine, tes sujets ne t'appelleront pas Liz.

Il a raison. Je soupire :

- Je suppose que je pourrai m'y faire. A condition que tu ne les imites pas.

Son sourire s'élargit :

- Accordé.

Il fait un mouvement, comme pour me prendre dans ses bras, regarde autour de lui. Nous ne sommes pas seuls, loin s'en faut. Il se contente de me désigner les grandes portes :

- Alors, on y va ?

Après cette réconciliation, j'ai du mal à former les mots pour exprimer ce que je sais devoir dire :

- Je suis vraiment navrée que tu aies renoncé à être Maître Gardien.

- Ne le sois pas. Je suis heureux de pouvoir t'aider. Toute autre considération mise à part, je te dois bien ça.

- Le souci, c'est que, même si tu n'es plus Maître Gardien, je ne suis pas certaine que ce soit une bonne idée… que tu viennes m'aider.

- Liz…

- Non, écoute-moi. Comment vont réagir les nobles de Kervilgän à ta présence ? Une fois que je serai reine, tu pourras me rejoindre.

- Tu seras en danger dès ton arrivée, pas seulement lorsque tu auras été couronnée. Tu le seras peut-être même encore davantage *avant* d'être couronnée.

- Je sais me défendre.

Alvën croise les bras et prend son air buté

- Je le sais. Mais tu pourrais avoir besoin d'un coup de main pour te sortir des ennuis.

- Si j'en crois mes souvenirs, la dernière fois, c'est moi qui ai dû t'en tirer.

Alvën fait la grimace.

- Oui, mais la dernière fois, tu es allée rejoindre ton père, cinglé, certes, mais qui n'avait pas vraiment de raison de te nuire. Cette fois, tu vas te retrouver au beau milieu de raids menés par des élémentaux ennemis et ceux qui devraient t'aider verront ton arrivée comme une menace pour leur pouvoir. Je viens avec toi, et c'est tout.

- J'ai très envie de t'embrasser.

La surprise remplace son expression butée.

- Bon, assez traîné. On y va, déclaré-je avant qu'il ait pu répliquer.

Là-dessus, je me tourne vers les portes et avance d'un pas décidé, un sourire idiot plaqué sur le visage. Quelques secondes plus tard, il me rattrape et, tandis que nous traversons le hall côte à côte, nos doigts se trouvent et s'entrelacent. J'ai l'impression d'avoir dans la poitrine un ballon gonflé de bonheur. Peut-être sera-t-il difficile de persuader les Kervilgaï de ma légitimité avec le prince de Kerdilön à mes côtés, mais sa présence vaut bien toutes les difficultés du monde.

Dans la cour, Kalkak vient à notre rencontre. Il nous lance un regard entendu qui me fait rougir, sans que je lâche pour autant la main d'Alvën.

- Vos chevaux sont prêts, nous apprend-il.

- En fait, nous n'en aurons pas besoin, lui répond mon compagnon. Nous allons voyager par Miroir.

- Vous allez arriver directement en Kervilgän sans demander la permission ?

- Je n'ai pas besoin de permission, répliqué-je. Je suis la princesse de Kervilgän.

J'ai encore du mal à réaliser que c'est bel et bien le cas, mais Alvën a raison : j'ai intérêt à m'y faire si je veux devenir reine. Devenir reine, mais qu'est-ce qui me prend ? Je déglutis péniblement. Je sens la main d'Alvën presser tendrement la mienne et je carre les épaules. Kalkak n'a pas remarqué mon hésitation. Il fait une moue dubitative :

- Comme vous voulez. De toute façon, je n'ai pas vraiment mon mot à dire. Mais ton père ne va pas apprécier.
- Je pense que la princesse Alizé peut rejoindre son royaume comme elle l'entend, sans l'autorisation de mon père.
- Sans doute. Ce n'est pas pour ça qu'il va aimer.
- Il n'a peut-être pas à le savoir.

Alvën et Kalkak se dévisagent un moment. Le visage du géant se fend d'un sourire :
- J'ai beaucoup de travail ici. Je ne pense pas retourner à Jarion avant un moment.
- Navalmen, soufflé-je en déposant un baiser sur sa joue.

Pour ce faire, il m'a fallu demander à l'air de me soulever. Le géant rosit légèrement. Holgane se tient à quelque distance de là, mal à l'aise. Je lui fais signe de nous rejoindre et nous nous dirigeons vers l'aire des Miroirs.
- Veuillez nous emmener au palais de Kervilgän, s'il vous plaît, lui demandé-je.

Elle hoche la tête et fait aussitôt apparaître la surface enfumée.
- Lanam eladön, nous salue Kalkak.
- Lanam eladön, répondons-nous en écho.

Il attire Alvën dans une étreinte d'ours et, après une brève hésitation, me serre aussi à me briser les côtes.
- Faites attention à vous, tous les deux !

Après un dernier sourire, je m'engage dans le portail, suivie par Alvën et Holgane. La pièce dans laquelle je me trouve maintenant est entièrement vide et nue. Les murs et le plafond sont de roche volcanique noire lisse et vitrifiée. Je suis de retour en Kervilgän.

Chapitre 8

- Et maintenant ? me demande Alvën.
- Holgane, pouvez-vous trouver la domestique nommée Dalya et lui demander de se rendre dans mes anciens appartements ?
- Oui, votre Majesté.
- Et nous, on essaie de se rendre dans les appartements en question sans se faire remarquer, ajouté-je à l'intention de mon compagnon.
- Voulez-vous que je passe en éclaireur avant d'aller chercher votre servante ? me propose Holgane.
- Ça me paraît une bonne idée.

Holgane sort la tête de la pièce et nous fait signe de la suivre.

- Pas de garde ? m'étonné-je.
- Il n'y en avait pas non plus à l'époque de votre père, fait remarquer l'élémental.
- C'est vrai, mais les Miroirs de feu n'étaient pas aussi communément utilisés, à l'époque. Et la réputation de mon père était suffisante pour tenir éloignés les éventuels intrus.
- J'imagine que le chaos qui règne depuis la fin de la guerre est tel que personne n'a songé à s'en inquiéter.

Holgane s'engage dans les escaliers. Juste avant le palier du deuxième étage, elle nous fait un signe de la main. Nous nous arrêtons aussitôt. Des pas s'éloignent dans le couloir. Dès que leur écho s'estompe, nous dévalons la dernière volée de marche, nous engageons dans le corridor des appartements royaux et ouvrons précipitamment la porte de mon petit salon. Holgane nous salue et remonte dans les étages. Je ferme la porte derrière nous et me laisse tomber dans un fauteuil.

Je tapote l'accoudoir d'un geste nerveux. Alvën saisit ma main et se glisse à mes côtés. Nous nous retrouvons serrés comme des sardines en boîte. Un canapé bien plus grand se trouve juste en face de nous, mais l'idée de changer de place ne m'effleure même pas. Mon cœur bat la chamade en le sentant si près de moi. Il tient toujours ma main dans les siennes.

- Ne t'inquiète pas. Je suis sûr que tout va très bien se passer.

- C'est gentil d'essayer de me remonter le moral, mais voyons les choses en face : je ne suis pas une reine.

Il caresse ma main en cercles concentriques qui décrispent les muscles de mon bras. Peu à peu, c'est tout mon corps qui se détend.

- Et pourquoi pas ? me demande-t-il. Tu ne pensais pas non plus être capable de maîtriser ton don, ni d'être une guerrière et tu n'as certainement jamais cru que tu pourrais être générale. Pourtant, tu as réussi tout cela, la dernière fois. Et bien plus : tu as gagné le respect de toute notre armée. Ce ne sera pas si différent. Tu es courageuse et tu as un grand cœur. Le reste, tu l'apprendras sur le tas.

- Merci, murmuré-je.

- Alors, que disais-tu, tout à l'heure, chez Kalkak ?

- Que c'était une mauvaise idée que tu m'accompagnes ? D'accord, je dois reconnaître que, pour le moment, le soutien moral…

- Non, ce que tu as dit après ça.

- Oh !

Et je n'ai pas le temps d'en dire plus. Les lèvres d'Alvën se posent sur les miennes et, comme à chaque fois, tout le reste s'estompe.
- Hum… Majesté ?

Je saute hors du fauteuil. Vu comme mon visage me semble chaud, tout à coup, j'imagine que je dois être rouge pivoine. Alvën, de son côté, a l'air plutôt content de lui. En tout cas, il affiche un petit sourire satisfait proprement agaçant. Dalya se tient à un mètre de la porte, plongée dans une profonde révérence, le visage résolument tourné vers le sol. Je ne l'ai même pas entendue entrer !
- Dalya !

Elle se redresse :
- Désolée, votre Majesté, je ne voulais pas vous déranger.

Je franchis en quelques pas l'espace qui nous sépare et la serre dans mes bras.
- Je suis tellement heureuse de vous revoir !

Quand je la relâche, elle semble quelque peu surprise, mais contente aussi.
- Je suis heureuse de vous revoir aussi, votre Majesté.

Je fais la grimace.
- Je vous en prie, ne m'appelez pas ainsi. Je ne suis pas encore reine.
- Pour moi, vous l'êtes, votre Majesté.
- J'aimerais que d'autres soient aussi bien disposés à mon égard.
- D'autres le sont, votre Majesté, et sans doute bien plus que vous ne l'imaginez.
- Y compris au Conseil ?

C'est au tour de Dalya de grimacer.
- Peut-être pas. Ou peut-être seront-ils soulagés que quelqu'un prenne enfin ce sac de nœuds en main. Comment savoir ?

- A vrai dire, il n'y a qu'un moyen.

Je prends une profonde inspiration.

- Bien, inutile de tergiverser plus longtemps. Pouvez-vous faire de moi une reine ?

- Avec grand plaisir, votre Majesté.

Elle coule un regard en direction d'Alvën.

- Puis-je vous demander quels sont les projets du Maître Gardien ?

- Il n'est plus Maître Gardien, expliqué-je.

- L'ancien Maître Gardien va attendre ici que vous ayez apprêté Sa Majesté, répond Alvën, apparemment déterminé à ce qu'on ne décide pas pour lui. Ensuite…

- Ensuite, il serait bien que vous lui prépariez des appartements et que vous l'y accompagniez, l'interromps-je tout de même d'un ton sans réplique.

Alvën croise les bras, les sourcils froncés. Mais, devant mon regard noir, il s'abstient de protester. Enfin, pour le moment. J'imagine que ce n'est que partie remise. Je quitte le salon et pénètre dans mon ancienne chambre. Rien n'a changé. Dalya commence immédiatement à fouiller dans une armoire. Elle en sort une robe noire aussi brillante que de la soie, brodée d'or et de centaines de minuscules pierres noires, au décolleté vertigineux.

- Vous êtes sûre que…

- Majesté, si vous avez fait appel à moi, j'imagine que c'est parce que vous avez confiance en mon jugement. S'il vous plaît, laissez-moi faire. Quand j'aurai terminé, si vous n'êtes pas satisfaite, il sera encore temps de changer. Pour le moment, personne ne sait que vous êtes là. Nous ne sommes pas pressées.

Je prends donc la robe et disparais derrière un paravent pour l'enfiler. Dalya m'aide ensuite à l'ajuster en serrant et nouant les cordons à l'arrière. Je m'assieds devant ma coiffeuse pour laisser Dalya peigner mes longs cheveux noirs. Elle les divise en petites tresses qu'elle enroule, torsade et remonte, jusqu'à former un chignon sophistiqué. Le tout a pris pas mal de temps et j'imagine Alvën en train de faire les cent pas dans le salon. Ce qui me ramène d'ailleurs à notre baiser. J'ai dû prendre un air niais et énamouré, parce que Dalya me demande :

- Donc, l'ancien Maître Gardien et vous êtes fiancés ?

Je manque de m'étrangler.

- Non, juste amis.

Dalya lève un sourcil.

- Bon, disons que je ne sais pas très bien ce que nous sommes pour le moment, capitulé-je.

La domestique se permet une petite moue qui disparaît très vite. Elle a encore du mal à se sentir libre d'exprimer son avis ou ses idées. Une telle réaction, devant Brandaron, lui aurait sans doute valu de périr immolée par le feu.

- Vous avez quelque chose à dire ?

- Non, votre Majesté.

- Dalya, vous savez que je ne suis pas mon père. Et que je vous considère comme une amie. Si vous avez quelque chose sur le cœur, dites-le.

Elle a entrepris de me maquiller. Tout en effleurant mes joues d'un pinceau, elle explique d'une voix hésitante.

- Je sais que vous avez tous les deux traversé beaucoup de choses et que vous êtes… amis. Mais je crains que la présence ici du Maître Gardien de Kerdilön, avant votre couronnement, ne vous desserve.

Je soupire :

- J'ai essayé de le lui expliquer, mais il est plus têtu qu'une mule.

- Une mule, votre Majesté ?

- Peu importe.

- Puis-je suggérer qu'il reparte comme il est arrivé ?
- Il n'acceptera jamais.
- Même si cela doit vous coûter la couronne ?
- Il répondrait à cela qu'il préfère que je perde la couronne plutôt que la vie.

Le pinceau s'interrompt.

- Vous croyez qu'il dramatise ? demandé-je.
- Honnêtement, je n'en sais rien, votre Majesté. Comme je vous l'ai dit, j'ignore quelle sera la réaction du Conseil. Il pourrait être vivement soulagé ou franchement hostile.
- La présence d'Alvën risque de faire pencher la balance du côté « franchement hostile. » Mais, si c'est le cas j'imagine que je serai contente qu'il soit là.
- Vous avez raison. Je ne veux certainement pas qu'il vous arrive malheur…
- Mais ?

Dalya reste silencieuse un moment. Je m'apprête à lui assurer à nouveau qu'elle ne sera jamais fouettée pour m'avoir dit ce qu'elle pensait lorsqu'elle laisse échapper dans un souffle :

- Mais votre peuple souffre, Majesté.

Mon cœur se serre.

- Je vous promets de faire tout ce qui est en mon pouvoir pour y remédier.

Dalya incline la tête. Elle ôte le collier de brimbin de mon cou. J'amorce un mouvement comme pour l'en empêcher. Elle hausse un sourcil, intriguée.

- C'est un cadeau. C'est peut-être idiot, mais j'y tiens beaucoup.
- Je vais le ranger avec autant de soin que vos autres bijoux, dans ce cas.

Je lui souris, reconnaissante, même si je ne pourrai sans doute pas le porter de sitôt. Elle ouvre ensuite l'un des tiroirs du coffret déposé devant moi et prend une rivière de diamants qu'elle attache autour de mon cou, puis elle s'écarte pour me laisser admirer le résultat. Elle a vraiment fait des prouesses. Je semble à peine maquillée et, pourtant, je parais plus âgée, plus mûre, plus mystérieuse, plus désirable et en même temps inaccessible. Elle s'est éloignée en direction de l'armoire et revient avec un diadème en or, incrusté de minuscules diamants étincelants, qu'elle pose sur ma tête.

- Alors, qu'en dites-vous ?
- J'ai du mal à croire que c'est moi, murmuré-je.

Elle s'autorise un petit sourire satisfait.

- Allez, maintenant. Et ne vous laissez pas faire par cette bande de vieux dégarnis.
- Je ne vous décevrai pas.

Cette fois, c'est elle qui me serre dans ses bras :

- J'ai foi en vous, votre Majesté.

J'ouvre la porte qui donne sur le petit salon. Alvën se tourne vers moi et reste stupéfait.

- Liz ! Tu es…
- Différente ?
- Belle. Dangereusement belle.
- Je vais prendre ça pour un compliment, décidé-je avec un sourire incertain. Je te retrouve ici. Souhaite-moi bonne chance.
- Je t'accompagne.
- Non.
- Liz…
- Non, s'il te plaît. Je te suis reconnaissante, vraiment, pour tout. Mais c'est quelque chose que j'ai besoin de faire seule.

Il me regarde et finit par hocher la tête.

- Sois prudente.

- Compte sur moi. Et puis, grâce à toi, ce n'est pas tout à fait comme si j'étais une proie facile, ajouté-je avec un sourire que j'espère confiant.

Je sors dans le couloir et descends l'escalier principal en pierre noire. Dans le grand hall, les gardes me dévisagent, surpris, mais ne font aucun geste pour m'arrêter lorsque je me dirige vers la salle du trône. Je passe devant l'arbre de pierre gigantesque, aux feuilles d'argent et fruits de rubis, sans lui accorder un regard. Toute mon attention est dirigée vers les hauts battants gravés du symbole stylisé du feu, en or sur fond noir, les couleurs de Kervilgän. Un soldat ouvre la porte sans que je le lui demande et je m'avance dans la salle du trône. La grande fresque maritime représentant un voilier chevauchant les vagues sous le soleil couchant occupe tout le mur du fond. Les somptueuses tapisseries décorées d'animaux marins décorent toujours le mur de gauche. Mais le trône en pierre noire, recouvert d'or, a disparu. Le milieu de la pièce est occupé par une table en pierre ovale autour de laquelle sont disposés quinze sièges. Tous sont occupés par des nobles qui se sont interrompus pour me regarder entrer. J'en reconnais plusieurs pour les avoir rencontrés lors de mon précédent séjour.

L'homme qui préside a une couronne de cheveux blancs, dressés comme les plumes d'une aigrette. Son sourire se veut aimable mais ses yeux sont froids et perçants. Il se lève :

- Votre Altesse ! Nous ne vous attendions pas si tôt.

Je parviens à masquer ma surprise. Ils m'attendaient ? Bien sûr. Ils doivent avoir des espions à la cour de Sartal. Mais ils ne s'attendaient pas à ce que j'arrive directement par Miroir.

- Seigneur Graskin, je suis ravie que vous ayez été informés de ma venue. Cela nous permettra d'entrer immédiatement dans le vif du sujet.

J'avance jusqu'à la chaise qu'il vient de libérer et m'y assieds sans cérémonie. Il échange un regard surpris avec ses collègues, que je feins de ne pas remarquer. Un domestique en livrée noir et or apporte rapidement un siège supplémentaire. Graskin se voit contraint de s'installer à l'autre bout de la table.

- Messires, commencé-je. J'ai appris que vous n'aviez toujours pas choisi de successeur à mon père. Je suis donc venue faire valoir mes droits sur le trône.

- Je vous demande pardon, Altesse, répond Graskin, mais vous n'avez pas eu l'air intéressée par le fait de gouverner après la mort de votre père. Pourquoi venir maintenant ?

Je manque de répondre que j'espérais qu'il trouverait quelqu'un de plus qualifié que moi pour le poste, mais je m'arrête à temps. Leur rappeler que je n'ai aucune expérience n'est sans doute pas la meilleure des idées.

- J'avais des choses à régler dans mon monde. J'étais partie… précipitamment. J'avais conscience que cela risquait de me coûter la couronne, mais j'espérais que vous trouveriez un nouveau souverain capable de sortir Kervilgän des ennuis. Puisque ce n'est pas le cas…

- Insinuez-vous que nous ne prenons pas soin du royaume, s'énerva un homme dont le nez busqué, la presque absence de lèvre supérieure, les petits yeux humides et les minuscules oreilles me font irrésistiblement penser à une otarie : le comte Ghalyar, il me semble.

- Je n'insinue rien. Je constate, c'est tout.

- Si vous pensez nous convaincre de vous choisir pour souveraine en insultant notre travail...

- Veuillez me pardonner, mais je n'ai pas à vous convaincre de quoi que ce soit. Vous n'avez pas à me « choisir. » Je suis la fille de Brandanon. Depuis la mort de mon frère, je suis sa seule enfant, sa seule héritière. Le trône me revient de droit par le sang, la loi et la tradition. Si j'avais trouvé le trône occupé, j'aurais mis de côté mes prétentions pour le bien du royaume, afin d'éviter une guerre civile, mais ce n'est pas le cas. Je suis donc votre reine légitime.
- Où est votre escorte ? me demande Graskin.

Je plisse les yeux :
- Je ne vois pas en quoi c'est pertinent pour le problème qui nous occupe.
- Laissez-nous en juger. D'après nos informations, vous ne deviez pas venir seule.
- Cessons de tourner autour du pot, voulez-vous ? Si vous avez été informés de ma venue, vous savez pertinemment qui devait m'accompagner.
- Très bien, répond Graskin d'un ton sec. Dans ce cas, pouvons-nous savoir quelles sont les intentions du Maître Gardien de Kerdilön ?

Et nous y voilà ! Alvën, je t'adore, mais ta présence ne va décidément pas me simplifier la tâche.
- Alvën n'est plus Maître Gardien. Il est ici en tant que simple citoyen et en tant qu'ami.
- Un ami qui se révèle être le prince d'un autre royaume.
- Vous faites erreur.
- Vraiment ?
- Je ne peux pas croire qu'une personne aussi bien informée que vous puisse ignorer qu'Alvën a renoncé à son titre de prince lorsqu'il est devenu Maître Gardien. Dans la mesure où il a maintenant démissionné, il n'est plus ni prince, ni Maître Gardien.
- Vous jouez sur les mots.

Je me rends compte que j'ai adopté une position défensive et que cela ne me sert pas.
- Quoi qu'il en soit, comme je le disais, je ne comprends pas bien en quoi sa présence est pertinente pour le sujet qui nous occupe.
- Nous sommes très inquiets à l'idée de laisser la direction de notre pays à… disons, une personne manquant d'expérience, qui pourrait se laisser manipuler à son insu.

Je reste silencieuse un moment, en fixant Graskin d'un regard que j'espère intimidant.
- Lorsque je suis arrivée à Kerdevel, le roi Sartal m'a menti afin de me tenir éloignée de mon père. Quand j'ai découvert la vérité, je me suis enfuie sans tenir compte de sa volonté et je suis arrivée jusqu'ici. En Kervilgän, mon père a joué avec mes sentiments. Il m'a menti et a tenté de me manipuler. Vous le connaissiez tous et conviendrez qu'il était charismatique et plutôt convainquant. Pourtant, j'ai décidé de ne pas le suivre. J'ai choisi seule mon camp. J'ai choisi seule de me battre et, bien que princesse kervilgaï, je me suis retrouvée à la tête des troupes Kerdilonaï. Là, Brandanon a tenté de me faire chanter pour me persuader de me rendre. J'ai laissé un homme mourir sous mes yeux, brûlé vif, pour faire ce que je croyais juste. Si cela ne vous démontre pas que je ne suis pas aisément manipulable, je ne sais pas ce qui le pourra.

Les conseillers échangent quelques regards. Certains ont l'air mal à l'aise, d'autres franchement hostiles, mais quelques-uns hochent la tête.
- Si vous devenez reine, quels seront vos objectifs ? demande Graskin.
- *Quand* je deviendrai reine, je compte me concentrer dans un premier temps sur trois choses qui sont, à mon sens, capitales : veillez à la distribution équitable de la

nourriture, organiser nos forces afin de lutter contre les raids et ouvrir nos portes à des élémentaux de la terre venant des autres royaumes afin de fertiliser notre sol. Pour le reste, je suis certaine que je pourrai bénéficier de vos rapports et de vos précieux conseils pour prendre les décisions qui s'imposeront au fur et à mesure.

La porte s'ouvre et un homme en armure entre, visiblement essoufflé :

- Jorsh kal vandresun !

Je me mords l'intérieur des joues. Malgré les quelques bribes de kerdilonaï apprises lors de mon précédent séjour, je n'ai pas compris ce qu'il vient de crier.

- Que se passe-t-il ? suis-je contrainte de demander.

Les lèvres de Graskin s'étirent en un petit sourire méprisant, avant qu'il ne se reprenne et n'adopte un air grave :

- On nous attaque.

Le soldat parle à toute vitesse et Graskin me traduit :

- Un raid contre une de nos mines de diamants.

Chapitre 9

- Cet homme est-il un élémental du feu ? demandé-je.
- Oui, Altesse.
- Demandez-lui de m'accompagner sur le lieu de l'attaque, immédiatement.
- C'est inutile, Altesse, proteste Graskin. Ils vont prendre quelques pierres et s'en aller. Vous n'y arriverez pas à temps.
- On m'a dit que les pillards faisaient des victimes.
- Moui, il arrive qu'ils s'en prennent à des travailleurs dans les mines.
- Donc, j'ai besoin d'un élémental du feu au troisième étage, tout de suite !

Le ministre échange un regard avec le duc Carivan, le père de Caspen, qui voulait me déclamer de la poésie lors de mon précédent séjour. L'autre hoche imperceptiblement la tête et je me demande furtivement si c'est bien Graskin qui dirige le conseil.

- Comme vous voudrez, acquiesce-t-il finalement.

Son hochement de tête remue ses cheveux blancs dressés d'une façon presque comique. Allons, Liz, ce n'est pas le moment de te laisser distraire !

- Je le retrouve là-haut, déclaré-je d'un ton que j'espère suffisamment autoritaire avant de quitter la pièce d'un pas pressé, mais digne.

Pourvu qu'il soit digne !

Une fois hors de la salle, j'accélère encore, monte les marches quatre à quatre et ouvre la porte de

mes appartements à la volée, essoufflée. Alvën pose La Communauté de l'Anneau et me regarde, étonné.
- Une attaque, parviens-je à articuler entre deux respirations.

Il se lève d'un bond et me suit sans poser de question. Nous arrivons les premiers dans la salle des Miroirs. Quelques instants plus tard, le soldat entre à son tour. Il est plutôt beau garçon, assez grand et musclé. Ses cheveux sont châtain clair. Il a de grands yeux noisette et quelques taches de rousseur sur le nez. Son visage me semble vaguement familier.
- Comprenez-vous ma langue ? demandé-je.
- Oui, Lodrical, me répond-il avec un léger accent.
- Je ne suis pas encore reine.

Il hausse les épaules.
- Quel est votre nom ?
- Gaviel, Lodrical.
- Est-il possible d'ouvrir un Miroir là-bas sans risque pour les travailleurs, Gaviel ?
- Oui, Lodrical. Il suffit de l'ouvrir sur la route. Nos gens se seront retranchés à l'intérieur.
- Alors allons-y.

Gaviel crée aussitôt un portail brumeux. Nous nous retrouvons sur la route en lacets qui franchit la chaîne de montagnes servant d'épine dorsale à l'île en forme de croissant. A gauche, la paroi grimpe presque verticalement, à droite, elle tombe en à-pic. Devant nous, c'est le chaos. Des langues de flammes et des rafales de vent fusent dans tous les sens. Il me faut quelques secondes pour distinguer la vingtaine de pillards qui lancent attaques sur attaques vers le boyau sombre, d'où sortent quelques ripostes. Visiblement, les élémentaux chargés d'extraire les pierres ont décidé de se défendre, ce qui n'est pas nécessairement la meilleure tactique pour éviter de se faire de tuer. Ils ne sont pas soldats ! Je fulmine à l'idée que le Conseil de nobles les laisse se débrouiller seuls alors que c'est à l'armée de les protéger !

Malheureusement, mon pouvoir sur la terre et sur l'eau sont inutiles ici, puisqu'il n'y a ni plantes, ni lac, ni rivière et que la mer est beaucoup trop loin. Ma maîtrise de la roche est encore assez rudimentaire et, si je pourrais certainement ordonner au sol rocailleux de se fendre sous les pieds des voleurs, cela me prendrait bien trop de temps. Pourtant, tous mes doutes, toutes mes réticences des mois passés se sont envolés en quelques secondes. Sans réfléchir, je crée une bourrasque suffisamment forte pour renverser cinq assaillants. Cela détourne l'attention d'une partie de leur force qui lance vers nous des langues de flammes. A ma gauche, Alvën crée aussitôt un vortex pour les dissiper, tandis que Gaviel forme entre ses mains des boules de feu de la taille d'un poing avant de les lancer par-dessus les rafales. Elles s'écrasent au milieu des pirates en projetant des étincelles. La tunique de l'un d'eux s'enflamme. Je frémis, tandis que des souvenirs de carnage m'assaillent. Je les repousse fermement. Ce n'est pas le moment. J'essaie de faire basculer les attaquants par-dessus le rebord de la falaise grâce au vent, mais ils ont créé leurs propres rafales pour me contrer. Ils ont beau être moins puissants, ils sont tout de même beaucoup plus nombreux. Le vent ne suffira pas. L'eau, c'est inutile d'y penser. Reste la terre. Je lève les yeux à la recherche de blocs de pierre instables. Je trouve une saillie qui pourrait faire l'affaire, relativement haut. Ça ne va pas être facile !

- Couvrez-moi ! crié-je.

Je m'accroupis et pose la main sur le sol. Alvën et Gaviel se positionnent devant moi. Je ferme les yeux, fredonne un air sans paroles et laisse mon don parcourir la roche. Je ressens sa composition, ses failles, sa force et ses fragilités. Je laisse mon esprit s'insinuer jusqu'à la saillie et commence aussitôt à agrandir les fissures, oublieuse des flammes et des bourrasques qui font rage tout autour de moi. La fracture que je dois créer n'est pas très grande. Bien moins que celle que j'avais formée pour détourner le cours de la rivière lors de la bataille contre mon père. Après quelques minutes, un craquement retentit. Les pirates lèvent la tête mais, avant qu'ils aient pu réagir, des blocs de roche s'effondrent sur eux. Deux d'entre eux se trouvaient hors de la trajectoire de l'éboulis. Ils restent immobiles, frappés d'horreur pendant quelques secondes, avant de former un Miroir et de disparaître sans demander leur reste. Je me redresse en vacillant un peu. Travailler la roche est encore fatiguant pour moi. Tandis que la poussière retombe, j'avance comme un automate vers l'amas de rochers. Il n'est pas suffisamment important pour boucher la galerie, mais l'accès en sera un peu moins aisé, jusqu'à ce que tout soit déblayé. Alvën me rattrape.

- Tu n'es pas obligée d'aller voir, me murmure-t-il.

Je m'approche tout de même. Alvën prend ma main et la serre. Je fais un effort pour ne pas détourner les yeux et pour ne pas vomir devant les corps brisés, dont certains portent des marques de brûlures.

- Jorsh fait-il partie des victimes ?

- Jorsh n'était pas là, répond Gaviel. L'attaque était menée par l'un de ses lieutenants.

Il me désigne un corps en ajoutant :

- Le voici. Son chef ne va pas être content !

- Attention ! me crie Alvën.

Il m'enveloppe de ses bras au moment où une chaleur intense m'assaille. Je crie et ferme les yeux, persuadée que nous allons tous deux brûler. Et puis, la chaleur disparaît comme elle était apparue.

- Que s'est-il passé ? demandé-je secouée.

- Cet homme n'était pas mort.

C'est Gaviel qui m'a répondu. Son épée est plantée dans le thorax d'un pirate qui n'était enseveli que jusqu'à la taille.

- Il a bien failli vous tuer, Lodrical.

Visiblement, le garde est aussi choqué que moi.

- Si le Maître Gardien n'avait pas créé ce bouclier d'air à temps…

Je me tourne vers Alvën. Le tissu de ses manches a roussi et fume encore. J'examine fébrilement ses bras sous toutes les coutures.

- Je n'ai rien, m'assure-t-il avec un sourire. Mais c'était moins une.

- On dirait bien que tu viens de me sauver la vie !

Son sourire s'approfondit et se fait moqueur :

- Je t'avais dit que je pouvais être utile…

J'aimerais l'embrasser et me blottir dans ses bras, mais les mineurs sortent timidement de la galerie. Je me contente donc de serrer sa main.

- Vous ne craignez plus rien, les rassuré-je en me forçant à sourire.

Gaviel leur adresse quelques mots et les Kervilgaï poussent une acclamation :

- Valarnamia !

- Que leur avez-vous dit ?

- Que la reine les a sauvés.

- Vous ne devriez pas. Je ne suis pas encore reine, le réprimandé-je tout en continuant à sourire aux travailleurs.

Le visage de Gaviel est rayonnant et me rappelle à nouveau quelqu'un.

- Après ça, si le conseil ne vous couronne pas, il va se retrouver avec un soulèvement du peuple sur les bras.
- Ces gens ne sont qu'une quinzaine.
- La nouvelle va voyager vite, vous pouvez me croire.

Je ne peux m'empêcher de demander :
- Nous sommes-nous déjà rencontrés ?
- Je vous ai déjà vue, de loin, lors de la guerre contre Kerdilön. Mais je suppose que vous n'avez pas dû me remarquer au milieu de tous les élémentaux ennemis.
- Votre visage me semble pourtant familier.
- C'est peut-être parce que vous connaissez ma sœur.
- Dalya ! m'exclamé-je.
- En effet. Elle m'a beaucoup parlé de vous. Et je crois qu'elle a raison à votre sujet.

Je jette un dernier regard à la scène, avant de soupirer :
- Bien, il est temps d'aller retrouver un autre genre d'adversaires.

Gaviel s'écarte un peu et forme un Miroir, que nous traversons au son d'un dernier « Valarnamia ! »
- Qu'est-ce que cela signifie ? demandé-je.
- « Vive la reine ! » me répondent en même temps mes deux compagnons.

Alvën m'adresse un sourire complice et je parviens à lui répondre. Peut-être que cette victoire m'aidera effectivement à en remporter une autre. De retour dans la pièce du troisième étage, j'examine ma robe. La dentelle est déchirée par endroit et elle est plus grise que noire, à cause de la poussière.
- Je devrais peut-être me changer, soupiré-je sans grande conviction.
- Je pense que, au contraire, tu devrais rester comme ça. Cela leur rappellera que tu viens de mener un combat pour eux.
- Alvën…

- Oui, je sais. Je t'attends ici.
- Si tu veux, tu peux monter tout en haut, dans la salle d'observation. Tu y seras bien en attendant que je revienne. Je te retrouverai là-bas.

Il dépose un baiser léger sur mes lèvres et murmure :
- Bonne chance.

Je carre les épaules et me dirige vers l'escalier, Gaviel sur les talons. Lorsque nous pénétrons dans la salle du trône, la conversation s'interrompt brutalement. Les membres du Conseil tournent les yeux vers moi. Certains semblent déçus de me revoir en vie.
- Votre Altesse ! Nous sommes heureux de voir que vous allez bien ! s'exclame Graskin.

Je lui adresse un sourire aussi mielleux que ses paroles :
- Votre sollicitude me touche, mon Seigneur. Quand pourrons-nous procéder au couronnement ?
- Hum, oui… Mais nous n'avons pas encore pris de décision…
- Vous avez pourtant eu tout le temps de discuter de ma légitimité, pendant mon absence.

Ils échangent un regard gêné.
- Mais… commence Graskin.
- Mais nous n'étions pas certains que vous reviendriez, alors nous avons traité d'autres sujets portés à notre attention, explique le comte Ghalyar. Après tout, vous n'étiez que trois contre ces pirates.
- Apparemment, vous avez réellement tendance à oublier qui est mon père. Je suis la fille de Brandanon et j'ai hérité de la puissance de son don. Ne me sous-estimez pas…
- Serait-ce une menace ?

- Vous êtes libres d'interpréter mes paroles comme il vous sied. Par contre, je ne saurai tolérer que vous jouiez avec la sécurité de mon peuple plus longtemps !

Je parcours l'assemblée de mon regard le plus noir. Graskin se racle la gorge :

- Êtes-vous arrivée avant la fin du raid ?
- Non, je me suis roulée dans la poussière pour faire style.
- Faire style ? répète Graskin, les sourcils froncés.

Je soupire :

- Oui, nous sommes arrivés à temps. Oui, les pirates ont été vaincus. Deux d'entre eux ont réussi à s'échapper, les autres sont morts. Aucune perte n'est à déplorer dans notre camp.
- Les mineurs étaient enchantés d'avoir été sauvés par leur reine, intervient Gaviel.

Graskin manque de s'étrangler. Ghalyar entrouvre la bouche, ce qui accentue encore sa ressemblance avec une otarie et je m'attends presque à l'entendre protester : « Honk, honk ! » Le duc Carivan parvient à grand-peine à masquer sa grimace.

- Bien, nous avons une décision à prendre, déclare Graskin comme si c'était la chose la plus difficile qu'il ait jamais faite de sa vie. Je vous suggère d'en profiter pour vous rafraîchir et vous restaurer, votre Altesse.

J'hésite à sortir. Je leur ai rappelé que le trône me revenait de droit, que j'étais prête à me battre pour lui si nécessaire et, grâce à Gaviel, ils savent que le peuple sera derrière moi. Dois-je rester et insister ? Gaviel me fait un léger signe en direction de la porte. J'incline donc brièvement la tête et sors, escortée une nouvelle fois par le frère de Dalya. Dans le hall, je lui demande :

- Pourquoi m'avoir conseillé de sortir ?

- Ils savent qu'ils n'ont pas le choix, mais ils sont fiers et refuseront de l'admettre. Ils vont faire mine de délibérer un moment et prendront la décision qui s'impose, tout en donnant l'impression qu'ils auront gardé le contrôle.

Je m'arrête pour le regarder :

- Je vous remercie pour votre aide.

Il m'adresse un salut militaire, sans oser me regarder dans les yeux :

- A votre service, Lodrical.

Il se dirige alors vers la porte principale du palais, tandis que je monte les grandes marches. Je suis tentée de rejoindre Alvën tout de suite, mais je fais une pause dans mes appartements, le temps de demander à Dalya une autre robe.

- Majesté ! Que vous est-il arrivé ?

Je lui raconte brièvement l'attaque.

- J'ai rencontré votre frère.
- Gaviel ?
- Oui, pourquoi, vous en avez d'autres ?
- En fait, oui, bien qu'il soit peu probable que vous ayez rencontré Darn sur le lieu d'une attaque : il travaille en cuisine.

Quelques minutes plus tard, vêtue d'une robe vert sombre, je rejoins Alvën au sommet de la tour.

- Alors ? me demande-t-il.
- Alors ils délibèrent.

Il grogne quelque chose en kerdilonaï qui n'est sans doute pas flatteur pour les membres du Conseil. Un jeune serviteur apparaît alors, chargé d'un plateau de petits pains à la farine d'algue, d'une couleur légèrement verdâtre, de différents cubes de poissons marinés et d'une carafe de vin. Il nous verse à chacun un verre pendant que je fais la grimace :

- J'ai vraiment hâte que la nourriture de Kervilgän soit un peu plus variée.

Alvën tend la main et intercepte le verre que me tend le domestique, avant de le poser sur une petite table.

- De toute façon, je te déconseille de manger ça.
- Pourquoi ?
- Si le Conseil est vraiment contrarié par ta présence ici, un de ses membres pourrait bien avoir fait « assaisonner » la nourriture ou la boisson.

Je regarde la coupe de vin avec regret. Je suis tellement stressée, j'aurais volontiers bu un verre.

- Je ne vais quand même pas rester sans manger ni boire tout le temps que je serai ici !
- Bien sûr que non. Quand tu seras réellement ici chez toi, les domestiques te seront suffisamment loyaux pour que tu n'aies plus ce genre de crainte. Mais pour le moment, les maîtres à bord, ce sont les nobles. Je te conseille de demander à Dalya si elle connaît quelqu'un de fiable en cuisine et de charger cette personne de la préparation et de la surveillance de tes plats.
- Il se pourrait que je connaisse la personne idéale pour ça, réponds-je, songeuse, les yeux perdus vers l'océan.

Alvën se tient tout près de moi, protecteur après ce qui s'est passé à la mine. Son coude effleure le mien. Une nouvelle fois, une forte envie de me retrouver dans ses bras m'envahit. J'aimerais que le domestique se retire et nous laisse seuls, tous les deux.

- Alors, comment ont-ils pris ma présence ? me demande mon compagnon.

Je grimace :

- Comme on pouvait s'y attendre. Ils se demandent ce que tu fais ici.
- Tu ne leur as pas dit que nous étions fiancés ?

Je m'esclaffe :

- Et pourquoi leur aurais-je dit une chose pareille ?
- Parce que c'est le cas, répond-il lentement, l'air surpris.
- Nous ne sommes pas fiancés !
- En Kerdevel, quand une femme en vient à accepter d'embrasser l'homme qui lui fait la cour, cela revient à se fiancer.
- Mais tu étais encore fiancé à Anaëlle quand tu m'as embrassée pour la première fois !

Il a le bon goût d'avoir l'air honteux.
- Oui, bon. Ce n'est sans doute pas ce que j'ai fait de plus glorieux. C'est juste que, sur le coup, j'en avais vraiment envie et… je pensais ne plus jamais en avoir l'occasion et… (Sa voix s'éteint). Mais ensuite, au château de Kalkak, mes fiançailles avec Anaëlle étaient bel et bien rompues, poursuit-il sur un ton légèrement accusateur.
- Mais je ne savais pas qu'accepter de t'embrasser revenait à accepter de me fiancer !
- C'est à cause de ce type, Maxime ?
- Je ne vois pas ce qu'il vient faire là-dedans ! rétorqué-je d'un ton brusque que je regrette aussitôt.

Alvën s'écarte de moi. Il a l'air fâché. Peut-être simplement pour cacher qu'il est blessé, mais il faut dire qu'il m'a prise totalement par surprise !
- Oui, je l'ai embrassé, concédé-je, mais dans mon monde, on ne se retrouve pas marié pour un baiser !

Alvën est sur le point de répliquer quand un bruit sourd derrière nous attire notre attention. Nous nous retournons d'un même mouvement. La main d'Alvën est déjà posée sur son épée et, pour ma part, j'ai commencé à créer une bourrasque sans même y penser. Alvën lâche sa poignée et mon courant d'air meurt de lui-même. Personne ne nous attaque. Mais le jeune serviteur s'est effondré au milieu de la pièce. Une coupe de vin a roulé de sa main, répandant le liquide grenat sur le tapis. De la mousse rosée macule la commissure de ses lèvres, ses yeux sont révulsés, sa respiration s'est arrêtée.

Chapitre 10

Je suis assise dans un fauteuil de la salle d'observation et je tente désespérément d'avoir l'air calme et sereine tandis que des serviteurs, des gardes et les membres du Conseil nettoient, examinent la pièce ou discutent avec animation. Mes yeux sont fixés sur l'endroit où le jeune homme s'est effondré. Le corps a déjà été enlevé, mais je n'arrive pas à quitter des yeux la tache grenat sur le tapis. Afin de respecter les convenances, Alvën s'est assis dans un autre fauteuil. Malgré notre dispute, je regrette profondément de ne pas pouvoir puiser un peu de réconfort dans sa proximité. Il avait raison : un ou plusieurs membres du Conseil souhaitent effectivement m'éliminer. Graskin s'approche de moi :
- C'est un scandale, votre Altesse ! Je peux vous assurer que nous allons faire tout ce qui est en notre pouvoir pour trouver le responsable !
- Avait-il de la famille ? demandé-je.
- Qui ça ?
- Le jeune domestique, évidemment !
- Oh ! Je n'en sais rien, à vrai dire.
- Il ne lui restait que sa mère, votre Ma… votre Altesse, se reprend Dalya à contrecœur devant le regard réprobateur de Graskin.

Elle s'est postée à côté de moi et fronce les sourcils à l'intention de tous ceux qui font mine de s'approcher.

- J'aimerais pouvoir lui parler.
- Je ne vois pas en quoi… commence le vieil homme, mais il s'arrête devant mon regard noir.

Je ne suis pas du tout d'humeur à supporter ses leçons protocolaires ou son dédain.
- Je peux arranger cela, votre Altesse, m'assure Dalya.
- Mais enfin, pourquoi a-t-il bu ce vin alors qu'Alvën venait de me mettre en garde ?

Moi qui pensais que le noble ne pourrait pas avoir l'air plus outré après l'intervention d'une simple servante dans notre discussion…
- Vous mettre en garde, votre Altesse ? se récrie-t-il.
- Il ne parlait pas votre langue, m'explique Dalya d'un ton navré. Nous ne produisons pas de vin, sur l'île, comme vous pouvez vous en douter. C'est un produit importé et très coûteux. Seuls les nobles ont l'occasion d'en boire.
- Alors les domestiques estiment normal d'en voler, grince Graskin.

Dalya le fusille brièvement du regard, avant de baisser la tête comme il sied à une bonne servante kervilgaï. Je serre les poings.
- Il est en effet fréquent que les serviteurs terminent des verres ou des carafes laissés par leurs maîtres. Le vin qui vous a été servi fait partie des meilleurs de la cave du palais. Comme vous n'avez pas touché au plateau, il a pensé qu'il pouvait en boire un peu.

Dehors, le soleil sombre derrière la pointe ouest du croissant. La journée a été longue et je me sens soudain réellement lasse. Je me lève si vite que Graskin sursaute.
- Je souhaite me retirer, à présent. Nous parlerons demain, à la première heure, des modalités du couronnement.

Je m'attends à ce qu'il proteste encore, prétende que le Conseil n'a pas eu le temps de prendre une décision avant l'incident, mais à ma grande surprise, il s'incline, certes avec quelque raideur.
- Comme vous voudrez, votre Altesse.

Il a l'air d'avoir mordu dans un coriakil, ce petit fruit jaune aux pépins bleus particulièrement acide. Je parviens à cacher mon soulagement et ma surprise, lui adresse un léger signe de tête et entreprends de descendre l'escalier, escortée par Dalya et Alvën.
- J'ai fait préparer ces appartements au deuxième étage pour le Maître Gardien, nous apprend Dalya. Lorsque j'aurais installé Sa Majesté pour la nuit, je veillerai à ce qu'un plateau de nourriture soit monté dans chacune de vos chambres.
- A ce propos… commencé-je.
- Ne vous inquiétez pas. Je connais des personnes de confiance en cuisine. Et j'attendrai qu'ils soient prêts afin de vous les monter moi-même.

Je la remercie et souhaite une bonne nuit à Alvën sur le palier du deuxième étage. Il me répond d'un ton froid qui me glace le cœur. J'imagine que nous devrions avoir une discussion, mais me disputer avec lui est au-dessus de mes forces, pour le moment.

Lorsque la porte de mes appartements se referme sur Dalya et moi, je pousse un soupir de soulagement. Elle m'aide à me démaquiller, à dénouer mes cheveux et à ôter mes bijoux, puis me sort une chemise de nuit blanche de ce tissu qui ressemble à de la soie et qu'elle appelle kormia. Elle délace rapidement ma robe.
- Souhaitez-vous que je vous aide davantage ou que je vous laisse seule ?

Elle sait que je n'aime guère me déshabiller en présence de domestiques, même si ces derniers y sont habitués.
- Ça va aller, je vous remercie.
- Dans ce cas, je vais aller vous chercher de quoi manger.

Elle s'incline et se retire. J'ai à peine le temps de passer la chemise de nuit qu'on frappe à ma porte. Ce ne peut être déjà Dalya. D'ailleurs elle ne frappe pas. Elle entre, c'est tout. Je traverse donc la chambre et le salon et entrouvre le battant qui donne sur le corridor. C'est Alvën. Super.
- Je ne suis pas sûre que…
- Il faut que je te parle.

Je soupire et ouvre la porte pour lui permettre d'entrer, ce qu'il fait sans hésiter. Je me tourne vers lui et attend qu'il se décide à m'expliquer ce qu'il veut. Seulement, il est trop occupé à me détailler pour s'en rendre compte. Le regard qu'il promène sur moi me fait rougir. Je croise les bras et m'éclaircit la gorge :
- Alors ?

Comme s'il se rendait soudain compte de l'inconvenance de son examen minutieux, il rougit à son tour. Il commence d'un ton guindé :
- Je voulais te féliciter : tu as réussi, malgré la présence d'un ancien Maître Gardien étranger et inutile.
- Je n'ai jamais prétendu que tu étais inutile, soupiré-je. Tu m'as sauvé la vie deux fois, aujourd'hui.
- C'est de cela que je voulais te parler. Même si nous arrêtons de nous… fréquenter, j'aimerais rester encore un peu, pour m'assurer que tu ne crains plus rien.
- Je n'ai aucune envie de cesser de te fréquenter et absolument aucune envie de cesser de t'embrasser.
- Mais tu n'as pas l'intention de m'épouser.

Je soupire à nouveau, plus profondément, et me passe une main sur le visage, avant de m'approcher de lui.

- Écoute-moi, idiot. J'ai essayé de te sortir de ma tête pendant un an, sans y parvenir. Je t'aime, c'est évident (ses yeux se font plus intenses à ces mots et je perds presque le fil de ce que je voulais dire). C'est juste que... pour le moment, je ne sais pas encore comment les choses vont se passer ici. Je n'ai aucune idée de la façon dont je vais m'y prendre pour gouverner et je ne connais absolument rien des coutumes de Kerdevel, la preuve ! Ça fait juste beaucoup de choses à assimiler d'un coup. J'ignorais totalement que tu pensais que nous étions fiancés. J'espérais que tu finirais par faire ta demande, mais je n'avais pas imaginé... ça. J'ai été surprise et je n'ai pas du tout réagi comme il le fallait, comme je l'aurais voulu. Je suis désolée si je t'ai blessé.

Il fronce les sourcils :

- Je suis un peu perdu : « idiot » est-il un mot tendre là d'où tu viens ?

Désespérée de m'y prendre aussi mal, je m'apprête à m'excuser quand je surprends une lueur malicieuse dans son regard. Je lui lance une bourrade, ce qui le fait enfin sourire. C'est néanmoins avec sérieux qu'il reprend :

- Je crois que je te dois des excuses, moi aussi. Je sais pourtant que les choses sont différentes dans ton univers. J'aurais dû m'y prendre autrement. Mon intention n'était pas du tout de te forcer la main. Je crois que j'ai bien mérité que tu me traites d'idiot, finalement.

- Excuses acceptées, déclaré-je en souriant.

Il s'approche et nos lèvres s'effleurent, avant que je recule.

- Juste pour que les choses soient claires : si je te rends ton baiser, est-ce que ça veut dire que nous sommes fiancés ?
- Pour le moment, c'est juste un baiser.

Une nouvelle fois, c'est le « hum hum ! » de Dalya qui nous interrompt. Son habitude d'entrer sans frapper commence à être embarrassante. Sa présence n'empêche pas Alvën de m'embrasser une dernière fois pour me souhaiter bonne nuit.

Après son départ, je pioche distraitement dans le plateau que Dalya m'a apporté. J'ai tellement de choses en tête que je sens à peine le goût du poisson. Je vais devenir reine. J'ai tué une vingtaine de pirates. J'ai sauvé les mineurs. On a tenté de m'assassiner. Un domestique est mort à ma place. Alvën et moi avons enfin réussi à mettre les choses au clair. Mais cette pensée se teinte d'un léger regret : je lui ai dit que je l'aimais, et pas lui. Je secoue la tête : c'est à mon tour de me montrer idiote ! Même s'il n'a rien dit, ses actions parlent d'elles-mêmes ! Il a renoncé à son titre de Maître Gardien et quitté son pays pour moi. Je sais qu'il n'est ni très expansif ni particulièrement loquace, mais j'aimerais tout de même qu'il exprime certaines choses à haute voix – le fait qu'il m'aime… ou qu'il me demande en mariage, par exemple.

Comme d'habitude, je m'éveille avant l'aube. Je renonce à fouiller dans le placard pour me trouver une tenue pratique : dans la mesure où je vais encore affronter le Conseil ce matin, il me faudra quelque chose d'adapté et de tout sauf pratique. J'entame donc ma varanem en chemise de nuit, ce qui se révèle être un véritable défi. Il faudra que je trouve un moyen et un endroit pour pouvoir m'exercer avec Alvën. Et il faudra aussi que je me trouve une épée. Lorsque je termine, je

m'aperçois que Dalya est déjà là. Pourtant, le ciel est encore sombre. Elle a posé le plateau du petit-déjeuner à la place de celui de la veille.
- Si vous voulez, je peux vous trouver une tenue plus adaptée pour ce genre d'exercice et vous la préparer le soir.

Je souris :
- Avec plaisir : certains mouvements relèvent de l'exploit avec une tenue pareille.
- Les chemises de nuit sont censées servir à dormir, dans un cadre *privé*, rétorque-t-elle.

Je saisis un soupçon de reproche dans sa voix.
- J'imagine que je ne suis pas censée recevoir dans mes appartements lorsque je suis habillée comme ça.
- Non, en effet.
- Mais elle me descend jusqu'aux chevilles et le décolleté n'est pas pire que celui de mes robes.

J'avoue faire preuve d'un peu de mauvaise foi. Je suis parfaitement consciente de la légèreté du tissu qui ne laisse pas grand-chose à l'imagination. Dalya hausse un sourcil et j'éclate de rire.
- D'accord, vous avez gagné. Plus de rendez-vous galants dans cette tenue, vous avez ma parole.

Je mange rapidement et laisse Dalya m'apprêter, ce qui prend encore un bon moment. Je comprends mieux pourquoi elle est arrivée aussi tôt. Je compte bien arrêter tous ces chichis quand je serai reine, mais pour l'instant, mieux vaut m'en tenir à mon rôle.

J'ouvre la porte qui mène sur le corridor et tombe sur Alvën qui s'apprêtait à frapper.
- Salut !
- Salut ! réponds-je en rougissant, sachant que Dalya se tient quelques pas derrière moi.

J'enchaîne très rapidement :

- Je vais voir si le Conseil n'est pas revenu sur sa décision.
- Je peux te parler un peu avant ?

J'hésite : le Conseil est certainement déjà rassemblé et j'aimerais assez en terminer le plus vite possible. D'un autre côté, s'ils confirment la décision prise hier, je vais vraisemblablement passer toute la journée enfermée à discuter avec eux des mesures à prendre. Je n'aurai sans doute guère de temps à passer avec Alvën. Et après tout, je n'ai pas donné d'heure au Conseil. Je m'efface et laisse entrer mon… ami ? compagnon ? petit copain ? Le terme fiancé avait au moins le mérite de simplifier les choses. Mais qu'est-ce que je raconte !

Il s'assoit dans un fauteuil. Je jette un coup d'œil à Dalya qui se tient immobile dans un coin de la pièce et décide de m'installer sagement dans le canapé qui lui fait face.
- Tu vas devoir prendre des décisions, dès qu'ils auront accepté de te reconnaître comme reine, commence-t-il.

Ce que j'aime, chez Alvën, c'est qu'il est direct. Pas de « Comment tu vas ? Tu as bien dormi ? » Non, il va directement à l'essentiel. Bon, peut-être que ça m'énerve un peu quand même. Et, évidemment, étant moi, je ne peux m'empêcher de le montrer :
- J'ai dormi à merveille, je te remercie. Je n'ai fait presque aucun cauchemar où toi, ou moi, ou les deux mourions empoisonnés. Et toi, tu as bien dormi ?

Je m'attends à voir le retour de Monsieur Grognon, mais il est plutôt amusé :
- Tu as raison. Je me suis dit que tu devais être pressée, mais cela ne dispense pas de se montrer poli. Je n'ai pas très bien dormi, moi non plus. Je suis un peu inquiet quant à la suite des événements.
- Tu as peur qu'ils reviennent sur leur décision ?

- Non. Je crois qu'ils ont compris qu'ils ne pouvaient pas faire autrement. Mais il y a d'autres moyens de t'empêcher de rester sur le trône. Nous en avons eu la preuve hier.
- Je peux vous assurer que la préparation des plats de Sa Majesté sera surveillée avec la plus grande attention, intervient Dalya.

Elle rougit violemment lorsque nous nous tournons vers elle. Elle semble surprise de sa propre témérité.
- Pardonnez-moi, murmure-t-elle en baissant les yeux.

Alvën lui sourit gentiment :
- Je suis sûr que nous pouvons vous faire confiance pour trouver des gens fidèles à Liz, mais je reste inquiet quant à sa sécurité.
- Alors quoi ? Tu voudrais que je jette l'éponge ?
- Pour quoi faire ?

Il me regarde, étonné, et Dalya paraît tout aussi perplexe.
- Pardon, je reformule : tu voudrais que j'abandonne ?

Il hésite, ce qui me surprend. Je pensais qu'il allait répondre aussitôt quelque chose du genre : « Bien sûr que non ! » D'ailleurs, c'est bien sa réponse. Elle est juste venue moins rapidement que ce à quoi je m'attendais.
- Tu n'as pas l'air si convaincu, fais-je remarquer.

Il jette un regard à Dalya et répond d'un air presque gêné, si la chose est possible :
- Je… tiens beaucoup à toi. Et je mentirais si je disais que je n'ai pas rêvé cette nuit que nous rentrions simplement à l'abri en Kerdilön.

Comme j'ouvre la bouche, il m'arrête d'un geste de la main.
- Je sais que ce n'est pas possible. Les gens comptent sur toi, ici. Je sais que tu n'abandonneras pas.

Je trouve très mignon qu'il veuille m'emmener loin de tout ça. Imaginer que nous puissions être tous les deux, déchargés de toutes responsabilités, a effectivement quelque chose de séduisant. Je lui souris pour lui montrer que je comprends. Le regard qu'il m'adresse en retour ramène les papillons du côté de mon estomac. On se concentre !

- Donc, tu voulais que nous parlions des mesures que je devrais prendre aujourd'hui. J'ai quelques idées, mais je veux bien en discuter avec toi avant de les exposer aux sinistres ministres.

Nous passons ainsi une bonne demi-heure à échanger nos idées et, quand je sors finalement de la chambre après lui avoir promis de le retrouver ce soir, je pense être prête.

Chapitre 11

Tous les nobles importants et les ministres sont rassemblés dans la salle du trône. Peut-être depuis un petit moment, si j'en juge par leur mine contrariée et les pieds qui tapent impatiemment le sol de pierre noire. Je les salue poliment d'un signe de tête avant de gagner la chaise qu'un domestique écarte pour moi. Je remarque qu'il s'agit de la place d'honneur et mon cœur accélère.

- Votre Altesse, me salue Graskin.

Je tourne les yeux vers lui, ce qui me permet d'éviter les regards noirs et les visages revêches du reste de l'assemblée.

- Nous en sommes venus à la conclusion que le trône vous revenait effectivement de droit.

Oui, c'est cela. Ce n'est pas du tout parce que vous savez que vous n'avez plus le choix.

- Parfait, maintenant que ce point est réglé, j'aimerais voir avec vous quelles sont les mesures que nous devons prendre…

- Pardonnez-moi, mais nous devrions d'abord parler des modalités du couronnement.

- Eh bien, j'imagine que vous pouvez faire une proclamation annonçant que je suis la nouvelle reine et que nous pouvons passer aux choses importantes. .

Graskin émet un petit rire poli :

- Malheureusement, ce n'est pas si simple, votre Altesse.

Il commence à m'agacer, avec ses « votre Altesse. » S'ils me reconnaissent comme reine, ils pourraient me donner du « votre Majesté », non ? Non pas que j'y attache tant d'importance, mais j'ai l'impression que face à ce consortium majoritairement hostile, toutes les reconnaissances de mon autorité, même minimes, sont bonnes à prendre.
- Expliquez-moi, je vous prie.
- Le peuple est désespéré et sans chef depuis longtemps. Les nobles voudront vous rencontrer et avoir l'occasion de vous déclarer leur soutien. Une simple proclamation ne répondrait aux attentes de personne. Nous envisageons de faire du couronnement une grande fête à laquelle seront conviés les souverains étrangers ainsi que la haute société de Kervilgän.
- Et cette grande fête aurait lieu quand ?
- Une rendië nous paraît un délai raisonnable pour tout organiser.

Je soupire :
- N'est-il pas possible d'accélérer les choses ?
- Dans la mesure où vos homologues des autres royaumes seront présents, nous nous devons d'organiser cette fête au mieux. En matière de politique, beaucoup de choses reposent sur les apparences. Vous serez davantage prise au sérieux par les autres souverains si cette réception est une réussite.
- Et croyez-vous qu'ils me prendront au sérieux si je laisse mon peuple mourir de faim et exposé aux attaques des pirates pendant que nous préparons une grande fête ?
- Loin de nous l'idée d'attendre que vous soyez couronnée pour traiter de ces questions !
- Très bien dans ce cas, je pense que nous devrions commencer par…

- … discuter de la liste des invités, qui dépend bien évidemment des différentes alliances que nous espérons pouvoir forger, ainsi que des modalités du festin et de la réception en elle-même.

Je les écoute donc patiemment préparer les moindres détails de cette réception, espérant que nous puissions aborder mes propositions avant le milieu de la journée. Malheureusement, des serviteurs nous amènent le repas de midi sans que les discussions montrent un quelconque signe de ralentissement. Il s'agit de savoir s'il convient ou non d'inviter tel ou tel roi d'un pays si éloigné que nous n'avons jamais eu d'accord avec eux jusqu'à présent – mais les Miroirs de feu changent la donne – s'il faut convier tous les nobles ou seulement les plus importants. Et comme, bien entendu, personne ne semble être d'accord, chaque point est soumis à de longs débats, parfois même ré-abordé lorsque je pensais en avoir enfin fini. Si bien que, lorsque le soleil se couche, nous en sommes encore à discuter du menu – vaut-il mieux se contenter de plats gastronomiques locaux afin de marquer l'importance de notre culture ou, au contraire, faire venir des mets d'autres royaumes afin de montrer notre ouverture d'esprit, sans oublier de faire étalage de notre richesse.

Quand Graskin déclare la séance ajournée, je ne sais pas si je dois soupirer de soulagement ou m'étouffer d'indignation.

- Demain, il nous faudra parler des mesures à prendre... commencé-je.

- Oui, oui, bien entendu, me répond un Graskin visiblement encore préoccupé par la décision de ne pas inviter la maîtresse du comte de Commerfil, prise contre son avis.

En regagnant mes appartements, je n'ai plus qu'une envie : descendre dans la petite salle privée où jaillit une source chaude, y hurler ma frustration avant de laisser l'eau délasser mes muscles tendus. Alvën m'attend dans le petit salon. Il s'arrête brutalement au milieu de la pièce. Visiblement, il faisait les cent pas et, même si son visage s'éclaire à mon arrivée, je peux voir qu'il est contrarié.

- Comment s'est passée ta journée ? lui demandé-je en me laissant tomber dans un fauteuil.
- D'un ennui mortel, me répond-il en s'installant en face de moi, mais ça n'est pas très important. Comment s'est passée la tienne ?
- Tu n'es pas sorti ?

Il fronce les sourcils :

- Visiblement, je n'en ai pas le droit.
- Pas le droit ?
- On m'a fait savoir que ma présence ici, sans cadre officiel, n'était pas souhaitée. J'ai donc le choix entre rester dans mes appartements – ou à la rigueur les tiens, puisque tout ce qu'on me concède comme statut, c'est d'être ton invité – ou rentrer chez moi.

Je soupire. La journée ne s'est pas du tout déroulée comme je l'espérais, et de loin.

- Je suis désolée.
- Tu n'y es pour rien.
- Si j'avais officialisé les choses en annonçant que tu étais mon fiancé, ton statut ne serait pas aussi flou.
- Dans ce cas, c'est ma faute, pas la tienne. J'aurais dû te demander ta main officiellement plutôt que de partir du principe que tu connaissais nos coutumes.

Je remarque distraitement qu'il a toujours l'air aussi tendu et que sa main se serre sur la poche de sa tunique. La porte s'ouvre. Alvën sursaute (il sursaute?). Dalya pénètre dans le salon, un plateau lourdement chargé de nourriture dans les bras. Comment fait-elle pour toujours savoir à quel moment je réintègre mes

appartements ? Elle dépose le plateau sur la table basse qui se trouve entre Alvën et moi et commence à nous servir à boire. Nous la remercions, puis je me tourne vers mon compagnon :
- Quand je serai reine, tu seras libre d'aller et venir. Mais comme ce n'est pas pour demain, peut-être devrais-tu effectivement rentrer en Kerdilön jusqu'au couronnement. Tu ne peux quand même pas rester enfermé toute la rendië.

Il a l'air surpris. Sa main a quitté sa poche et il s'est penché en avant :
- Qu'est-ce que tu veux dire : « ce n'est pas pour demain ? »

Je lui raconte alors ma journée désastreuse.
- Je ne comprends pas pourquoi ils se comportent de la sorte. La composition des petits-fours peut quand même attendre que nous ayons pris des dispositions pour nourrir et protéger le peuple ! conclus-je, à nouveau exaspérée.

Alvën secoue la tête, écœuré :
- L'égoïsme et la cupidité des puissants me surprendront toujours.
- Mais pourquoi ? Je ne comprends même pas où est leur intérêt dans tout ça !
- C'est assez évident. Les mineurs ont continué à travailler après la mort de ton père. Et à ton avis, où sont passées les pierres extraites depuis ?
- Je suppose que la réponse n'est pas : « dans le trésor royal », comprends-je, atterrée.
- Sans doute pas. Et, à ton avis, quelle est la première mesure qu'ils pensent que tu vas prendre ?

Je secoue la tête :
- Alors tout ça, c'est simplement pour pouvoir s'enrichir un peu plus ?

Alvën émet un grognement :

- Un peu ? As-tu une idée du nombre de pierres qui peuvent être produites chaque jour dans l'ensemble des mines ?
- Il faut absolument que j'arrive à me faire entendre demain ! Je ne vais quand même pas laisser le peuple mourir de faim encore toute une rendië, alors que nous pourrions relancer le commerce, simplement pour laisser ces messieurs devenir encore plus riches !
- Ce qu'il te faudrait, c'est un allié au sein du Conseil.
- Eh bien, c'est mal parti !

Dalya s'éclaircit la voix. Nous nous tournons tous les deux vers elle.
- Oui ?
- D'après ce que j'ai appris, le baron Kridorias pourrait vous soutenir.
- Ce petit homme aux cheveux d'un roux flamboyant ?

Dalya hoche la tête.
- Comment le savez-vous ?

La domestique m'adresse un sourire malicieux :
- Les serviteurs sont presque transparents pour les nobles, mais cela ne les empêche pas d'avoir des oreilles.
- Serait-il possible de m'entretenir avec cet homme ?
- Bien sûr, votre Majesté.

Dalya s'incline aussitôt et quitte la pièce.
- Cette fille est une véritable perle ! fait remarquer Alvën.

Je lui adresse un regard noir qui le fait éclater de rire. Je mange en silence, perdue dans mes pensées et cela semble convenir à mon compagnon. On frappe bientôt à la porte. D'après ce que j'ai compris, la plupart des membres du Conseil ont élu domicile dans le palais afin d'être sûrs d'être présents à chaque réunion, sans que les autres puissent prendre des décisions à leur insu. Le baron Kridorias, aux longs cheveux roux et aux yeux bleu pâle, fait son entrée. Il doit avoir une trentaine d'années et est plutôt bien de sa personne.

- Lodrical, me salue-t-il, ce que je trouve plutôt encourageant.

Il fronce néanmoins les sourcils en découvrant la présence d'Alvën.

- Baron, je vous présente mon ami, Alvën.
- Je connais le prince, votre Majesté.
- Je ne suis pas prince, rétorque aussitôt l'intéressé.

Le baron hausse les épaules et garde les yeux fixés sur moi :

- Vous m'avez fait mander ?
- Asseyez-vous, je vous en prie.

Une fois le baron installé, un verre de vin à la main, je lui explique les différentes mesures que j'aimerais prendre, ainsi que ma déconvenue face au comportement du Conseil.

- Vous avez vu juste, Lodrical. Les ministres se sont réparti les différentes mines de l'île. Ils paient les mineurs et, à ce titre, s'estiment dans leur droit en gardant pour eux tout ce qui est extrait.
- Ce n'est pas votre cas ?

Le baron grimace :

- Bien sûr que si. Mais je suis prêt à renoncer à ces profits en échange d'une stabilité retrouvée pour l'ensemble de l'île.
- Pensez-vous que le Conseil m'écoutera demain ?
- Je pense qu'ils vont tout faire pour vous occuper jusqu'à ce que vous soyez couronnée.
- Avez-vous un conseil à me donner ?
- Si je peux me permettre, votre Majesté, je pense que vous devriez poursuivre sur la lancée de ce que vous avez commencé.
- C'est-à-dire ?

- C'est-à-dire faire valoir votre droit. Vous n'êtes pas la reine parce qu'ils vous permettent de l'être mais parce que vous l'êtes. Vous n'avez pas à demander l'autorisation de parler. Ils *doivent* vous écouter.
- On ne peut pas dire que j'ai vraiment réussi à me faire entendre, jusqu'à présent.
- Alors obligez-les.
- Comment ?
- Vous étiez prête à utiliser votre don pour obtenir le trône...
- Vous voulez que je menace le Conseil pour qu'il m'écoute ?
- Le menacer, non, mais il reste possible... d'attirer son attention.

Je hoche lentement la tête.
- Soutiendrez-vous les mesures que je compte adopter ?

Le baron n'hésite pas un instant :
- Absolument, Lodrical. Il y a bien longtemps qu'elles auraient dû être prises.
- Merci d'être venu. Et merci pour vos conseils.
- Si vous me le permettez, j'aimerais vous en donner un dernier.
- Bien entendu !
- Apprenez notre langue au plus vite, Lodrical.

Sur ce, il se lève, m'adresse une révérence et quitte la pièce.
- Qu'en penses-tu ? demandé-je à Alvën.
- Je crois qu'il a raison, sur tous les points. Tu te sens d'attaque pour un nouveau cours de kerdilonaï ?

Il passe l'heure suivante à reprendre les bases de la langue de son pays, qui est aussi celle de Kervilgän. Je finis par demander grâce :
- Mon cerveau ressemble à du yahourt. Je crois que je n'apprendrai plus rien ce soir.
- Alors bonne nuit.

J'accompagne Alvën jusqu'à la porte. Là, il dépose un baiser sur mes lèvres, pendant que Dalya regarde ostensiblement dans une autre direction. Je pose ma tête sur sa poitrine :

- Nos séances de varanem me manquent.
- Nous pourrions reprendre.
- Le palais n'a pas de cour où nous pourrions nous retrouver. Je nous vois mal pratiquer sur la grand-place.
- Si nous avons réussi à la danser dans ton appartement à Sedan, nous devrions y arriver dans ta chambre.

C'est vrai que la boutique tout entière pourrait y tenir, mais je me demande comment va réagir Dalya si je laisse Alvën entrer dans ma chambre. Eh bien tant pis ! Je ne vais quand même pas me laisser mener à la baguette par ma domestique. Et j'en ai vraiment besoin.

Chapitre 12

Le ciel commence tout juste à s'éclaircir quand des coups discrets sont frappés à la porte de ma chambre.

- Une seconde ! lancé-je en terminant d'enfiler rapidement la tunique et les chausses que cette merveille de Dalya a réussi à me dégoter.

Une fois ma ceinture bouclée, j'ouvre la porte en grand. Alvën m'accueille d'un froncement de sourcil :

- Tu ne crois pas que tu devrais demander qui est là, avant d'ouvrir ta porte comme ça, surtout à une heure pareille !
- Bonjour Monsieur Grognon ! J'ai beaucoup mieux dormi cette nuit. Et toi ?

Il réprime à grand-peine un sourire.

- Tu me rends dingue, tu sais ?
- J'espère bien, rétorqué-je avec un sourire malicieux.

Ses yeux s'écarquillent légèrement, puis se font intenses. Il s'approche de moi, avec une expression qui me chavire le cœur. Mais ce n'est pas pour ça qu'il est venu. Je me détourne vivement et empoigne une table :

- Tu m'aides à la pousser ?

S'il est déçu, il le cache bien.

- A vos ordres !

Une fois la table plaquée contre le mur, l'espace dégagé est plus que suffisant. Nous nous mettons tous deux en position et nous perdons dans le rythme de la

varanem. Lorsque nous nous arrêtons, je suis essoufflée, en nage, mais ravie. Alvën, de son côté, a à peine transpiré. Nous nous faisons face, les yeux dans les yeux. J'esquisse un geste vers lui quand j'entends :
- C'est vraiment très beau à regarder.
- Dalya !

J'ai sursauté, ce qui semble l'amuser. Je vais finir par ne plus l'apprécier autant, si elle continue à surgir à chaque fois qu'Alvën et moi avons un peu d'intimité. On dirait qu'elle s'est auto-proclamée chaperon.
- C'est l'heure de vous préparer, Majesté.

Alvën m'adresse un clin d'œil et sort de la pièce. Le soleil est déjà levé depuis un moment lorsque je peux enfin la quitter à mon tour. Personne ne m'attend dans le petit salon. Mon compagnon a dû regagner ses appartements. Je tente d'étouffer ma déception. On dirait une collégienne énamourée qui cherche à apercevoir celui pour qui elle a le béguin ne serait-ce que quelques secondes entre les cours ! Il va falloir que j'arrête de me comporter comme une écervelée et que je me concentre un peu. Le Conseil m'attend, avec une nouvelle journée de palabres interminables.
- Ah ! Votre Altesse ! me salue Graskin dès que j'ai mis un orteil dans la salle du trône. Nous en étions donc arrivés hier à décider que nous allions plutôt utiliser les ressources de l'île lors du banquet.
- Je ne suis pas d'accord, rétorqué-je calmement.
- Mais votre Altesse, après les discussions d'hier…
- Je connais vos arguments. Je pense les avoir suffisamment entendus. Des messagers vont être envoyés pour inviter toutes les personnes dont nous avons dressé la liste à grand-peine. Ils vont donc se rendre dans la plupart des royaumes. Ce me semble être

l'occasion idéale de proposer à ces différents pays de relancer le commerce.
- Relancer le commerce ? répète Graskin.

Le baron Kridorias m'adresse un léger signe de tête pour m'encourager.
- Notre pays a désespérément besoin de denrées alimentaires et nous avons largement de quoi payer. Je suis certaine que les royaumes désireux d'envoyer des marchands par Miroirs ne manqueront pas. L'occasion est trop belle.
- Il faudra préparer une aire de réception pour ces Miroirs dans différentes villes de l'île, ainsi que des espaces où accueillir les marchés, enchaîne le baron.
- Oui, bon. Je doute que des commerçants soient enthousiastes à l'idée de venir chez nous alors que nous subissons des attaques… tempère Graskin.
- A ce sujet, il est temps de parler des mesures à prendre pour protéger les mines.
- Pour le moment, nous devons nous concentrer sur la réception, votre Altesse. Nous pourrons discuter de tout cela plus tard.
- Non, nous allons en parler maintenant.
- Pour ce qui est des réjouissances proposées au peuple... enchaîne Graskin, comme s'il ne m'avait pas entendue.

J'inspire profondément et frappe du poing sur la table. Ce faisant, j'ai prié la roche qui la forme de se fendre en deux. Une fissure part de ma main et zigzague jusqu'à l'autre bout. Dans le même temps, j'ai invoqué l'air et une puissante rafale de vent balaye la pièce, au point de déplacer légèrement les chaises des ministres.
- J'ai dit : il est temps de parler des mesures à prendre pour protéger les mines.

L'ensemble du Conseil me regarde avec des yeux ronds comme des soucoupes, sauf le baron Kridorias, qui a du mal à dissimuler un léger sourire.

- J'ai appris que les élémentaux de l'armée de mon père avaient été intégrés à vos gardes personnelles en fonction de leur lieu de résidence. Je souhaite qu'ils soient à nouveau sous les ordres du palais. Ils devront être répartis en groupes assignés à la défense des différentes mines. Je veux qu'un système de signaux de feu soit mis en place pour qu'une mine attaquée puisse prévenir les autres. Je devrai bien entendu être mise immédiatement au courant de toute intrusion.

- Les élémentaux de ma garde seront à votre disposition dès que nous en aurons terminé ici, votre Majesté, intervient Kridorias.

- Mais, nous n'avons même pas donné notre accord ! proteste Graskin.

- Je doute fort que mon père ait attendu votre accord pour prendre les mesures qu'il estimait nécessaires.

- Mais vous n'êtes pas…

- Je ne suis peut-être pas mon père, mais vous auriez tort de me sous-estimer. Tel que je vois les choses, ce Conseil a deux possibilités : me donner les informations nécessaires pour que je prenne les meilleures décisions possibles et s'y soumettre ou être dissous.

Un silence choqué suit mes paroles. Je laisse mon regard s'attarder sur chaque conseiller. Certains hochent la tête. D'autres ont l'air presque approbateur. Malheureusement, la plupart restent hostiles. A défaut d'avoir gagné leur soutien, j'ai au moins réussi à leur clouer le bec.

- Maintenant, nous allons discuter du contenu des messages que nous allons envoyer aux rois des différents pays afin de relancer le commerce, ainsi que

des mesures qui devront être prises pour permettre à tous d'avoir accès à la nourriture qui sera acheminée. Nous allons aussi discuter des avantages que nous allons promettre aux élémentaux de la terre des autres royaumes afin d'en attirer un assez grand nombre pour commencer à fertiliser le sol de notre île. Ah, et je vous signale que les pierres extraites dans les mines qui appartenaient à mon père devront désormais rejoindre le trésor royal.
- Votre Altesse… commence Graskin.
- Votre Majesté, l'interromps-je. Ou Lodrical, comme vous préférez.
- Pardon ?
- Je n'ai peut-être pas été couronnée officiellement, mais vous m'avez déjà tous reconnue comme reine. J'attends donc que vous me manifestiez le respect qui m'est dû.

Graskin est tellement rouge qu'il semble proche de l'auto-combustion. Je soutiens son regard sans ciller. Sa bouche s'ouvre et se ferme à de multiples reprises. Finalement, il parvient à articuler :
- Oui, votre Majesté.

Kridorias prend la parole et commence à présenter certaines de mes idées comme si elles venaient de lui. Les ministres qui ne me sont pas hostiles soutiennent peu à peu ses propositions, d'abord timidement, puis avec davantage d'assurance. Lorsque les domestiques apportent des plateaux pour le repas de midi, je suis surprise de voir que la matinée a déjà filé.

Vers le milieu d'après-midi, je m'estime satisfaite des mesures proposées et demande à ce que la séance soit ajournée :
- Vous avez du travail, messieurs. Les messagers devront partir ce soir. Vos élémentaux seront à leur poste dès demain et je veux que les travaux pour

aménager les zones à Miroirs et les marchés débutent également au plus tôt.

Les ministres se lèvent et quittent la salle par petits groupes en discutant avec animation.

- Lodrical, puis-je vous dire un mot en privé ?

Je me retourne, surprise. Il s'agit du duc Carivan, le père de Caspen. Cet homme est l'un des plus puissants du pays. J'ai surpris à plusieurs reprises des échanges de regards entre lui et Graskin, mais il n'a pas pris la parole une seule fois au cours de la journée.

- Bien sûr, votre Grâce.

Je m'approche de lui. Le regard qu'il pose sur moi est froid et calculateur.

- Vous avez bien joué, votre Majesté (il prononce ce mot avec un sarcasme suffisamment marqué pour être à la limite de l'insulte.) Mais vous ne vous êtes pas fait que des amis, aujourd'hui.

- Je trouve cela bien dommage.

- J'imagine, concède-t-il avec un reniflement de mépris.

- Je trouve cela bien dommage que la reprise en main du désordre sans nom dans lequel vous et vos pairs avez plongé le royaume, ainsi que le bien du peuple, me vaillent de me faire des ennemis.

Un sourire froid étire ses lèvres minces.

- Le Seigneur Brondil avait, lui aussi, de grandes idées.

Brondil. Le roi assassiné après seulement quelques jours de règne.

- Est-ce une menace ? demandé-je d'un ton glacial.

- Plutôt une mise en garde. Je serais navré qu'il vous arrive malheur. Une aussi jolie jeune femme, avec toute la vie devant elle… Et si talentueuse. Enfin, j'espère, pour votre propre sécurité, que vous l'êtes autant que vous le croyez.

Sur ces mots, il s'incline respectueusement et quitte la pièce. Je reste les yeux fixés sur la porte bien après son départ, avant de me secouer et de gagner mes appartements. Je ferme vivement la porte derrière moi et pose mon front sur le battant, en tremblant légèrement.

- Tout va bien ?

Alvën est assis dans son fauteuil préféré. Je respire profondément et me tourne vers lui en souriant :

- Absolument ! J'ai réussi à les obliger à m'écouter. Toutes nos idées ont été acceptées et d'autres ont été proposées qui devraient réellement améliorer les choses. Graskin m'a même appelé « Majesté. »

- Raconte !

Je lui fais un rapide résumé de la réunion.

- Félicitations ! conclut-il.

- Merci !

Je fais de mon mieux pour lui sourire d'un air confiant, mais les quelques mots échangés avec le duc Carivan m'ont ébranlée.

- Qu'est-ce qui ne va pas ?

- Mais rien !

Il se lève, passe derrière moi et me masse les épaules.

- Allons, tu es tendue comme la corde d'un arc !

Je reste silencieuse un moment, profitant de la sensation de ses mains qui dénouent mes muscles contractés.

- Tu sais ce dont j'ai besoin ? De sortir un peu. J'ai l'impression d'étouffer, enfermée ici.

- Qu'est-ce qui t'en empêche ? Tu n'es pas prisonnière. Si le manque de fourrage ne permet pas de nourrir un grand nombre de chevaux, je sais que ton père avait tout de même une écurie. Nous pourrions aller nous promener avant la nuit.

Je me redresse brutalement. Depuis mon arrivée, j'ai été tellement concentrée sur mon objectif que j'ai oublié de demander si Rigel était toujours là !

- C'est la meilleure idée que j'ai entendue de la journée ! Allons-y !

- Dans cette tenue ?

Je baisse les yeux sur ma robe.

- Pourquoi pas ? Il y a suffisamment de mètres de tissus pour ménager la pudeur kervilgaï.

Je lui prends la main et le tire derrière moi. Arrivés dans le hall, nous sommes interpelés par un des gardes :

- Pouvons-nous faire quelque chose pour vous, votre Majesté ?

- Nous désirons faire une promenade à cheval.

Le garde lance un bref regard à mon compagnon, mais il n'ose pas protester.

- Je vais demander à ce qu'une escorte se prépare.

- Non merci. Deux chevaux suffiront.

- Mais…

- Deux chevaux, je vous prie.

L'homme acquiesce à contrecœur et sort précipitamment du palais.

- Allons à leur rencontre, proposé-je à mon compagnon. Je n'en peux plus d'être enfermée.

Nous sortons dans la douce chaleur de la fin d'après-midi. Nous traversons la grand place en direction des écuries. Les quelques passants s'inclinent profondément devant nous. Je les salue d'un signe de tête, qu'ils ne peuvent malheureusement pas voir, pliés en deux comme ils le sont.

- Comment puis-je faire pour qu'ils ne s'inclinent pas ainsi ?

- Tu ne peux pas faire grand-chose. Et je pense que ce ne serait pas une bonne idée, de toute façon. Changer brutalement le rapport qu'ils ont à la royauté ne ferait que leur apporter de la confusion. Ce dont ils ont besoin, c'est de l'assurance que tu es une reine puissante qui prendra soin d'eux.

Nous sommes presque parvenus à l'écurie lorsque le garde en sort en tenant deux chevaux par la bride. L'un d'eux est une jument d'un blanc de neige, à la crinière et la queue d'un noir de jais. Mon cœur bondit dans ma poitrine et je m'élance vers ma belle Rigel. Celle-ci me salue d'un hennissement joyeux. J'enfouis ma tête dans sa crinière et enlace son encolure

- C'est un bel animal, commente Alvën.
- Oui, elle est magnifique.
- Elle est sublime, c'est vrai, mais je parlais de l'étalon.

Je me tourne vers le deuxième cheval. Cette fois, mon cœur manque un battement. C'était l'alezan doré de Ben, mon frère.

- Tu vas bien ? On dirait que tu as vu un fantôme !
- Oui. Non. Tout va bien. Juste des souvenirs.
- Tu veux que j'en demande un autre ?
- Non. Comme tu l'as dit, les chevaux ne sont pas très nombreux, ici. Celui-là te conviendra très bien.

Une fois en selle, j'arrange la jupe de ma robe pour qu'elle dissimule mes jambes. Elle est tellement large qu'elle recouvre entièrement la croupe de Rigel. Nous traversons la ville, avant de prendre la route qui serpente à flanc de montagne, en direction du plateau où mon père avait créé ses erdevën. Tout en chevauchant, Alvën m'apprend de nouveaux mots de vocabulaire dans la langue qui doit devenir la mienne. Quand le soleil passe derrière les montagnes de la pointe ouest du croissant, nous faisons demi-tour.

- Tu ne m'as toujours pas dit pourquoi tu étais aussi tendue tout à l'heure, fait remarquer mon compagnon.

- Peu importe. C'est passé, à présent. Cette sortie m'a fait du bien.

Comme Alvën reste suspicieux, j'ajoute :

- Je ne te l'ai pas dit, mais je suis vraiment heureuse que tu sois venue avec moi.

- Même si cela t'a compliqué les choses ?

- Les complications sont derrière nous, maintenant. Et ta présence en valait largement la peine.

- Tu comptes détourner mon attention par la flatterie ? me demande-t-il, amusé.

- Loin de moi cette idée.

Il lève un sourcil. Pour couper court à toute discussion, je propose :

- On fait la course ?

Et je lance Rigel au galop. Je sens mon cœur s'alléger sous l'effet du vent qui me fouette le visage et de la sensation grisante de vitesse. Nous ralentissons une fois parvenus au bout du plateau et reprenons la route qui mène à la cité.

Arrivée à l'écurie, je suis sur le point de demander à m'occuper moi-même de ma jument lorsque je surprends le regard d'Alvën. Apparemment, pour une princesse, cela peut passer pour de l'excentricité, mais c'est absolument impensable pour une reine. Je caresse donc le chanfrein et les naseaux veloutés de ma jument pour lui dire au revoir. Elle me donne un petit coup de tête.

- Ne t'inquiète pas. Je reviendrai vite te voir, cette fois, c'est promis.

Dans le hall, Graskin se précipite vers moi. Il est pâle et sa mine est grave :

- Votre… Majesté (il a toujours l'air de croquer dans un coriakil quand il prononce ce mot). C'est le baron Kridorias…

- Que veut-il ?

- Il est mort, votre Majesté !

Chapitre 13

D'après les premières constatations, le baron se serait suicidé en s'ouvrant les veines, ce que je ne crois pas une seconde. Il aurait mis fin à ses jours, comme par hasard, juste après m'avoir manifesté son soutien… J'ai demandé à parler aux membres de la garde chargés d'enquêter. Malheureusement leur chef, nommé Jerkins, est un homme dur, qui ne me porte visiblement pas dans son cœur. Dalya m'a expliqué que le frère de Jerkins est mort pendant la guerre contre Kerdilōn. Je n'ai pas l'impression qu'il fera beaucoup d'efforts pour découvrir la vérité… Cela dit, je n'ai pas réellement besoin de lui pour savoir ce qui s'est passé : quelqu'un a ordonné sa mort. Graskin ou Carivan, ça ne change pas grand-chose.

Rencontrer sa famille se révèle encore plus éprouvant que la rencontre avec la mère du domestique empoisonné. Il faut dire que le baron avait une épouse et un petit garçon de cinq ans qui n'arrête pas de demander dans sa langue où est son papa. J'en ai suffisamment appris pour le comprendre et cela me déchire le cœur. Sa mère semble tellement perdue, recroquevillée dans un de mes fauteuils, à l'idée que son mari se soit suicidé.

- Pourquoi aurait-il fait cela ? Il adorait son fils et nous n'avions pas d'ennuis…
- Je ne pense pas qu'il se soit réellement suicidé.
- Mais, le Seigneur Graskin a dit que…

- Je sais ce qu'il a dit.

Je fais bien attention à ne pas regarder Alvën, assis un peu à l'écart, quand je tente d'expliquer :

- Votre mari a pris la décision de me soutenir publiquement. Il voulait le bien de notre peuple. Malheureusement, j'ai des ennemis au sein du Conseil. Je pense que ce sont eux qui sont à l'origine de son meurtre.

Elle ravale un sanglot :

- Qui ?
- Je n'en sais rien, pour le moment.
- Mais vous pensez qu'ils vont poursuivre l'enquête, s'ils ont déjà conclu au suicide ?

Elle me regarde avec des yeux tellement suppliants que je lui prends la main :

- Je ferai tout mon possible pour que l'on trouve l'identité de son assassin, je vous le promets.

J'ai fait la même promesse à la mère du jeune domestique et je ne suis pas plus près de connaître la vérité maintenant que ce jour-là. J'avais tort tout à l'heure. Trouver qui est derrière tout cela importe. Justice doit être rendue.

Quand la jeune veuve prend finalement congé, je me laisse retomber dans mon fauteuil, complètement déprimée.

- Et moi qui pensais que cette journée avait plutôt bien commencé…
- Quelqu'un t'a menacée, aujourd'hui. C'est pour cette raison que tu étais tellement tendue, comprend Alvën.

Je hoche la tête.

- Pourquoi ne m'en as-tu pas parlé ?
- Qu'est-ce que ça aurait changé ?
- Sans doute rien pour Kridorias, mais nous devons redoubler de prudence. Ils risquent de s'en prendre à nouveau à toi.

- Pourquoi ne l'ont-ils pas fait ? Pourquoi tuer le baron ?
- C'est un avertissement. Une façon de te faire comprendre que tu n'as pas intérêt à les contrarier.
- Donc, en gros, si je ne les contrarie pas, tout se passera bien.
- Sans doute.

Nous restons un long moment silencieux. Finalement, Alvën me demande :
- Que vas-tu faire ?
- Continuer à les contrarier, bien sûr.

Dalya, debout dans un coin, laisse échapper un léger gémissement. Je me tourne vers elle.
- Je vais avoir besoin de votre aide, si vous êtes d'accord.

Elle se redresse :
- Bien sûr, votre Majesté.
- Vous êtes sûre ? Cela pourrait être dangereux.
- Les nobles ne remarquent pas les domestiques. Cela m'étonnerait beaucoup qu'ils s'en prennent à moi. De quoi avez-vous besoin ?
- D'abord, il faudrait que vous me fassiez une liste des serviteurs et des gardes qui sont susceptibles d'être fidèles au Conseil plutôt qu'à moi.
- Qu'en ferez-vous ?
- J'enverrai les gardes surveiller les mines, en les répartissant dans les différents groupes. Pour les domestiques, je ne sais pas encore, je vais y réfléchir.
- Je peux déjà vous citer quelques noms et je vais faire jouer mes relations pour vous établir la liste la plus exhaustive possible. Elle devrait être assez limitée pour ce qui est des domestiques. Elle sera plus longue, je le crains, pour ce qui est des gardes. Et ensuite ?
- Ensuite, j'aimerais que vous me parliez de votre frère.
- Lequel ?

- Gaviel.

Dalya fronce les sourcils :

- Que puis-je dire, votre Majesté ? Il est courageux et loyal. Et je l'aime énormément.
- Parlez-moi de ses états de service. Cela fait-il longtemps qu'il s'est engagé ? Comment a-t-il vécu la guerre ? Que pensait-il de mon père ?
- Il s'est engagé dès qu'il a eu l'âge réglementaire, cela fait un peu plus de cinq ardonan. Il voulait vraiment aider notre peuple. Il a cru les mensonges du roi. Il pensait réellement que Kerdilön cherchait à augmenter ses prix pour extorquer les richesses de l'île et que la famine en découlait. Pendant la guerre, il a sauvé trois de ses collègues. Je le sais parce que ces hommes sont venus apporter des cadeaux à ma mère. Apparemment, mon frère les avait refusés. Il n'a pas reçu de reconnaissance particulière de la part de l'armée parce que… eh bien, parce que nous avons perdu et que les officiers ont eu bien d'autres choses à régler que d'honorer un membre courageux, mais j'ai cru comprendre qu'il avait gagné le respect de toute son unité, déclare-t-elle fièrement. Il a été très impressionné par vos talents pendant la guerre et il m'a demandé ce que je pensais de vous, en tant que personne. Maintenant, il est prêt à vous servir et à vous défendre.

Je hoche lentement la tête.

- Pourriez-vous lui demander de venir me trouver demain matin ?
- Je vais faire au mieux.

Je la remercie et bâille en même temps à m'en décrocher la mâchoire.

- En attendant, vous devriez aller vous reposer, me conseille-t-elle. De mon côté, je vais établir la liste que vous m'avez demandée.

Elle gagne la porte et l'ouvre en s'effaçant. Le message est clair : « Alvën, dehors ! » Celui-ci pousse un léger soupir, mais se lève néanmoins. Avant de sortir, il se penche vers moi et m'embrasse avant de murmurer :
- Enferme-toi à clé et n'ouvre à personne sans demander qui est là. Je te retrouve demain matin.

Après leur départ à tous les deux, je reste assise un moment, les bras serrés autour de moi. Finalement, la guerre contre mon père s'était révélée plus simple. Au moins, je savais où était mon ennemi. Je soupire, ferme le verrou, gagne ma chambre, me déshabille rapidement et m'effondre sur mon lit. Je dors d'une seule traite jusqu'au petit matin.

Nous venons de terminer notre varanem quand Dalya me fait savoir que son frère m'attend dans le petit salon.
- Votre Majesté, me salue-t-il en se mettant au garde à vous.
- Gaviel, merci d'être venu. La garde semble traîner des pieds pour mener l'enquête sur les morts du jeune domestique et du baron.
- La mort d'un serviteur ne chagrine pas grand monde, Lodrical. Quant au baron, Jerkins a établi qu'il s'était suicidé.
- Ce qui est faux.

Gaviel grimace.
- Sans doute, mais je ne peux pas enquêter sans l'accord de mes supérieurs, Lodrical. Je serais renvoyé et ne pourrais plus vous servir.
- Je ne pensais pas vous demander d'enquêter sans l'autorisation de vos supérieurs. Acceptez-vous de m'accompagner dans le hall ? J'ai demandé à y

rencontrer le chef de la garde. J'espère le convaincre de vous nommer à la tête de cette enquête.
- Je doute qu'il accepte.
- Dans ce cas, je pense le renvoyer et vous nommer à sa place.

Dalya et Gaviel me dévisagent avec la même expression stupéfaite. Alvën émet un petit sifflement :
- Quand tu disais que tu voulais continuer à les contrarier, je ne pensais pas que tu envisageais de renvoyer le chef de la garde.
- En ai-je le droit ?
- Bien sûr. En tant que reine, tu peux choisir les gens dont tu t'entoures sans forcément approuver les choix qu'avait faits ton père. Mais ça ne va pas plaire à tes ennemis.
- Tant mieux !

Je me tourne vers Gaviel :
- Accepteriez-vous cette responsabilité ?
- Lodrical ! Je ne pense pas être capable de…
- N'importe quoi ! proteste Dalya. Tu en es largement capable. Et tu serais parfait pour rétablir un peu les choses dans ce nid de brosgin.
- Des brosgin ? demandé-je.
- Ce sont des bestioles qui vivent dans le sable, elles sont gluantes, pleines de pattes et leur piqûre est très douloureuse quand on marche dessus sans les voir.

Je souris, avant de me tourner à nouveau vers le jeune homme.
- Peut-être le chef de la garde acceptera-t-il mes instructions et n'aurez-vous pas à assumer cette responsabilité… Mais dans le cas contraire, seriez-vous prêt à m'aider ? Je veux que vous réfléchissiez bien : ce ne sera pas sans danger.

Gaviel déglutit péniblement et reste silencieux un long moment. Cela ne me dérange pas : je préfère

qu'il prenne son temps plutôt que de répondre de manière irréfléchie. Finalement, il déclare d'une voix solennelle :
- Ce serait pour moi un honneur, Lodrical.

Nous laissons Alvën et Dalya dans mes appartements et descendons tous deux dans le hall. Le chef de la garde y est en grande discussion avec Graskin. Ils s'interrompent à notre approche.
- Je vous retrouve dans la salle du trône, Seigneur Graskin, déclaré-je d'une voix posée.

Ce dernier affiche une mine contrariée. Visiblement, il n'apprécie pas d'être congédié de la sorte. Il obéit néanmoins, non sans m'avoir gratifiée d'un regard suspicieux.
- Capitaine, où en est l'enquête sur la mort du baron ?
- Comme le lieutenant Jerkins vous l'a fait savoir hier, Lodrical, il s'agit d'un suicide.
- Et je pense qu'il s'agit d'un meurtre. J'ai précisé au lieutenant que je souhaitais qu'il poursuive les recherches. A-t-il trouvé quelque chose ?
- J'ai estimé qu'il était inutile d'occuper mes hommes à poursuivre cette enquête.
- Donc, vous êtes allé à l'encontre d'un ordre direct émanant de votre reine.
- J'ai jugé que cet ordre n'était pas justifié.
- Et jugez-vous cet ordre différemment, aujourd'hui ?

Le chef de la garde se redresse et s'autorise même un petit sourire narquois :
- Absolument pas, Lodrical. Le baron s'est suicidé. L'affaire est close.
- Je vois. Sergent Gaviel, quelle est la peine encourue pour trahison, en Kervilgän ?

Les traits du capitaine se décomposent :
- Trahison ?

- Je suis novice, mais c'est bien ainsi que l'on qualifie la désobéissance à un ordre de la reine, n'est-ce pas ?
- Absolument, Lodrical, répond Gaviel. La peine encourue à l'époque de votre père était la mort.
- Bien. Heureusement pour vous, capitaine, je suis plus magnanime que ne l'était mon père. Capitaine Gaviel, veuillez placer cet homme aux arrêts.

L'ex-capitaine a la bouche ouverte. Il semble incapable d'articuler un son. Les gardes présents dans le hall sont comme pétrifiés. Tous restent immobiles, jusqu'à ce que Gaviel se tournent vers deux soldats :
- Vous avez entendu votre reine. Arrêtez cet homme.

Les deux hommes se précipitent, désarment leur ancien chef et l'encadrent.
- Souhaitez-vous qu'il soit enfermé dans le cachot du palais, Lodrical ? me demande d'une voix blanche l'un des deux gardes.
- Où sont habituellement enfermés les criminels ?
- Dans la prison de la cité, votre Majesté.
- Alors emmenez-le là-bas.

Je me tourne ensuite vers Gaviel :
- Suivez-moi capitaine.

Je prends une profonde inspiration et pénètre dans la salle du trône. Avant même de m'asseoir, je déclare :
- Le capitaine de la garde s'est rendu coupable de trahison envers sa reine. Il est en ce moment même escorté en prison. Je vous présente Gaviel, le nouveau capitaine.

Un silence estomaqué suit cette déclaration. Le duc Carivan plisse les yeux et se penche en avant. Il me considère avec le regard d'un serpent contemplant la souris qui lui servira de dîner. Graskin revient suffisamment de sa surprise pour s'exclamer :
- Mais vous ne pouvez pas faire cela !

Je me tourne calmement vers lui et incline légèrement la tête.
- Vraiment ? Et qu'est-ce qui m'en empêche ?

Il réfléchit, cherchant visiblement un argument à m'opposer :
- Vous ne pouvez pas le condamner sans procès ! finit-il par déclarer.
- Il a avoué. Je ne pense pas me tromper en disant que mon père l'aurait fait exécuter sans attendre et sans procès. Mais il a de la chance : je ne suis pas pour la peine de mort. Capitaine, le nombre de gardes défendant le palais est trop important, alors que nos mines sont menacées. Je souhaite que vous réaffectiez une partie de nos hommes à la défense extérieure.

Je tends la liste établie par Dalya. Gaviel m'adresse un salut militaire et quitte la pièce.
- Bien, maintenant, si vous me disiez où en sont les mesures que nous avons prises hier ?

Graskin est toujours sous le choc et c'est un autre ministre, un dénommé Brion, qui me répond :
- Les messagers sont partis à la première heure ce matin, chargés des missives sur lesquelles nous nous étions mis d'accord hier. Les travaux d'aménagements pour accueillir Miroirs et marchés ont également débuté ce matin. Nous avons tous envoyé des messages à nos gardes respectives afin de réaffecter les hommes au service du palais. Ils devraient être en poste dans la journée. Si vous le souhaitez, une tournée d'inspection pourra être organisée demain.
- C'est une excellente idée. Et maintenant, si nous nous occupions d'organiser cette fameuse cérémonie ?

Le reste de la journée passe comme dans un brouillard. Les ministres qui m'avaient témoigné un début de soutien osent peu prendre la parole. Seul le comte Brion manifeste un semblant de loyauté. Je l'observe en me demandant s'il sera le prochain à mourir. Il a une bonne cinquantaine, les cheveux entièrement gris, des yeux qui semblent passer du bleu au gris selon la lumière. Il est vêtu avec plus de classe et moins d'ostentation que les autres. Il sourit souvent devant la mauvaise foi évidente de ses collègues, même si ses yeux restent froids et concentrés.

Mes adversaires s'opposent systématiquement à la moindre de mes interventions, comme pour mieux me faire payer le renvoi du capitaine. Qu'ils se montrent mesquins pour la préparation de cette fichue réception m'importe peu. Certaines décisions vaudront que je me batte pour elles. Celles-ci n'en font pas partie. Malgré tout, leur comportement n'est pas sans m'atteindre, et c'est passablement découragée que je regagne mes appartements. Une fois encore, Alvën a tourné comme un lion en cage toute la journée. Je me laisse tomber dans le canapé près de lui, ramène mes jambes sous moi et pose ma tête sur son épaule. Il passe un bras autour des miennes.

- Dure journée ? me demande-t-il.

- Pas vraiment. Plutôt déprimante, je dirais. J'ai quand même une bonne nouvelle : demain, nous passerons la journée à l'extérieur, tous les deux.

Dalya entre et fronce les sourcils. Je me sens tellement anesthésiée que je ne bouge pas pour autant.

- Du nouveau ? me contenté-je de demander.

- Gaviel a passé la matinée à écouter les déclarations des domestiques chargés de la famille du baron et, apparemment, il se pourrait qu'il ait une piste. Il a quitté le palais en début d'après-midi. Il a dit qu'il viendrait vous trouver si cela débouchait sur quelque chose.

Je veille assez tard, ce soir-là, en consultant une pile de rapports que Graskin s'est fait un malin plaisir de me laisser. Certains sont en kerdilonaï et Alvën me les traduit. Je suis plus que jamais heureuse de sa présence. Si certaines décisions me paraissent relever du simple bon sens, d'autres sont beaucoup plus délicates. Son expérience en tant que prince et Maître Gardien m'est précieuse. Lorsque je repose enfin la dernière feuille, il ne reste que quatre ou cinq cas qui nécessiteront que j'entende les différents partis concernés ou que je demande conseil aux ministres. Cela donnera sans doute lieu encore à des discussions sans fin, mais je ne pourrai pas me passer d'eux : ils connaissent l'Histoire de l'île, ses habitants et ses coutumes mieux que personne. J'enrage simplement qu'ils se dressent ainsi contre moi plutôt que de m'aider. Nous pourrions faire tellement en travaillant ensemble !

Malgré l'heure tardive, Gaviel ne s'est pas montré. Dalya n'a pas quitté le salon, à mon grand regret. Alvën se contente donc d'un baiser léger avant de me souhaiter bonne nuit. Une fois encore, à peine couchée, je m'endors comme une masse.

Chapitre 14

Le lendemain, Alvën et moi descendons dans le hall pour y retrouver le comte Ghalyar. Ce dernier s'est proposé pour m'accompagner lors de ma tournée d'inspection. Sa candidature m'a surprise : il fait partie de ceux qui ne me portent pas dans leur cœur (c'est un euphémisme). En voyant Alvën, il fronce son nez d'otarie.
- Lodrical, ce Kerdilonaï...
- … est mon invité. Une promenade à l'extérieur du palais lui fera du bien, puisqu'il n'a pas été autorisé à le quitter sans moi.
- Est-il sage de vous livrer à une inspection de nos moyens de défense en compagnie d'un…
- … ami et allié ? Pourquoi pas ?

C'est peut-être mesquin, mais je suis presque contente d'utiliser cette technique d'interruptions apprise auprès du grand maître du genre, Graskin. Sans lui laisser le temps de discuter davantage, je franchis la porte et descends les marches. Deux chevaux nous attendent. Rigel et un hongre rouan que je ne connais pas. Le comte a les moyens, s'il peut se permettre d'avoir un cheval. Je me tourne vers l'un des gardes et demande à ce que l'ancien étalon de mon frère soit sellé et amené. Le garde s'éloigne au pas de course. Pendant ce temps, le comte m'explique le programme de la journée.

- Nous allons commencer par visiter les mines accessibles par la route qui descend vers la plaine, de ce côté des montagnes. Une fois en bas, nous mangerons dans une auberge qui a été réquisitionnée pour vous. Nous y retrouverons un élémental du feu qui nous ouvrira un Miroir pour nous rendre de l'autre côté de la chaîne, où nous pourrons encore visiter quelques mines que vous aurez choisies.

Nous nous arrêtons à chaque entrée de galerie. Une quinzaine d'élémentaux gardent chacune d'elles. Je prends le temps de discuter un peu avec leur commandant, ainsi qu'avec les mineurs. L'attitude de ces derniers, mêlant effroi, reconnaissance et admiration, me met légèrement mal à l'aise. Personne ne me regarde dans les yeux, même lorsque je leur affirme qu'ils peuvent cesser de se plier en deux. J'aimerais vraiment que la dose de respect puisse s'équilibrer entre ceux qui vivent au palais et le reste du peuple. Un peu moins d'opposition dans un cas et de courbettes dans l'autre serait appréciable.

Alors que nous passons la troisième ouverture creusée dans la montagne, je fais remarquer au comte :
- Les gardes sont peu nombreux.
- Malheureusement, il y a beaucoup de mines à défendre, sans parler des terres aurifères de l'autre partie de l'île. Et les hommes ne peuvent pas monter la garde toute la journée. Chaque groupe affecté à une mine est donc subdivisé en équipes qui effectuent des roulements. Cela demande beaucoup d'hommes. Certains élémentaux travaillant dans les mines ont accepté de s'enrôler pour en assurer la protection, mais cela va faire chuter la production.
- Je pense que nous devrions survivre à cela. Et ce ne sera que temporaire. Nous allons devoir trouver une

solution plus définitive au problème posé par ces attaques.

Nous nous approchons de la dernière mine prévue pour la matinée quand Alvën pointe le doigt :
- Qu'est-ce que c'est ?

Nous nous tournons dans la direction indiquée. Bien plus haut, vers l'ouest de l'île, de grandes flammes sont visibles.
- C'est un signal, répond le comte. Ils sont attaqués.

Au risque de faire glisser nos montures, Alvën et moi les poussons aussitôt dans la pente. Nous arrivons à la dernière mine et sautons à bas de nos chevaux.
- Où sont les renforts prévus en cas d'attaque ? demandé-je à un garde.
- Ils sont déjà partis, votre Majesté.
- Quelqu'un peut-il créer un Miroir ?

Le garde s'écarte de ses compagnons et une surface enfumée apparaît bientôt sur la route, en contre-bas. Alvën passe le premier. Je le suis de près, pour me retrouver en plein chaos. Cette fois, les pirates sont nettement en infériorité numérique. Chaque mine ayant aperçu le signal a envoyé une équipe de deux élémentaux. Les hommes de Jorsh s'attendaient à tomber sur des mineurs mal organisés, pas sur des élémentaux déterminés et entraînés au combat. Puisque nous n'avons toujours ni eau, ni terre à notre disposition, Alvën et moi protégeons principalement nos hommes en déviant les flammes des attaquants. L'affrontement dure somme toute assez peu de temps. Le groupe de pillards s'échappe par Miroir lorsqu'il comprend qu'il a affaire à trop forte partie.

Quand la dernière bourrasque de vent retombe, une odeur de chair carbonisée flotte dans l'air – je hais

le feu ! Je m'approche néanmoins des quelques corps en réprimant une nouvelle vague de nausée. Je sens la présence d'Alvën à ma gauche, un pas derrière moi, et des soldats tout autour de nous. Soudain, je perçois un mouvement rapide et j'entends un hoquet de douleur. Je me retourne juste à temps pour cueillir Alvën dans mes bras. Il s'effondre et nous tombons tous les deux à genoux. Je sens un liquide chaud se répandre sur le côté de ma robe. Je baisse les yeux et découvre un poignard planté dans le flanc de mon compagnon. Les soldats s'agitent. Ils se jettent sur l'un d'entre eux, le plaquent au sol et l'immobilisent. J'ai du mal à comprendre ce qui se passe. Je n'arrive à penser à rien d'autre qu'au sang qui s'étale sur la tunique de mon compagnon. Je le serre dans mes bras en répétant :
- Alvën, Alvën, oh non !

Ses yeux se voilent.
- Reste avec moi, je t'en prie, reste avec moi !

Il s'efforce de faire le point sur mon visage et murmure :
- Leï emalïn… Je... t'aime. Je…
- Chut, chut, ne parle pas…

Il ne m'entend pas : il s'est évanoui. Des larmes coulent sur mes joues, là, devant mes hommes, mais je m'en fiche complètement. Une peur terrible et glacée, la peur de le perdre, me tétanise, m'empêche de respirer. Comment cela a-t-il pu arriver ? Je serre sa main dans la mienne. Une femme s'agenouille de l'autre côté. Je reconnais Holgane, l'élémental du feu qui nous a ramenés en Kervilgän.
- Il faut l'emmener au palais, Lodrical. Le chirurgien royal doit l'examiner au plus vite.

Je lève les yeux vers elle. Elle me désigne un Miroir :

- Venez, on va le transporter. Appuyez sur la plaie pour ralentir les saignements.

J'obéis, dans un état second. Deux hommes empoignent Alvën et lui font franchir le Miroir. Nous nous retrouvons dans la pièce vide du troisième étage. Je les guide jusqu'à la chambre de mon compagnon. Un domestique croisé en chemin est envoyé à la recherche du chirurgien tandis que nous déposons Alvën sur son lit.

Je m'agenouille à son côté, les mains poisseuses de son sang toujours plaquées sur la plaie. Je perçois vaguement la présence de Holgane près de moi.

- Lodrical, je sais que vous maîtrisez l'eau.

Je ne réponds pas : qu'est-ce que ça peut faire, là, tout de suite ?

- Le sang est composé en grande partie d'eau, m'explique-t-elle. Vous pouvez la percevoir, comme vous percevez la composition de la roche, en vous concentrant sur son corps. Si vous y parvenez, vous pourrez ralentir les saignements.

Ralentir les saignements ? J'essaie, mais la peur, cette peur terrible, m'empêche de me concentrer.

- Majesté, écoutez ma voix.

C'est Dalya

- Concentrez-vous. Respirez profondément, fermez les yeux. Essayez de sentir l'eau qui le compose, comme vous m'avez dit sentir la vie qui coule dans la terre et dans les végétaux. Vous pouvez y arriver. Inspirez, expirez, concentrez-vous.

Elle continue à parler, d'une voix apaisante, en m'assurant que ce n'est pas différent de trouver une source souterraine. Les battements de mon cœur ralentissent un peu, tandis que j'inspire et expire le plus lentement possible, les yeux fermés. Peu à peu, je perçois un courant dans le corps d'Alvën. Je peux sentir

son sang qui circule dans ses veines comme des ruisseaux dans leur lit. Et là, presque sous mes doigts, je découvre l'endroit d'où il s'échappe en grande quantité, comme s'il avait rompu une digue. Une artère a été touchée. Je ne peux pas la refermer, mais je peux empêcher le torrent de s'engouffrer dans la brèche. J'oblige l'eau à poursuivre son chemin dans son lit. Au bout d'un moment, je sens vaguement qu'on cherche à enlever mes mains, je résiste, mais la voix de Dalya me parvient :
- Il faut laisser le chirurgien l'examiner, votre Majesté.

Je déplace mes mains, mais je les laisse en contact avec son corps. Je me sens fatiguée. Garder le contrôle est de plus en plus difficile. Je me mets à chantonner pour m'aider et continue à empêcher l'eau de s'échapper. J'ouvre les yeux, le temps de voir qu'un homme d'une cinquantaine d'années, aux yeux gris acier et aux cheveux de la même teinte, coupés très courts, coupe les vêtements autour de la plaie et agrandit l'entaille afin de constater les dommages internes. Il travaille vite, avec des gestes précis et, bientôt, je sens que le ruisseau de sang ne cherche plus à s'échapper.
- Tout va bien, votre Majesté, me rassure-t-il d'une voix grave. J'ai suturé l'artère. Je vais refermer la plaie maintenant. Vous pouvez le lâcher et vous reposer.

Je n'en entends pas davantage. Je me suis évanouie, moi aussi.

Quand je me réveille, je ne reconnais pas la pièce où je me trouve et je mets un certain temps à me souvenir de la raison pour laquelle mes entrailles sont aussi nouées. Et puis, tout me revient. Je suis toujours dans la chambre d'Alvën, mais allongée sur un matelas moelleux. Je me redresse et croise aussitôt le regard de Dalya, assise à côté de moi :

- Tout va bien, votre Majesté. Je vous ai installée dans sa chambre. J'ai pensé que vous aimeriez être près de lui, à votre réveil.

Malgré ses paroles rassurantes, elle a l'air pâle elle aussi.

- Merci Dalya, vous êtes vraiment merveilleuse. Ne me laissez jamais dire le contraire, même quand vous jouez au chaperon.

Elle m'adresse un faible sourire. Je regarde autour de moi : nous sommes seuls dans la pièce, tous les trois. Je me lève du petit lit que ma domestique a fait installer et je m'assois sur un fauteuil tiré près du chevet d'Alvën, probablement à mon intention. Je lui caresse le front, laisse glisser mes doigts sur sa joue et le long de la courbe de sa mâchoire. Je soupire et lui prends la main.

- Que s'est-il passé ?

- D'après cette femme, Holgane, un des gardes a tiré une lame pour vous poignarder dans le dos. Alvën a dû percevoir son mouvement. Il n'a pas eu le temps d'arrêter le coup, mais il s'est déplacé juste assez pour le prendre à votre place.

Mes mains se crispent sur les accoudoirs du fauteuil. Encore quelqu'un qui a payé à cause de mes choix. Comme ce soldat que mon père a brûlé vif pour me faire chanter. Comme ce jeune domestique empoisonné. Comme le baron. Mais cette fois, il s'agit d'Alvën.

- Il faut découvrir qui est derrière tout ça. Votre frère est-il rentré ?

Dalya hésite :

- Oui, votre Majesté.

Je lève brusquement les yeux vers elle :

- Où est-il ?
- Il est en train d'interroger l'homme qui a poignardé... le Maître Gardien (elle n'arrive toujours pas à l'appeler Alvën, tout simplement). Je pense qu'il viendra vous voir dès qu'il en aura terminé.

Quelqu'un frappe à la porte. Le chirurgien entre. Il me salue d'un signe de tête et, sans davantage de cérémonie, s'approche d'Alvën. Il lui saisit le poignet pour prendre son pouls, pose un instrument bizarre sur son cœur et soulève le drap afin de contrôler la suture qui barre le flanc gauche de mon compagnon. Le médecin finit par s'apercevoir que je guette avec appréhension chacun de ses mouvements et daigne enfin me parler :
- Votre ami a eu beaucoup de chance, votre Majesté. La lame a évité les organes. Elle a seulement éraflé l'artère rénale. Cela lui aurait tout de même été fatal, si vous n'étiez parvenue à juguler l'hémorragie interne. Je vous félicite, c'était une belle utilisation du don.
- J'ignorais complètement qu'on pouvait faire ça. Il faudra que je remercie Holgane.
- Holgane ?
- La femme soldat qui nous a accompagnés ici.
- Vous pouvez. Si elle ne vous avait pas conseillée, ce jeune homme serait mort, à l'heure où nous parlons.
- Est-il tiré d'affaire ?

Le chirurgien fait la moue :
- Difficile à dire : les gens ne survivent pas à ce genre de blessure, d'habitude. Mais il est jeune, en pleine forme et, comme je le disais, votre intervention a été déterminante. Je pense qu'il a de bonnes chances. S'il se réveille, ce sera gagné.

Il m'adresse un nouveau signe de tête et quitte la pièce. Je le remarque à peine. Mes yeux sont à nouveau posés sur le visage d'Alvën. J'ignore combien

de temps s'est écoulé lorsque j'entends Dalya m'appeler :
- Votre Majesté, Gaviel demande à vous parler.

Je lâche la main d'Alvën et me redresse dans mon fauteuil.
- Faites-le entrer.

Quelques secondes plus tard, le frère de Dalya se tient devant moi.
- Lodrical, je suis vraiment désolé, pour votre ami…
- Avez-vous identifié le responsable ?
- Malheureusement non, Lodrical. J'ai interrogé les domestiques du baron et j'ai fini par avoir la description d'un intrus qui s'était trouvé près de ses appartements la nuit du meurtre. Il s'agissait du courtisan de l'une des servantes. Elle ne sait pas ce qu'il est devenu. En interrogeant les gardes de faction cette nuit-là, j'ai découvert qu'il a quitté le palais par l'entrée des domestiques. J'ai pris quelques soldats avec moi et nous sommes partis à sa recherche. Nous avons fini par le retrouver dans une auberge de la plaine, mais, quand il nous a vus, il s'est… il s'est donné la mort.

Je ferme les yeux. Quelle que soit la personne derrière tout ça, elle doit être puissante pour que cet homme ait préféré mourir plutôt que d'être interrogé.
- Et l'élémental qui a attaqué Alvën ?
- Il a refusé de répondre à nos questions. Je voulais votre autorisation pour passer à un mode d'interrogatoire plus… persuasif.
- Vous voulez parler de torture.
- Oui, Lodrical.

Gaviel a fait de son mieux pour répondre d'une voix neutre, mais je devine qu'il n'y est pas favorable. Mes yeux s'attardent sur le visage d'Alvën. Suis-je prête à faire tout ce qui sera nécessaire pour retrouver celui qui a failli le tuer ? Un instant, j'envisage de donner mon accord. Les mots « faites-le » vont franchir mes lèvres... Mais ils restent finalement coincés quelque part dans ma gorge. Je ferme les yeux et secoue la tête. Non, je ne deviendrai pas comme mon père. Ils peuvent me menacer, s'en prendre à ceux que j'aime, m'intimider, me faire chanter, mais ils ne feront pas de moi l'une d'entre eux.

- Non, murmuré-je finalement.

- Lodrical ?

- Non, réponds-je plus fort. Proposez-lui de le gracier. Proposez-lui de l'or, ce qu'il voudra, s'il accepte de nous donner son commanditaire. Dans le cas contraire, laissez-le croupir dans sa cellule. Pas de torture. Mais je veux que vous fassiez quelque chose d'autre pour moi.

- Bien sûr, Lodrical.

- Je veux que vous fassiez surveiller Graskin et le duc Carivan.

- Ce sont les deux hommes les plus puissants du Conseil, Lodrical.

- Je le sais bien.

- S'ils viennent à l'apprendre…

- Alors faites ce qu'il faut pour qu'ils ne l'apprennent pas.

- Oui, Lodrical.

Je me tourne vers Dalya :

- Puis-je compter aussi sur votre aide ?

- Je connais plusieurs de leurs servantes, je devrais pouvoir apprendre certaines choses.

- Je vous remercie, tous les deux.

Gaviel s'incline et quitte la pièce.

- Majesté ? Souhaitez-vous regagner vos appartements pour vous reposer ? Je peux veiller sur lui, si vous voulez.

- Merci, Dalya, mais je vais rester ici cette nuit.

- Comme vous voudrez. Tenez, j'ai trouvé ça. J'ai pensé que cela pourrait vous intéresser.

Elle me tend un livre.

- Qu'est-ce que c'est ?
- C'est une méthode pour apprendre à lire aux enfants. Cela vous aidera à progresser.

Elle n'ajoute pas : « Et cela vous occupera un peu l'esprit », mais je sais qu'elle y pense et je lui serre la main pour la remercier.

Chapitre 15

Assise dans le fauteuil, j'essaie de comprendre les mots qui dansent devant mes yeux, mais je finis toujours par reporter mon attention sur Alvën. Je m'endors vers le milieu de la nuit, le livre encore ouvert sur les genoux. Quand je m'éveille au petit matin, Alvën n'a toujours pas bougé. Ma gorge se noue. J'ai tellement peur qu'il ne se réveille jamais ! Mais je ne peux pas rester là indéfiniment. Il faut bien que je me prépare à affronter une nouvelle journée. Je quitte la pièce et demande au premier domestique que je croise – je suis surprise d'en trouver autant déjà au travail, à cette heure si matinale – de prier Dalya de veiller sur Alvën. Il s'incline profondément et se dirige vers l'étage réservé aux domestiques. De mon côté, je gagne mes appartements. Je me déshabille, enfile la tunique et les chausses fournies par Dalya et entame la varanem. Malheureusement, même la danse de l'épée ne parvient pas à me libérer du sentiment d'angoisse qui a élu domicile autour de mon estomac. Comment vais-je réussir à accomplir quoi que ce soit si les quelques membres du conseil susceptibles d'être d'accord avec moi ont trop peur pour manifester leur soutien ? Comment puis-je être reine si je ne peux pas protéger mes alliés ? Et, bien entendu, je m'inquiète pour Alvën.

Après avoir effectué mon dernier mouvement, je me déshabille à nouveau, soulève la tapisserie qui dissimule une volée de marches et me rends dans la petite pièce où jaillit une source chaude. L'eau ne parvient pas davantage que la varanem à dénouer la tension de mes muscles. Je ne m'y attarde guère et remonte dans ma chambre, m'apprêtant à me préparer seule. Mais Dalya s'y affaire déjà.

- J'espérais que vous veilleriez sur Alvën. Le domestique que j'ai chargé de ce message ne vous a donc pas trouvée ?

- Si, votre Majesté. Mais le chirurgien était auprès de lui quand je suis arrivée. Il m'a dit qu'il pouvait rester jusqu'à ce que je revienne. J'ai pensé que vous auriez peut-être besoin de moi.

Je hoche la tête, soulagée, la gorge trop nouée pour la remercier. Depuis quand le fait de m'habiller, de me maquiller et de me coiffer seule est-il devenu une tâche insurmontable ? Dalya a sélectionné une robe. Je disparais derrière le paravent pour l'enfiler.

- Qu'a dit le chirurgien ?

- Que son état est stable, pour le moment. Il a répété la même chose qu'hier : il est difficile de se prononcer tant qu'il ne se réveille pas.

Nous restons silencieuses pendant que Dalya m'apprête. Quand elle a terminé, elle prend mes mains dans les siennes.

- Je vais rester auprès de lui, Majesté. Et je vous ferai prévenir tout de suite, s'il y a du nouveau.

Graskin m'accueille avec une mine si exagérément inquiète que j'ai envie de l'étrangler.

- Comment se porte votre… invité, votre Majesté ?

- Le chirurgien ne peut se prononcer sur un pronostic tant qu'il ne se réveillera pas.

- Soyez assuré de tous nos vœux de rétablissement pour ce jeune homme. Son acte courageux nous a évité de nous retrouver une nouvelle fois sans souverain.

Je plante mon regard dans le sien :
- Vous ne vous débarrasserez pas de moi aussi facilement.

Mon sourire se veut rassurant, mon ton est cordial, mais mes yeux disent tout autre chose. Il me sourit en retour, mais se crispe presque imperceptiblement. Je poursuis :
- Et soyez assuré que le traître qui est derrière ces meurtres sera démasqué et traduit en justice.
- En espérant qu'il ne soit pas noble, intervient le marquis de Storil.
- Et pour quelle raison ? demandé-je de ce ton courtois que je m'étonne de parvenir à conserver, alors que j'ai envie de fracasser toute cette bande d'hypocrites sournois contre le mur d'une rafale de vent.
- Les nobles ne peuvent être soumis à un procès, Lodrical, m'explique le marquis d'un ton conciliant qui manque de fissurer le semblant de calme que je parviens à adopter.

Il semble dire : « Encore une chose que vous ignorez. Mais comment pourriez-vous le savoir : vous n'êtes qu'une étrangère, après tout ! » J'inspire profondément :
- C'est une des lois de mon père qu'il nous faudra changer, dans ce cas.

Comme je m'y attendais, cela provoque un véritable tollé.
- Lodrical, vous ne pouvez revenir ainsi sur les prérogatives des nobles…
- Mais vous n'envisagez tout de même pas…
- C'est tout à fait impensable…

J'ai du mal à discerner la fin des différentes phrases, puisque tout le monde s'est mis à parler en même temps. Seul le duc Carivan et le comte Brion restent silencieux. Le premier a les coudes posés sur la table et les mains jointes devant son nez, comme s'il essayait d'échapper à une mauvaise odeur. Le second est enfoncé dans son siège, les bras croisés, son éternel sourire plaqué sur les lèvres, un peu moqueur, comme s'il assistait aux chamailleries d'enfants mal élevés mais amusants. J'attends que le volume sonore diminue et m'adresse au marquis :

- Il me faudra faire appel à une forme de justice plus expéditive, dans ce cas.

- De quel genre, votre Majesté ?

- Du genre de celle que devait utiliser mon père pour pallier l'absence de procès.

Le silence est maintenant si pesant que j'entends mon propre cœur battre. Il faut dire qu'il bat plutôt vite et fort. Je ne sais pas si c'est sous le coup de la peur, de la frustration ou de la colère.

Le marquis toussote :

- Il est vrai qu'il serait peut-être plus juste de mettre en place certaines mesures permettant de rappeler à l'ordre un noble qui dépasserait certaines limites.

Un murmure d'assentiment parcourt l'assemblée. Le comte Brion secoue légèrement la tête, comme si tant de bêtise le dépassait.

- Bien, peut-être pourrions-nous commencer la réunion d'aujourd'hui par la mise en place de telles mesures, propose aussitôt Graskin.

Évidemment, ce n'est qu'une façon pour eux de limiter l'ampleur de leur punition s'ils devaient commettre des vols, des meurtres ou même des trahisons. Les décisions sur lesquelles ils tombent d'accord sont loin de me satisfaire et je dois encore batailler plusieurs heures pour tenter d'obtenir des condamnations qui ne soient pas ridicules face au crime.

Finalement, c'est Dalya qui me sauve de cette réunion tenant davantage de la mascarade que du réel bon sens. Elle se faufile entre les portes entrouvertes de la salle du trône et se dirige vers moi sans tenir compte des regards désapprobateurs que lui lancent tous ces vieux fossiles. Elle se penche vers moi et me murmure à l'oreille :
- Il est réveillé.

Je me lève aussitôt :
- Messieurs, je dois m'absenter. Je reviendrai vous trouver ce soir et j'attends que vous me proposiez des mesures autrement plus sérieuses que cette comédie !

Je quitte la pièce en courant à moitié et grimpe les marches aussi vite que me le permet ma robe. J'entre dans la chambre d'Alvën complètement essoufflée. Le chirurgien est là, mais Alvën est encore endormi.
- Il n'est pas resté conscient très longtemps, mais c'est encourageant, m'explique le médecin. Il s'est aussitôt inquiété de savoir si vous alliez bien. Je l'ai rassuré et lui ai raconté ce qui s'était passé. Je lui ai donné des médicaments pour soulager la douleur, qui font aussi dormir. Je suis désolé, je ne pensais pas que vous pourriez vous libérer aussi vite.
- Ce n'est pas grave : vous n'alliez pas le laisser souffrir juste pour que je le voie éveillé.

Debout près de son lit, j'hésite : si le médicament qu'il a pris le fait dormir, il va sans doute rester inconscient un bon moment. Je pourrais retourner à ma réunion, mais la perspective de me battre encore tout l'après-midi n'est franchement pas réjouissante. De toute façon, je leur ai demandé de me préparer un projet de loi qu'ils me présenteront ce soir. En attendant, autant rester ici. Je m'installe dans le fauteuil, ramène mes jambes sous moi et reprends le livre pour enfant. Je n'entends pas Dalya sortir, mais elle a dû s'absenter, parce qu'elle dépose bientôt un plateau sur lequel reposent une théière fumante, une tasse, ainsi que des petits pains aux algues.

J'ai toujours l'estomac trop noué pour manger, mais le thé chaud est le bienvenu. Je sirote ma tasse tout en essayant de comprendre l'alphabet, puis les mots. Finalement, quand je repose ma tasse, je sursaute. Alvën a les yeux ouverts. Il me regarde avec un petit sourire.

- On t'a déjà dit que tu étais mignonne quand tu es concentrée ?
- Seulement quand je suis concentrée ? rétorquée-je d'un ton que je voulais vexé, mais qui ne parvient pas à dissimuler mon soulagement.
- Ne me fais pas rire. Ça fait mal.
- Désolée. Ça fait longtemps que tu es réveillé ?
- Quelques minutes.
- Tu aurais pu attirer mon attention.
- Je n'ai pas le droit de te regarder ?

Je rougis.

- Et puis, je ne voulais pas te déranger, m'explique-t-il, moqueur. Ton livre avait l'air tellement passionnant…
- Tu as de la chance d'être à moitié mort, sinon tu te serais pris cet oreiller.

Son visage se fait plus sérieux :

- Si j'ai bien compris, c'est à toi que je dois de ne pas être mort complètement. Tu m'as encore tiré des ennuis.
- Seulement parce que tu m'en avais tiré le premier. Tu m'as sauvé la vie. Encore.
- C'est vrai. Je crois que, si on fait les comptes, j'ai dû te sauver plus souvent.

Je m'esclaffe :

- Je crois que tu fais preuve de mauvaise foi. Mais puisque tu es vivant, je te pardonne pour cette fois.

J'ai pris sa main dans la mienne et la caresse avec le pouce. Son regard accroche le mien.
- Je t'aime.

Je rougis encore un peu.
- Tu ne me l'avais encore jamais dit.

Il fronce les sourcils :
- Je suis presque sûr de te l'avoir dit avant de m'être héroïquement évanoui.
- Ça, ça ne comptait pas. Tu pensais être en train de mourir.
- Peut-être. Et je suis désolé de ne pas l'avoir fait plus tôt. Je me disais que nous avions le temps. Je voulais attendre le bon moment.
- Et ce serait maintenant le bon moment ? Alors que tu es allongé sans pouvoir bouger, l'air pas franchement en forme ? demandé-je en haussant un sourire moqueur.
- Ce n'est pas vraiment comme ça que j'avais imaginé la scène, mais ça m'a fait réaliser qu'il n'y a pas de bon moment. Je ne veux pas attendre, parce que je ne sais pas ce qui peut encore nous arriver.
- Plus rien d'aussi grave, j'espère bien !

Sa main se porte vers son côté et ses yeux s'écarquillent :
- Où est ma tunique ?
- Ta tunique ? J'en sais rien. Elle était pleine de sang. Le chirurgien a dû la découper pour pouvoir te rafistoler. Pas la peine de paniquer comme ça : je t'ai déjà vu torse nu, tu sais.

Dalya se matérialise de l'autre côté du lit. J'avais oublié qu'elle était là. Elle a raison : les domestiques sont tellement présents et discrets qu'ils en deviennent parfois presque invisibles. Elle tend la main vers Alvën, qui la prend dans la sienne.
- Dalya, je vous aime, s'exclame-t-il, visiblement soulagé.

Je pose les poings sur mes hanches :
- Ah ben bravo ! Tu mets des jours à te décider à me le dire et tu le sors à une autre femme dans la foulée ! J'espère pour toi que c'est un effet secondaire des médicaments !
- Mais non, voyons ! En kerdilonaï, il y a un mot différent pour dire qu'on aime quelqu'un ou quelque chose et pour dire qu'on *aime* quelqu'un. En français, c'est le même mot. C'est vrai que ça peut prêter à confusion, mais…
- Alvën ?
- Oui ?
- Tais-toi.
- D'accord.

Je lui souris et secoue légèrement la tête, en reprenant son autre main dans la mienne. Il laisse passer quelques secondes et demande :
- J'ai le droit de reparler, maintenant ?
- A condition que tu ne me fasses pas de dissertation sur les différences entre le kerdilonaï et le français...
- D'accord. Et si c'est pour te demander de m'épouser ?

Je cligne plusieurs fois des yeux. Il tient une bague dans la main que Dalya vient de serrer. Où est-elle d'ailleurs ? Elle a à nouveau disparu. Mais qu'est-ce que ça peut faire ? Alvën vient de me demander de l'épouser. Comme je reste plantée là, la bouche entrouverte façon carpe, il reprend, à toute vitesse, visiblement assez stressé :
- Je suis désolé. Je me suis renseigné sur la façon dont ça se passe dans votre monde. Je sais que j'aurais dû me mettre à genoux, mais je ne m'en sens pas vraiment capable. J'aurais pu attendre d'aller mieux, mais ça fait plusieurs jours que j'essaie de te le demander, sans trouver le bon moment et, comme je te l'ai dit, je ne veux plus attendre…

- Alvën ?
- Oui ?
- Tais-toi.
- D'accord.

Je me penche et l'embrasse longuement. Quand je m'écarte un peu, il demande d'une petite voix que je reconnais à peine.

- C'est un oui ?

Il a vraiment l'air inquiet. Je souris.

Chapitre 16

Retourner dans la salle du trône est presque facile, après ça. J'ai l'impression de flotter en descendant les marches. Malheureusement, mon sentiment de légèreté n'est que de courte durée : il s'évanouit dès que j'entends la proposition du Conseil.
- C'est vraiment le mieux que vous puissiez faire ? demandé-je.
- C'est la seule proposition sur laquelle nous parvenons à nous mettre d'accord.
- Je vois. J'aimerais que nous parlions à nouveau de la cérémonie du couronnement.

Les ministres ont l'air surpris et soulagés que je passe à autre chose. Tout en parlant, je joue machinalement avec la bague sertie d'un saphir passée à mon annulaire gauche.
- Dans la mesure où elle se rapproche, je pense que les invités vont bientôt commencer à arriver. Je me suis renseignée auprès des domestiques et nous n'avons pas la place de loger tout le monde. Je vais donc vous demander de retourner dans vos domaines respectifs dès demain, afin de laisser le temps aux serviteurs de préparer les appartements. Deux d'entre vous seront autorisés à rester au palais afin de me conseiller sur les affaires urgentes. Ces deux personnes pourront changer toutes les rendiën. Ce conseil se réunira désormais une fois par rendië afin de m'aider à prendre les décisions les plus importantes.

- Votre Majesté, je proteste… commence Graskin.
- J'en prends note, conseiller.
- Mais Majesté…

Tendue, je pose mes mains à plat sur la table et fais en sorte que les fissures se ramifient un peu plus. Graskin s'arrête net.

- J'ai dit que je prenais note, conseiller. J'aimerais ne plus avoir à me répéter : vous êtes là pour m'aider en m'informant des habitudes et coutumes de l'île, mais à la fin, c'est ma décision qui fait force de loi. Je vais étudier cette proposition que vous m'avez soumise et la compléter. Vous aurez tous une copie de la version définitive avant de quitter le palais demain matin.
- Vous pouvez effectivement prendre des décisions allant à l'encontre de nos conseils, mais cela fera de vous un despote, comme l'était votre père, me lance Graskin.

Cette fois, j'en ai assez de rester polie et de ménager les susceptibilités. Autant mettre les points sur les i :

- Quand vous serez enfin capables de faire passer le bien commun avant votre antipathie à mon égard et vos petites magouilles personnelles, nous pourrons peut-être travailler ensemble et je ne serai plus obligée de vous imposer mes décisions. Je vous remercie.

Je me lève et recommence aussitôt à jouer avec ma bague. Je vais quitter la pièce, quand je me retourne :

- Ah ! Au fait, je vous annonce que je suis fiancée.
- Fiancée ?
- Oui, c'est ce qui arrive quand on nous demande en mariage.
- Qui… ?

Graskin semble au bord de l'apoplexie.

- Alvën bien sûr !

- Et vous avez pris la décision d'épouser un homme sans nous en parler, en ignorant les bénéfices qu'auraient pu nous rapporter certaines alliances ?
- Je ne suis pas une marchandise que vous pouvez échanger ou vendre à votre guise. Bonne soirée.

Je gagne l'appartement d'Alvën d'un pas lourd. Et voilà, mon sentiment d'allégresse aura fait long feu…

Les jours qui suivent passent à toute vitesse. Je croule sous les rapports et les décisions à prendre. J'essaie de travailler un maximum auprès d'Alvën afin de lui tenir compagnie et de profiter de ses conseils. Je dois aussi batailler avec les deux ministres désignés pour rester. Sans surprise, Graskin en fait partie. Quand il me reste un peu de temps libre, je fais mon possible pour progresser dans la maîtrise de la langue.

J'ai ordonné qu'une aire d'arrivée des Miroirs soit délimitée sur la grand-place afin de permettre aux invités étrangers de voyager sans arriver directement dans le palais. La veille de la cérémonie, alors que je travaille dans mon bureau, un messager vient me trouver :
- Majesté, la famille royale de Kerdilön est arrivée. Souhaitez-vous la recevoir dans la salle du trône ?
- Non, faites-les accompagner dans la chambre d'Alvën. Je les y rejoins dès que possible.
- Bien, votre Majesté.

J'essaie de me concentrer sur le rapport que je suis en train de lire, mais je suis impatiente de retrouver Cormélia. Finalement, après avoir relu le même passage au moins cinq fois, j'abandonne, le repose sur la pile de papiers dont il faut encore que je m'occupe et quitte mon bureau.

Quand j'entre dans la chambre de mon fiancé, le roi Sartal et la reine Bérylia sont assis près du lit de leur fils et discutent tranquillement. Cormélia, de son côté, me saute au cou :
- Tu vas bien ! J'ai été tellement inquiète pour vous deux !
- Oui, je vais bien. Grâce à ton frère.
- Évidemment, cela aurait été mieux s'il avait réussi à arrêter ce couteau sans se servir de son corps comme fourreau, mais vous êtes en vie tous les deux. C'est le principal.

Sartal et Bérylia se sont tournés vers nous. Ils me saluent tous deux d'un signe de tête, auquel je réponds. Je suis surprise de constater que je me sens suffisamment… eh bien, reine, pour ne plus ressentir le besoin de me fendre d'une révérence.
- Je suis content que vous soyez là, tous les trois, déclare Alvën. Nous avons une nouvelle à vous annoncer.

Il tend la main vers moi. Je m'approche du lit et la saisis.
- J'ai demandé la main de Liz, et elle a dit oui.

Cormélia pousse un petit cri et me saute à nouveau au cou. La reine s'autorise un léger sourire, mais Sartal se rembrunit.
- Je suppose que cela veut dire que tu ne reprendras pas ta responsabilité de Maître Gardien.
- Non, Père, en effet. Pourquoi ? Verya ne s'en sort pas bien ?
- Verya s'en sort très bien, intervient la reine en lançant un regard d'avertissement à son mari, ce qui n'est pas pour rassurer Alvën.
- Quoi ? Vous avez des ennuis ?
- Pas du tout, répond sa mère. Tu sais comment est ton père. Il n'aime pas le changement.

- Verya est très bien, c'est vrai, mais enfin, elle n'est pas toi.
- Chéri…
- D'accord, d'accord. Je suis très heureux pour toi, mon fils.

Je réprime un sourire et demande :
- Où est votre escorte ?
- Elle a déjà été prise en charge par une armée de domestiques.
- Voulez-vous que je vous fasse accompagner à vos appartements ? Nous pourrions nous retrouver ici pour dîner ?
- C'est une très bonne idée, Liz, merci.

Je salue l'effort de la reine de m'appeler par mon diminutif. Je me tourne vers le domestique qui a été assigné au confort d'Alvën. Celui-ci s'incline et ouvre la porte, invitant la famille royale à le suivre. Je reste seule avec mon fiancé.
- Ça s'est mieux passé que je le pensais, me déclare-t-il.
- Je croyais qu'ils pensaient que nous étions déjà fiancés, selon vos coutumes ?
- Pendant les longues journées où je n'avais rien à faire, j'ai chargé Holgane de porter un ou deux messages à ma famille. Je leur avais parlé du malentendu. J'imagine que Père a dû penser que je rentrerais, du coup.

Mon expression se fait distante.
- Qu'y a-t-il ?
- Rien, c'est juste que j'aimerais que Caroline et Manu puissent être là, demain.
- Tu peux encore aller les chercher.
- J'y ai pensé, mais tant qu'on n'aura pas arrêté celui qui t'a fait ça, je ne veux pas courir le risque de les faire venir. Mais j'aurais aimé…

Je m'interromps. Aimé quoi ? Qu'une personne qui tienne à moi soit présente ? Alvën n'est pas encore suffisamment remis. Je n'ai plus de famille et mes amis sont dans un autre univers. Cormélia sera là, bien sûr, mais ce n'est pas tout à fait pareil. Tout à coup, je me sens très seule.

- Je suis désolé de ne pouvoir ni t'accompagner, ni te faire danser, demain.

Cela me tire brutalement de ma rumination :

- Danser ?

- Évidemment. Qui dit fête, dit bal. Tous les nobles célibataires, et probablement quelques princes et rois, vont t'inviter à danser.

- Mais je ne sais pas danser !

- Alors, je te conseille de laisser tomber tes rapports pour le moment et d'aller trouver ma sœur ! me répond-il amusé.

- Arrête de sourire bêtement. C'est pas drôle.

- Un peu quand même. Quel dommage que je ne puisse pas quitter ce lit pour voir ça !

Je secoue la tête et me dirige vers la sortie.

- Hé, me rappelle-t-il. Je n'ai même pas droit à un baiser ?

Je me retourne et lui adresse à mon tour un sourire moqueur :

- Quel dommage que tu ne puisses pas quitter ce lit pour venir le chercher. A plus tard !

Je l'entends s'esclaffer tandis que je referme la porte. Quand je frappe à celle des appartements de Cormélia, sa domestique personnelle vient m'ouvrir.

- Je souhaiterais parler à Son Altesse, déclaré-je.

La voix de Cormélia me parvient depuis l'intérieur :

- Liz ! Entre !

Des malles sont dispersées dans la pièce. Une vingtaine de robes de toutes les couleurs sont étalées sur le lit.
- Tu avais vraiment besoin de tout ça pour deux jours ?
- Je n'arrivais pas à me décider avant de partir, alors j'en ai pris plusieurs.
- C'est ce que je vois !
- Tu as besoin de mes conseils vestimentaires ?
- Quoi ?
- Cette robe que tu portes… elle est plutôt impressionnante, mais elle te vieillit. Et le décolleté !
- Je sais, mais c'est comme ça ici. En fait, j'ai besoin de toi pour autre chose.
- Vas-y.
- Il paraît qu'on va danser, demain. Et…
- Et tu ne sais pas danser.

J'écarte les bras en haussant les épaules.
- Bon, heureusement que nous ne sommes pas arrivés juste pour la cérémonie comme Père le voulait !

Personne ne doit savoir où je suis passée, parce que nous ne sommes pas dérangées une seule fois jusqu'à l'heure du dîner. Quand nous quittons la chambre, Cormélia m'avertit qu'il me faudra encore pratiquer un peu :
- Tu ne t'en sors pas trop mal au niveau des pas, mais tu es encore tellement raide !
- C'est parce que je suis tellement à l'aise !
- C'est pour cette raison que nous devrons encore travailler.
- On pourrait pratiquer encore une rendië sans que cela change quoi que ce soit !

Nous approchons de la chambre d'Alvën quand un messager me tombe dessus :

- Lodrical, le seigneur Graskin vous demande de le recevoir immédiatement dans votre bureau. Il a dit que c'était urgent.

Je pousse un soupir avant de me tourner vers ma compagne :

- Ne m'attendez pas. Ça risque d'être assez long. Je vous rejoins dès que je le peux.

Finalement, je ne les rejoins pas avant le dessert. Il s'agit de pâtisseries réalisées avec de la vraie farine et de vrais fruits – les marchands étrangers ont commencé à investir les marchés, un peu partout dans l'île – et j'en prends une avec délice tout en m'excusant pour mon absence.

- Ne vous inquiétez pas, me répond Sartal. Je sais ce que c'est.

Une table et quatre chaises ont été dressées dans la chambre d'Alvën, tandis qu'un domestique lui porte ce qu'il désire sur un plateau.

- Quand vas-tu être autorisé à te lever ? demande Cormélia à son frère.

- C'est la question que je ne cesse de poser au chirurgien.

- Et quelle est sa réponse ?

- « Quand je vous le dirai. »

Cormélia éclate de rire :

- Ça doit te plaire !

- Tu n'as pas idée. S'il me laisse encore dans ce lit plus d'une journée, je crois que je me lève, qu'il me donne l'autorisation ou pas.

- Non, tu ne le feras pas, déclaré-je d'un ton tranquille.

Cormélia rit à nouveau. L'entendre rire me fait du bien. J'ai l'impression que cela allège un peu le poids qui pèse constamment sur mon cœur, ces temps-ci.

- Y a-t-il eu d'autres attaques des mines, depuis qu'Alvën a été blessé ? me demande Sartal.

Je m'assombris aussitôt.

- Non. Gaviel – le chef des gardes – pense que les pirates ont été surpris de rencontrer de la résistance et qu'ils s'organisent de leur côté. J'imagine qu'ils seront plus nombreux la prochaine fois.

Cormélia a remarqué mon changement d'humeur :

- Assez discuté de choses tragiques ou déprimantes pour ce soir ! déclare-t-elle. Si tu dois vraiment épouser mon frère, il y a un certain nombre de choses que tu ferais bien de savoir à son sujet.

- Cormélia… l'interrompt Alvën sur un ton d'avertissement qui me fait sourire.

- Et j'en profite, poursuit sa sœur, parce que, comme il est cloué au lit, il ne pourra pas me faire taire.

La princesse se lance alors dans des récits sur leur enfance qui, pour certains, sont également des découvertes pour les parents. Même Sartal ne peut s'empêcher de rire par moments. Je remarque qu'Alvën se prête au jeu, même s'il proteste régulièrement, pour la forme, et rougit une fois ou deux. Finalement, je passe une excellente soirée.

Chapitre 17

J'inspire et expire profondément. Cela n'empêche pas mon cœur de battre à un rythme effréné. Je me tiens juste devant les portes de la salle du trône. Un brouhaha de voix me parvient depuis l'autre côté. Le grand jour est arrivé. Je repousse une mèche derrière mon oreille. Pour une fois, Dalya n'a pas discuté lorsque j'ai dit que je voulais garder mes cheveux lâchés. Sans doute parce qu'il sera plus facile de poser la couronne sur le sommet de mon crâne si celui-ci n'est pas déjà occupé par l'un de leurs affreux chignons. J'émets un bref rire nerveux en imaginant Graskin essayer de faire tenir le lourd cercle d'or sur une coiffure à la reine Amidala. Il se termine en rictus quand un doute me saisit : cette fichue couronne sera-t-elle bien à ma taille ? Avec ma chance actuelle, elle pourrait bien me glisser sur les yeux, comme celle du ridicule prince Jean de Disney. Oh là là ! Mon esprit bat vraiment la campagne. Ça ne va pas du tout ! Je ferais mieux de me concentrer sur ces phrases horriblement compliquées que je vais devoir répéter en kerdilonaï. Alvën et Dalya me les ont fait rabâcher encore et encore, mais ce matin, j'ai tout de même réussi à m'emmêler les pinceaux. Enfin, la langue. Il ne manquerait plus que ça, tiens, d'ailleurs, que je m'emmêle réellement les pinceaux en traversant cette salle horriblement longue jusqu'à l'estrade, devant tous les rois et la bonne société de Kerdevel. Non, ça ne va pas arriver : je serai digne, je serai gracieuse, je serai… avec un peu de chance, pas trop ridicule.

Les portes s'ouvrent sans le moindre grincement. Le maître de cérémonie de mon père claironne :

- Son Altesse Royale, la princesse Alizé, fille de feu le roi Brandanon et héritière du trône de Kervilgän.

Bon, ben, je crois que c'est à moi. J'avance lentement en direction de l'estrade, les yeux résolument fixés sur la fresque maritime qui orne le mur du fond. Mais pourquoi ont-ils construit une salle du trône aussi longue ? C'est moi où l'estrade recule au fur et à mesure que j'avance ? Surtout, ne pas regarder la foule qui se presse des deux côtés du tapis. J'entends un murmure se répandre sur mon passage, comme le bourdonnement d'une mouche près de mon oreille. J'ai refusé tout net de porter du noir, même si c'est visiblement la tradition. En même temps, je ne vois pas bien la tradition de quoi, puisque mon père a été le premier roi de Kervilgän. On ne peut pas dire que je rompe une longue lignée de couronnements de monarques noir-vêtus. Je n'ai pas eu le temps d'interroger Dalya à ce sujet. J'étais trop occupée à dire : « Non, pas de noir ! » J'ai déjà assez l'impression comme ça de me rendre à mon propre enterrement. Donc, je porte une robe d'un bleu profond, brodée de fils d'or. Une ceinture d'or incrustée de saphirs souligne ma taille. Une rivière de diamants et de saphirs masque en grande partie mon décolleté. C'est le seul bijou que j'ai accepté, en dehors de ma bague de fiançailles. J'espère être suffisamment ostentatoire pour satisfaire les Kervilgaï, tout en évitant de choquer les autres souverains. Ou peut-être vais-je seulement réussir à contrarier tout le monde. De toute façon, il est trop tard pour s'en soucier.

Je parviens enfin au pied de l'estrade. Sans trop savoir pourquoi, je tourne la tête vers la droite. Alvën est là, aux côtés de sa famille, assis sur un fauteuil alors que tout le reste de l'assistance est debout. Mon cœur accélère encore – si ça continue comme ça, il va finir par s'arrêter net, épuisé – mais je ne sais pas trop si c'est sous l'effet du plaisir de savoir qu'il est là ou d'un redoublement de panique.

Je me retrouve en haut des marches sans que je me rappelle les avoir gravies. Graskin se tient là, avec un serviteur portant un coffret. Le ministre prononce la première phrase de mon serment. Pendant un horrible instant, j'ai l'impression qu'aucun son ne pourra plus jamais franchir la barrière de ma gorge ultra sèche, mais finalement, je parviens à répéter. Avec hésitation au départ, puis avec une force qui me surprend moi-même. Je me laisse tellement entraîner par ma promesse de prendre soin de mon royaume, de faire passer ses intérêts avant les miens, de le défendre au péril de ma vie si nécessaire, tout cela en kerdilonaï, que je manque d'ajouter à la fin « Lanam eladön. » Je m'arrête à la dernière seconde. J'imagine que beugler la devise des Gardiens du dernier royaume contre qui Kervilgän a été en guerre ne serait pas du meilleur effet le jour de mon couronnement. En tout cas, le moment me paraît mal choisi pour rappeler que, dans cette guerre, je me trouvais dans le camp adverse.

Graskin sort la couronne du coffret et me la présente. Je m'incline devant lui (qu'il profite, ce n'est pas près de se reproduire !) et il pose le cercle d'or sur ma tête. A mon grand soulagement, il ne me glisse pas devant les yeux. J'entends vaguement Graskin déclarer, toujours en kerdilonaï :

- Mes Seigneurs et mes Dames, la reine Alizé de Kervilgän !

Ouf, c'est fini. Enfin presque. Je dois encore traverser la salle en sens inverse pour être prête à accueillir mes invités dans la salle de banquet.

Les domestiques ont poussé les grandes tables contre le mur. La salle a beau être vaste, tous n'auraient pu y manger assis. Le Conseil et moi-même avons donc décidé que le festin se ferait sous la forme d'un immense buffet royal. Les invités commencent à entrer, annoncés les uns après les autres par le chambellan. Ils viennent me saluer et me féliciter, échanger quelques banalités, avant de se diriger vers les tables. J'ai l'impression que mon cerveau s'est enclenché sur « pilote automatique » : je parviens à répondre aimablement et à faire la conversation, mais je ne pourrais pas répéter les paroles échangées, même si ma vie en dépendait. Pourtant, je reprends brutalement les commandes lorsque j'entends le chambellan annoncer :

- Sa Majesté le roi Jorsön de Kerhuel, et son frère, Son Altesse le prince Jorsh.

Je lance un regard surpris à Graskin :

- Jorsh ? Ici ?

Mon ministre a écarquillé les yeux, visiblement tout aussi surpris que moi :

- Je vous assure, votre Majesté, qu'il ne faisait pas partie des invités !

De toute façon, il est trop tard pour lui refuser l'entrée. Les deux hommes s'approchent déjà de nous. Le plus âgé est plutôt quelconque : taille moyenne, cheveux bruns lui arrivant aux épaules, un ventre un peu proéminent. Seuls ses yeux, d'un beau brun noisette et pétillants d'intelligence ont quelque chose de remarquable. Son cadet, quant à lui… Je ne trouve pas d'autre mot pour le définir que « séduisant. » Caroline aurait probablement dit « canon. » Plus grand que son frère, il est mince et athlétique, les traits bien dessinés, les mêmes yeux que son aîné, avec une petite étincelle d'espièglerie en plus. Ses cheveux sont plus foncés et coupés plus courts. Son teint est hâlé par le soleil. Il est habillé plus richement encore que son frère le roi et porte plusieurs pierres précieuses, que ce soit comme boutons, pour orner sa ceinture et même en pendentif. Des joyaux qui proviennent de mes mines, à n'en pas douter. La colère bouillonne en moi, débarrassant mes pensées de l'engourdissement dans lequel le stress les avait plongées.

Les deux hommes arrivent juste devant moi. Le roi incline simplement la tête et son frère se fend d'une révérence, comme il se doit, tout en m'adressant un petit sourire moqueur qui le fait paraître plus beau encore.

- Votre Majesté, je tiens à vous présenter toutes mes félicitations pour votre couronnement, me déclare le roi de Kerhuel dans un français parfait. Je me réjouis également que Kervilgän consente enfin à sortir de son autarcie et envisage de s'ouvrir sur des accords commerciaux mutuellement profitables.

- Je vous remercie pour vos aimables paroles, votre Majesté, mais je dois avouer que je m'étonne de la présence de votre frère que vous aviez, selon mes sources, exilé de votre royaume.

Je n'ai pas quitté Jorsh des yeux. Ce dernier me rend mon regard sans ciller, à la fois moqueur et séducteur.

- Mon frère avait effectivement été prié de quitter le royaume, marmonne Jorsön, visiblement mal à l'aise. Il est venu me trouver pour me demander de l'introduire auprès de Sa Majesté. Il a une proposition à vous faire.

Je hausse un sourcil, les yeux toujours plongés dans ceux du pirate.

- Vraiment ? Vous êtes venu implorer mon pardon et proposer de restituer les pierres volées ainsi qu'un dédommagement aux familles ayant perdu un proche ?

Il hausse un sourcil à son tour, feignant un étonnement ingénu presque convaincant :

- Des pierres volées, votre Majesté ? Décidément, plus rien ni personne n'est à l'abri depuis la découverte de ces Miroirs de feu.

Sa voix est chaude et profonde, presque caressante.

- J'ignore tout de cette affaire, sachez-le, mais je pourrais vous aider à vous protéger contre d'éventuels pillards : il se trouve que j'ai à mon service une force relativement impressionnante.

Je m'apprête à lui répondre que je ne vois pas bien pourquoi je lui demanderais de me défendre contre lui-même, mais Graskin me devance :

- En échange de quoi nous proposez-vous cette assistance ?

Je tourne vers mon ministre un regard glacé et indigné, qu'il ne remarque pas, bien entendu – ou choisit de ne pas remarquer. Le sourire de Jorsh s'élargit et j'apprécie peu le changement dans le regard qu'il pose sur moi. J'imagine sans peine la proposition qu'il compte me faire et me réjouis d'avance de pouvoir lui balancer dans les dents que je ne suis plus célibataire.

- Ah ! Votre Majesté, vous avez rencontré ma fiancée.

Perdue dans mon duel de regard avec le pirate, je n'ai pas remarqué la file d'invités qui attend de venir me présenter leurs hommages. Plusieurs tendent le cou pour voir ce qui provoque cet embouteillage. Alvën n'a pas daigné attendre son tour. Des domestiques ont déposé son fauteuil juste à côté de moi. Il vient de s'adresser à Jorsön, mais ses yeux sont posés sur son

frère. Si j'en juge par son expression, il n'apprécie pas plus que moi la façon dont Jorsh me regarde.
- Tiens ! s'exclame le pirate en détournant finalement les yeux. Comment faut-il t'appeler déjà ? Prince ? Maître Gardien ? Ou simplement Alvën, puisque, d'après mes renseignements tu n'es plus ni l'un ni l'autre.
- Je te retourne le compliment, Jorsh.
- Ah, mais s'il est vrai que je ne suis plus prince de Kerhuel – mon frère y a veillé – je suis toujours prince.
- Prince des pirates ?
- Je préfère prince des Îles Borlän.
- Les Îles Borlän ne sont pas une principauté.
- Il n'y a pas si longtemps, Kervilgän n'était pas davantage un royaume, rétorque Jorsh avec un haussement d'épaules. Donc, poursuit-il en se tournant à nouveau vers moi, vous êtes fiancée.
- En effet.
- Dans la mesure où aucune annonce officielle n'a été faite, peut-être pourriez-vous reconsidérer cette décision ?
- Vous ne manquez pas de culot ! m'exclamé-je.
- Votre Majesté, intervient Graskin, peut-être devrions-nous…

Je fusille à nouveau mon ministre du regard. Cette fois, il a suffisamment de bon sens pour le remarquer. Je me tourne vers mon homologue de Kerhuel :
- Votre Majesté, je me réjouis à l'avance des accords que nos deux royaumes pourront passer. Comme mes messagers vous l'ont certainement fait savoir, j'envisage de rencontrer les différents souverains au cours de la journée de demain, mais pour le moment, ce n'est ni le lieu, ni le moment d'en discuter. Quant à votre frère, sachez que seules la tradition et les règles

de l'hospitalité me retiennent de le faire jeter immédiatement en prison pour les exactions qu'il a commises ici.

Jorsön hoche la tête et se retire. Jorsh s'attarde, son sourire moqueur toujours aux lèvres. Il s'avance d'un pas et me murmure, de façon à ce que je sois la seule à l'entendre :

- C'est dommage, votre Majesté. D'une façon ou d'une autre, les richesses de Kervilgän me reviendront. La piraterie n'est pas le seul domaine dans lequel je sois doué… Une union aurait présenté certains avantages agréables comparé à un bain de sang…

Il m'adresse un clin d'œil et s'éloigne à son tour. Alvën a les poings serrés et le regard dur. Pour la première fois, je suis presque contente qu'il ait été blessé, sinon il aurait bien été capable de provoquer Jorsh en duel ici et maintenant. Je pose une main sur son épaule. Il la serre brièvement. Malheureusement, je dois m'en retourner aux félicitations apparemment sans fin de mes invités. Après qu'un troisième roi m'a proposé son fils ou son frère pour époux, je demande à Graskin :

- Mais enfin, qu'est-ce qu'ils ont tous ? Ils prennent à peine le temps de me saluer avant de me proposer un mariage ! N'est-ce pas un peu brutal ?

- Ils espèrent tous être le premier à vous faire une offre intéressante, votre Majesté.

- On dirait que j'ai bien fait de me décider avant ce soir, marmonne Alvën.

Comme si j'allais accepter d'épouser le premier venu, sans même le connaître ! Mais je décide de laisser couler. Je lui demande plutôt :

- Tu es d'accord pour qu'on fasse une annonce officielle dès ce soir ?

- Dès tout de suite, même, si tu veux.

Je réprime un sourire : monsieur Grognon est de retour. C'est presque agréable de le retrouver, quand ce n'est pas dirigé contre moi. Sans compter que son accès de jalousie me réchauffe étrangement le cœur.

Une fois tous les invités introduits dans la pièce, je me dirige avec espoir vers le buffet, mais je suis vite interceptée : ceux qui sont entrés en premier ont déjà terminé de manger et tiennent absolument à me faire leurs propositions commerciales. Je répète inlassablement, avec le sourire, que nous aurons tout le loisir d'en discuter demain. J'ai à peine eu le temps de boire un peu que Graskin vient m'annoncer qu'il est temps d'ouvrir le bal.

Avec un soupir, je repose l'assiette dont je venais de m'emparer et le suis à nouveau dans la salle du trône. Un orchestre s'est installé sur l'estrade et une bonne partie des convives nous y a précédés. Je fouille vaguement la foule du regard : j'ai perdu Alvën de vue après les félicitations. Je me demande s'il a regagné ses appartements pour se reposer. Je suis douloureusement consciente d'être à nouveau au centre de l'attention tandis que j'avance vers le centre de la salle. Je suis censée ouvrir le bal, mais avec qui ? Le stress est de retour et je m'imagine marcher sur les pieds des différents rois qui m'ont été présentés ce soir quand la voix du chambellan retentit du haut de l'estrade. On ne peut pas dire : ce type a du coffre !

- Sa Majesté la reine Alizé et Son Altesse Alvën ont la joie de vous annoncer ce soir leurs fiançailles.

Un murmure se répand aussitôt dans la pièce, tandis qu'Alvën s'avance vers moi, le sourire aux lèvres. Il s'incline et me tend la main pour m'inviter à danser :

- Puis-je ?

- Mais qu'est-ce que tu fais debout ? lui murmuré-je. Le chirurgien…
- Le chirurgien n'en saura rien, rétorque-t-il avec un clin d'œil.
- Sauf si tu fais une hémorragie interne !
- Tu seras là pour me sauver, non ?
- Alvën !
- Je te promets que j'irai me coucher dès que la danse sera terminée. Mais je ne pouvais pas laisser Jorsh t'inviter pour ta première danse.

Et en effet, le pirate s'était avancé vers moi. Il m'adresse un signe de tête poli, assorti de son sourire insolent. Toujours inquiète pour la santé de mon compagnon, je me mordille les lèvres. Il me glisse à l'oreille :
- Tu ne vas quand même pas me congédier devant tout le monde, si ?

Je soupire. Il a gagné !
- J'espère juste que tu me pardonneras si je te marche sur les pieds, lui chuchoté-je tandis que l'orchestre entame ses premières notes.
- Tout va bien se passer. Tu es vraiment éblouissante, tu sais ?

Je suis tellement concentrée sur les pas que je mets un certain temps à enregistrer le compliment.
- Je te remercie, mais je t'avoue que mes espérances pour ce soir se limitent à ne pas avoir l'air trop ridicule.
- Je suis fier de t'annoncer que tes objectifs sont atteints et dépassés.
- C'est gentil, mais quand on parle d'« objectif », je crains que tu ne le sois guère, justement.
- Et c'est parce que tu es tellement ridicule que tous les mâles célibataires t'ont demandée en mariage ce soir.
- C'est uniquement politique.

- Je peux t'assurer que la façon dont tous ces hommes te regardent n'a absolument rien à voir avec la politique.

Je rougis. Il soupire :

- J'aimerais pouvoir rester avec toi.
- Mais c'est hors de question !
- Et j'aimerais beaucoup t'embrasser.
- Ça, c'est envisageable. Après tout, nous sommes fiancés !

Il sourit :

- Pour que je puisse me permettre ce genre de démonstration d'affection lors d'une telle occasion, il faudrait que nous soyons mariés. Et encore, ce serait jugé déplacé.
- Je trouve certaines de vos coutumes profondément ennuyeuses.
- Là, tout de suite, moi aussi.

C'est seulement quand la musique s'arrête que je prends conscience d'avoir arrêté de me concentrer sur les pas. Et au final, je m'en suis bien mieux sortie que lors du bal donné par mon père. C'était Ben qui m'avait servi de cavalier pour ma première danse, ce soir-là. Un éclair de tristesse me traverse, mais il est comme assourdi. Peut-être que le temps parviendra effectivement à endormir la douleur de sa mort. Sartal s'approche de nous :

- Majesté, m'accorderez-vous cette danse ?

J'accepte avec reconnaissance : je n'ai aucune envie de devoir accepter l'invitation de Jorsh tant qu'Alvën n'a pas disparu. D'ailleurs, sous nos regards insistants, à son père et moi, mon fiancé lève les mains :

- D'accord, d'accord, je vais me reposer.

Des domestiques sont apparus comme par magie pour lui proposer le fauteuil. Je plains les pauvres hommes qui vont devoir porter son siège jusque dans les étages… Je m'attends presque à ce qu'il demande à pouvoir assister à la fin du bal, une fois assis, mais il n'en fait rien. Son soudain désir de se retirer, associé à son teint pâle, n'est pas franchement pour me rassurer.

- Ne vous inquiétez pas, me murmure Sartal. Nos domestiques vont veiller sur lui. Si son état les inquiète, ils feront appeler le chirurgien.

- Il n'aurait jamais dû se lever, fais-je remarquer d'un ton passablement inquiet.

- Non, il n'aurait pas dû, mais vous savez comment il est. Plus têtu que lui, c'est difficile à trouver.

Les dernières notes du morceau résonnent encore lorsque Jorsh se présente juste derrière l'épaule de Sartal pour m'inviter. Il me prend la main sans me laisser le loisir de refuser. Dès que le roi de Kerdilön s'est suffisamment écarté, il me déclare :

- Nous n'avons pas eu le temps de terminer notre conversation, tout à l'heure.

- Il n'y a rien de plus à dire : je suis fiancée et je n'ai pas l'intention de rompre cet engagement, pour vous moins que pour quiconque.

- Vous demander en mariage était ma première option, bien entendu, surtout après avoir découvert à quel point vous êtes ravissante, mais ce n'est pas la seule.

- Je croyais que nous étions ici pour danser ?

- Bien sûr, mais dans la mesure où je ne serai probablement pas le bienvenu à la table des négociations demain, nous pouvons très bien discuter tout en dansant.

- Qu'avez-vous à dire ?

- Je pourrais vous offrir la protection de vos côtes et de vos bateaux de pêche par mes navires, ainsi que des renforts pour la protection de vos mines. Mon soutien,

bien entendu, vous serait acquis en échange d'un tribut substantiel.
- Je refuse de me laisser rançonner par un pirate.
- Mais vous n'avez guère le choix.
- Bien sûr que si : vos deux dernières attaques n'ont guère été couronnées de succès.
- Uniquement parce que je me suis laissé surprendre. Je peux vous assurer que ma prochaine manœuvre sera bien plus difficile à contrer. Et vous serez seule responsable de la mort des vôtres.

Il porte ma main à sa bouche, y dépose un baiser léger :
- Bonne soirée, votre Majesté. Profitez bien des festivités. Je doute que vous ayez d'autres occasions de vous réjouir avant un bon moment. Si vous changez d'avis, vous pouvez me le faire savoir par mon frère.

Il m'adresse une révérence parfaite et se dirige vers la sortie.

Chapitre 18

Les derniers invités sont enfin repartis ou ont gagné leurs appartements. Je suis complètement épuisée et je sais déjà que la journée suivante va être éprouvante, mais je ne gagne pas directement mon lit. J'ai passé la soirée à m'inquiéter pour Alvën. Il avait vraiment le teint blême quand il a quitté la fête. Je décide donc de faire un détour par sa chambre. Deux domestiques de Sartal veillent sur lui. Ils me saluent d'une profonde révérence avant de reculer contre un mur.

Si Alvën est toujours très pâle, sa respiration est régulière. Pour me rassurer, je m'assieds dans le fauteuil et pose doucement la main sur son ventre. Je me concentre, mais la fatigue ne m'aide guère à utiliser mon don. Je fredonne, le plus bas possible pour ne pas le réveiller, et ferme les yeux. Après plusieurs tentatives, je parviens enfin à détecter l'eau de son sang. Je dirige mon attention vers la zone qui avait été blessée et pousse un léger soupir. Tout à l'air normal.

- Je vais bien, tu sais.

Je sursaute et ouvre les yeux. Alvën me regarde, l'air un peu ensommeillé.

- Désolée. Je ne voulais pas te réveiller.
- La fête est terminée ?
- Oui. J'ai cru qu'ils ne partiraient jamais !
- Et quand tu peux enfin aller te reposer, tu viens ici.
- Je m'inquiétais pour toi.

- Maintenant que tu es rassurée, tu vas aller te coucher. Ta journée ne va pas être très reposante, demain.
- Tout à l'heure, tu veux dire…
- Raison de plus pour ne pas traîner.
- Alors bonne fin de nuit et encore désolée de t'avoir réveillé.

Je l'embrasse et quitte la pièce. Quand je gagne ma chambre, Dalya m'y attend.
- Dalya ! Vous êtes encore debout !
- Je savais que vous n'arriveriez pas à enlever cette robe toute seule. Je n'allais tout de même pas vous laisser dormir dedans !

Elle commence aussitôt à la délacer. Quelques secondes seulement se sont écoulées quand elle demande :
- Est-ce vrai ce qu'on m'a raconté ? Jorsh était là ?
- En effet.
- Et vous l'avez laissé repartir ?

Je fronce les sourcils.
- Il était protégé par les lois de l'hospitalité.
- Vous auriez pu présenter des excuses officielles, une fois qu'il aurait été en prison.

Je reste silencieuse. Je n'avais pas prévu cette nouvelle complication. Si même Dalya pense que j'ai mal réagi, que va penser le reste de mon peuple ? Ceux qui ont perdu un être cher ? Jusqu'à maintenant, tout ce qui me permettait de tenir face aux ministres, c'était le soutien du peuple. Si je le perds, je peux aussi bien abdiquer tout de suite.
- Nous l'arrêterons, je vous le promets. Mais de la bonne façon.
- Vous voulez dire après des batailles et d'autres morts.

Je me crispe.
- Pardonnez-moi, Majesté. Je n'étais pas à ma place.

- Non, Dalya. Je vous ai déjà dit que vous pouviez exprimer vos pensées. Je ne vais pas vous demander de vous taire simplement parce que je n'aime pas ce que j'entends.

Je soupire :

- J'aurais dû demander à Graskin s'il était possible d'aller à l'encontre de cette loi.
- Il vous aurait répondu non, reconnaît Dalya à contrecœur. Cela n'a encore jamais été fait. Les autres rois vous en auraient probablement voulu.

Elle reprend quelques secondes plus tard, à voix très basse :

- Cela aurait pu conduire à un incident diplomatique majeur.
- Et j'aurais perdu toutes mes chances de conclure des accords commerciaux, conclus-je.

Mais mon ton n'est pas victorieux, loin s'en faut. Je viens d'acheter des relations politiques et des vivres avec la vie de mon peuple. Je me tourne et regarde Dalya dans les yeux :

- Mais vous avez raison, l'avoir laissé repartir aujourd'hui va inévitablement nous conduire à la guerre.

Dalya soupire à son tour :

- Je vous demande pardon, Majesté. Je n'ai pas pris le temps de mesurer toutes les implications. Vous avez certainement fait ce qui vous paraissait le mieux. Le peuple a réellement besoin de ces vivres, et plus encore de la venue de ces élémentaux qui permettront au sol de revivre et à l'eau de couler. Je sais que vous vous battez pour nous. Je suis sûre que le peuple sera prêt à vous rendre la pareille.
- Pas s'il pense que je l'ai trahi en laissant Jorsh repartir, grimacé-je.

Dalya m'adresse un petit sourire triste.

- Laissez-moi me charger de cela.

Je plisse les yeux et la regarde longuement.

- A quoi pensez-vous, votre Majesté ?
- Je pense que vous êtes une amie chère à mon cœur... et une alliée bien plus précieuse que je ne l'avais estimé de prime abord.

Son petit sourire satisfait achève de me convaincre : Dalya possède un réseau d'information et une influence bien plus étendus que ce qu'elle avait bien voulu me laisser entendre jusqu'à présent. Je crois que je viens de trouver le chef de mon futur réseau d'espions. J'envisage un instant de poursuivre la conversation, mais subitement, la tête me tourne. Je n'ai rien mangé de la soirée, particulièrement éprouvante sur le plan émotionnel. Dalya me saisit le bras :

- Votre Majesté, vous allez bien ? Voulez-vous que je fasse venir le chirurgien ?
- Non Dalya. J'ai seulement besoin d'un peu de repos. Mais il faudra que nous reparlions demain.
- Je serai là, votre Majesté, me fait remarquer ma domestique avec un clin d'œil.

Elle reste encore le temps que j'enfile ma chemise de nuit et me glisse dans les draps. Je l'entends à peine me souhaiter une bonne nuit : je dors déjà.

La journée du lendemain passe à une vitesse effarante. J'ai à peine le temps de dire au revoir à Cormélia et à ses parents. Sartal m'assure que ses marchands viendront régulièrement et qu'il transmettra aux élémentaux de l'eau et de la terre mes propositions d'embauche. Il n'a rien demandé en échange. Quand je pense que mon père avait failli me convaincre qu'il était vénal et sans scrupule !

Malheureusement, les choses ne sont pas aussi simples avec les souverains des autres royaumes. Je les reçois tous un par un avant leur départ et dois négocier âprement leur soutien. Heureusement que le trésor royal est bien rempli, parce que mes promesses de la journée l'ont considérablement amputé. Mais au moins, des élémentaux devraient venir s'installer sur l'île pour la rendre à nouveau fertile et les marchés seront bien achalandés. Comme Graskin l'avait prévu, la menace des pirates rend les monarques plus frileux et seul l'appât des gains considérables qu'ils savent pouvoir tirer du commerce avec Kervilgän les a décidés.

Le jour suivant, je peux enfin rencontrer les élémentaux du feu et de la terre chargés de la construction. Je leur soumets mon projet : la construction de grandes citernes d'eau de mer à proximité de chaque mine. Je suis bien décidée à faire davantage que dévier des flammes à coup de rafales lors des prochaines attaques.

- Est-ce possible ? demandé-je à leur chef.
- C'est tout à fait possible, votre Majesté. Aussi près de la montagne, il nous suffira de fondre la roche et de la modeler en cuves.
- Et près du château, pensez-vous pouvoir en construire également ?
- Là, ce sera plus compliqué, votre Majesté, à moins que vous souhaitiez que nous les creusions directement dans le sol.
- Pourquoi pas ? Cela pourrait même être décoratif en plus d'être utile en cas d'attaque.

Le maître d'œuvre réfléchit :

- Oui, nous pourrions créer un système de canaux, de bassins et de fontaines sur la place principale, surtout avec l'aide des élémentaux de l'eau qui doivent arriver.
- Ce serait parfait.

Cette rencontre, combinée à la discussion que j'ai enfin pu avoir avec Dalya quant à la mise en place d'un réseau d'espions, me remplit d'optimisme. Avec un peu de chance, il faudra du temps à Jorsh pour s'organiser, temps qui me permettra de l'accueillir comme il le mérite. Et je compte sur Dalya pour aider Gaviel à découvrir qui, au sein des ministres, a essayé de m'éliminer.

Évidemment, les bonnes nouvelles ne pouvaient pas durer…

Quelques jours plus tard, je suis en pleine réunion avec Graskin et le comte Brion quand un messager frappe à la porte du bureau. Je l'invite à entrer et tends la main pour recevoir le rouleau de parchemin qu'il me tend. Le comte l'intercepte et le déroule. Graskin fronce les sourcils, mais je lui en sais gré : je n'ai malheureusement pas consacré suffisamment d'heures à l'étude de la langue pour déchiffrer les messages moi-même.

- Les villes portuaires nous font savoir que plusieurs bateaux de pêche manquent à l'appel, votre Majesté. Cinq navires, dont le retour était prévu ces deux derniers jours, semblent avoir disparu.

Je serre les poings :

- C'est Jorsh.

- Vous allez un peu vite, votre Majesté, fait remarquer Graskin, certainement pour la forme car ses protestations manquent de vigueur.

- Il m'a offert la protection de nos navires de pêche. J'ai refusé son offre. Il me fait savoir que c'était une erreur.

- C'en était une, confirme Graskin en marmonnant.

- Il ne va pas s'arrêter là, intervient Brion.

- Je sais. C'est sans doute la première étape d'une attaque de grande envergure.

- Vous pouvez encore faire savoir à son frère que vous avez changé d'avis, tente Graskin.

- Je ne vais pas le payer pour qu'il cesse ses attaques.
- Alors qu'allez-vous faire ? me demande Brion.

Je reste silencieuse quelques minutes. Finalement, je réponds :
- Je vais vous demander de m'excuser.

Sans leur laisser le temps de protester, je quitte le bureau, traverse le couloir, pénètre dans la salle du trône par la petite porte arrière et me dirige d'un pas vif vers le hall. Là, je manque de percuter Gaviel.
- Majesté ! s'écrie-t-il en m'évitant de justesse. Je voulais vous voir.
- Gaviel, vous tombez à pic. J'ai besoin d'un élémental du feu.
- Où dois-je vous conduire ?
- Au plateau où travaillent les élémentaux de l'eau et de la terre. Vous pourrez me faire votre rapport en chemin.

Nous montons les marches pour gagner la Salle aux Miroirs.
- Mon rapport va être rapide, Majesté : je n'ai rien trouvé permettant de relier les personnes que vous m'avez demandé de surveiller aux tentatives d'assassinat.

Je grimace de frustration.
- Dalya n'a rien découvert non plus, lui apprends-je.
- Il est possible qu'elles ne soient pour rien dans ces attaques.

Même Gaviel semble peu convaincu par sa déclaration. Je me masse les tempes. La migraine me guette. L'enquête est au point mort, ce qui signifie que mes adversaires sont libres de continuer leurs tentatives. Et voilà qu'en prime, Jorsh attaque les navires de pêche.
- Continuez de surveiller les membres du Conseil. Nous ne pouvons pas faire grand-chose d'autre puisque les

quelques personnes que nous avons réussi à arrêter ont préféré se donner la mort plutôt que de parler.

Gaviel grimace. Je sais qu'il se sent responsable, même si, honnêtement, personne n'aurait pu prévoir que le soldat ayant blessé Alvën se tailladerait les veines à coup d'assiette plutôt que de rester tranquillement dans sa cellule. Un instant, je regrette presque de ne pas avoir donné mon accord pour des interrogatoires plus musclés tant que je le pouvais encore. Cette simple pensée, que je chasse rapidement, me donne la nausée. Hors de question de laisser ces menaces anonymes faire de moi un monstre. Nous trouverons une solution sans que des élémentaux agissant sous mes ordres ne fassent rôtir des hommes à petit feu. La vision du soldat brûlé vif par mon père s'impose et la migraine s'installe pour de bon.

Gaviel m'invite d'un geste à franchir le portail fumeux en premier. Je me retrouve sur l'aire réservée aux Miroirs du plateau où mon père avait créé ses erdevën. Des élémentaux de l'eau et de la terre y travaillent depuis peu, contre un salaire plutôt confortable. Ils condensent l'eau atmosphérique sur les rochers de façon à permettre la formation de mousses, avant de les noyer pour les tuer et accélérer le processus de putréfaction. Le but est de créer ainsi une couche de matière organique permettant la croissance de végétaux plus développés, qui mourront à leur tour et viendront épaissir la couche d'humus en formation. Ce processus qui devrait naturellement prendre des dizaines d'années sera considérablement accéléré par le travail des élémentaux. Il n'en restera pas moins long, fastidieux et très localisé, dans un premier temps. J'ai également réussi à persuader certains mélofredaï – les élémentaux maîtrisant à la fois l'air et l'eau, spécialisés dans le contrôle de la météo – de venir travailler en Kervilgän.

Ils doivent contrôler les tempêtes violentes qui balaient l'île et permettre à la pluie de tomber de façon plus régulière. Pour le moment, ils n'ont guère de résultat sur ce dernier point : comme ils me l'ont expliqué, ils ont toujours empêché la pluie de tomber, non l'inverse. Il leur faudra un certain temps pour trouver de nouvelles méthodes de travail.

Je m'approche du groupe assis à même le sol, non loin de moi. Leurs mains sont posées sur la roche tandis qu'ils chantent en chœur. Sous mes yeux, je vois les pierres se couvrir de lichen. Je reste à les observer un moment, émerveillée. Finalement, l'un d'eux me remarque. Il se lève précipitamment, attirant l'attention de ses collègues. Bientôt, tous sont sur leurs pieds et m'ont saluée d'une révérence. Le premier homme, sans doute le chef d'équipe, prend la parole :

- Si vous êtes venue constater l'avancement de notre travail, sachez qu'il est encore trop tôt pour que les résultats soient bien visibles.

- Je ne suis pas là pour ça, même si je trouve que vous avez déjà accompli des merveilles. En réalité, j'ai un nouveau problème et j'espérais que vous pourriez m'aider.

- Que pouvons-nous faire pour vous, votre Majesté ?

- Vous avez certainement entendu parler des raids contre les mines menés par le chef des pirates nommé Jorsh. Il a malheureusement étendu son activité à des attaques visant nos bateaux de pêche. Je compte envoyer des élémentaux afin de protéger les plus gros navires qu'il prend pour cibles. Sur l'eau, vous bénéficiez d'un avantage certain…

- Je suis désolé, votre Majesté, mais je suis venu ici pour aider Kervilgän à retrouver un sol fertile, pas pour me battre. Je ne suis pas un soldat et je n'ai aucune intention de le devenir

Les autres hochent la tête.
- Peut-être que d'autres… commencé-je, mais le chef d'équipe secoue la tête.
- Je transmettrai votre demande aux autres groupes, votre Majesté. Mais nos royaumes respectifs n'ont pas permis à leurs guerriers de venir vous aider. Nous sommes principalement des jardiniers, ou de paisibles citoyens intéressés par le défi que notre tâche ici représente. Je doute que quiconque accepte d'aller risquer sa vie dans des combats.
- Je comprends. Merci pour votre franchise et pour votre travail.

Je les salue et fais un signe à Gaviel qui ouvre un nouveau Miroir.
- Vous êtes déçue, fait-il remarquer lorsque nous revenons au palais.
- Un peu, je dois l'avouer, mais je les comprends. Je crains fort que nous ne soyons obligés de protéger les navires avec nos propres élémentaux.
- Cela va diminuer le nombre de gardes dans les mines.
- Je le sais bien. Cependant, je ne vois pas d'autre solution. Je vous laisse le soin d'organiser les effectifs. Les navires qui subiront une attaque pourront nous le faire savoir grâce à leur élémental.
- Mais nous n'avons presque plus d'hommes postés au château. Personne ne pourra leur prêter main forte, de toute manière.
- J'irai.
- Lodrical, pardonnez-moi, mais vous ne devriez pas mettre ainsi votre vie en danger à chaque nouvelle attaque. Vous avez d'autres tâches importantes à accomplir.
- Ma première tâche sera toujours de protéger mon peuple, Gaviel.

Je sens qu'il est sur le point de protester, mais se retient devant mon air déterminé.
- Comme vous voudrez, Lodrical.

Chapitre 19

- On va y aller doucement, d'accord ? déclaré-je.
- Pourquoi ? Tu ne t'es pas entraînée pendant que j'étais hors-service ? me répond Alvën.
- Bien sûr que si. Figure-toi que je me levais avant l'aube pour avoir le temps de faire la varanem avant de passer te voir et d'attaquer ma journée.
- Alors, tout devrait bien se passer.

Je lui lance un regard noir.

- Quoi ? demande-t-il innocemment. Je t'assure que je me sens en pleine forme.
- Le chirurgien a dit que tu devais être prudent.
- Cela fait des jours que je suis prudent, à me lever à peine quelques heures et seulement pour me laver ou m'asseoir dans un fauteuil. J'ai l'impression que tous mes muscles ont fondu. J'ai vraiment besoin de bouger, maintenant.

Il se met en position, mais je reste immobile, à l'observer. C'est vrai qu'il a perdu du poids. Ses joues sont plus creuses, ses vêtements un peu trop larges. Cela ne le rend pas moins séduisant pour autant.

- Tu comptes rester plantée là à me regarder ou faire ta varanem avec moi ?
- Je ne sais pas : te regarder est assez plaisant.

J'ai répondu du tac au tac, sans vraiment réfléchir, mais c'est plutôt satisfaisant, et assez rare, de le voir rougir. Il reprend vite contenance et s'approche de moi avec un sourire qui réveille les papillons au creux de mon estomac.

- Si tu n'as pas envie de t'entraîner, on peut peut-être faire autre chose, suggère-t-il.

Mais je pivote d'un mouvement souple pour m'éloigner et tombe en première position.

- Alors, cette varanem ?

Il soupire et secoue la tête. Je crois entendre quelque chose du genre : « Ah ! Les femmes ! » mais il se met à son tour en position. Nous passons d'une forme à l'autre avec fluidité, assez vite pour ne pas trop solliciter les muscles de mon fiancé, mais assez lentement pour ne pas trop le fatiguer. Il fait de son mieux pour le cacher, mais je remarque qu'il tremble un peu sur la fin. Il transpire aussi, et sa tunique est collée dans son dos. Quand je pense qu'il pouvait l'enchaîner cinq fois de suite sans être essoufflé, avant ! J'ai plus que jamais envie de tordre le cou au responsable.

- Tu vas bien ?

Il me sourit bravement :

- Je te l'ai dit : je suis en pleine forme. Bon, maintenant que c'est fait, j'ai le droit d'avoir un baiser ?

Je le laisse m'enlacer. Il a beau avoir perdu du poids, ses bras autour de ma taille me semblent toujours aussi forts et rassurants. Ses lèvres viennent à peine de se poser sur les miennes lorsque la porte de ma chambre s'ouvre.

- Votre Majesté !

- Je crois que je vais faire installer un verrou sur cette porte, marmonne Alvën en s'écartant juste assez pour me permettre de tourner la tête vers Dalya.

Celle-ci croise les bras et fixe mon fiancé, les sourcils froncés. Finalement, celui-ci relâche son étreinte, en marmonnant toujours. Je retiens à grand-

peine un sourire. Dalya continue à le foudroyer du regard pendant quelques secondes, pour faire bonne mesure, avant de se tourner vers moi :
- Le chef des équipes de construction des citernes d'eau a demandé à vous voir. Comme votre journée était déjà bien remplie, Graskin a décidé de le recevoir sans vous. Ils sont en ce moment même dans votre bureau. Je me suis dit que cela vous intéresserait de le savoir.

Je jette un coup d'œil navré à ma tenue : je suis vêtue de la tunique et des chausses que j'affectionne pour ma varanem matinale. J'envisage un instant de descendre ainsi, mais Graskin risquerait de faire une crise cardiaque. Et, même s'il me coûte de l'avouer, s'il est toujours aussi fatiguant et grincheux et continue à me détester, il m'a été d'une grande aide ces derniers temps. Il connaît réellement bien le royaume et son fonctionnement. Il continue à me mettre des bâtons dans les roues à chacune de mes décisions, mais il gère plutôt bien les problèmes quotidiens. Malheureusement, la création de bassins autour du palais fait justement partie de ces décisions auxquelles il s'oppose, juste par principe.
- Aidez-moi à m'habiller, vite.

Dalya se tourne aussitôt vers Alvën :
- On ne vous retient pas, Altesse.
- Bon, je vois que je ne suis pas le bienvenu, alors je vais me retirer, déclare mon compagnon d'une voix digne.

Il a à peine atteint la porte du salon que quelqu'un frappe depuis le couloir. Alvën va ouvrir et me crie :
- Un messager. Ça a l'air urgent.

Je plante Dalya devant ma garde-robe et le rejoins au salon.
- Une attaque, Lodrical. Sur un navire.

Je me dirige aussitôt vers la Salle aux Miroirs. Alvën m'emboîte le pas :
- Je viens avec toi.
- C'est hors de question ! Tu n'as même pas ton épée et, de toute façon, je ne sais pas si tu arriverais à la soulever.
- N'exagère pas. Et je n'en ai pas besoin pour t'aider ou te défendre. Ce n'est pas avec une lame que je t'ai sauvé la vie, la dernière fois.
- Oui, enfin, si tu avais pu dévier le poignard avec ton épée plutôt qu'avec ton artère rénale, ça nous aurait épargné bien du souci.

Lorsque nous arrivons dans la salle du troisième étage, un Miroir de fumée en occupe déjà le centre.
- L'élémental du navire l'a laissé ouvert, m'explique le messager.

Je hoche la tête et me tourne vers Alvën :
- S'il te plaît, reste ici.
- Compte là-dessus !

Ses bras sont croisés et son visage affiche cet air buté que je connais bien.
- Bon, comme tu voudras !

Je passe le Miroir, consciente de sa présence juste derrière moi. Je m'attends à débarquer en plein maelstrom de rafales et de feu et suis plutôt surprise du calme qui règne sur le navire. Bien sûr, on entend le vent dans les voiles, les craquements du bâtiment, les marins qui s'apostrophent, les oiseaux marins d'un bleu-vert qui crient en espérant profiter des poissons pêchés, mais rien de plus. Un jeune homme, presque un adolescent, aux cheveux noirs et aux yeux bruns, s'approche de moi, les yeux baissés sur mes pieds.
- Lodrical, je suis Karilön, l'élémental du feu attaché à ce navire.

- Je suis ravie de faire votre connaissance, Karilön, mais pourquoi m'avez-vous fait venir ?
- Pour ça, Lodrical.

Il tend le bras vers la droite – euh, pardon, vers tribord – et je vois ce qui a pu l'inquiéter. Une dizaine de navires plus petits que celui sur lequel je me trouve actuellement se dirigent vers nous. Ils sont encore loin, mais on ne peut s'y tromper : ils cherchent bel et bien à nous couper la route.

- Je vous ai envoyé chercher dès que la vigie les a repérés, Lodrical. Je suis le seul formé au combat sur ce navire et je me suis dit que, si j'attendais d'être certain de leurs intentions, eh bien, vous n'auriez pas grand-chose à sauver.
- Vous avez bien fait, Karilön.

Je m'approche du bastingage. Un homme d'un mètre soixante, au cou de taureau, tellement costaud qu'il paraît presque aussi large que haut, vient à notre rencontre. Il me parle en kerdilonaï avec une voix bourrue qui rend la compréhension difficile. Alvën traduit :

- C'est le Capitaine Jim. Il est content de te voir.

Le capitaine aussi fixe mes pieds. Cela devient quand même un peu agaçant, cette manie de ne jamais regarder autre chose que mes orteils. Si quelqu'un demande un jour à l'un de mes sujets à quoi je ressemble, je suis certain qu'il répondra : « Oh, elle a des chevilles ravissantes ! »

- Vous paraissez prendre la situation avec calme, capitaine, parviens-je à dire dans sa langue.

Il hausse les épaules et me répond. Une fois encore, Alvën sert d'interprète :

- Il a donné tous les ordres auxquels il a pu penser pour augmenter la vitesse, avant notre arrivée. Mais leurs navires sont plus petits et plus maniables que le nôtre.

Ils vont nous rattraper, c'est certain. Le reste dépendra de nous.

Même si je ne peux la lire dans les regards, puisque personne n'accepte de lever les yeux vers moi, la peur de l'équipage est palpable. Je m'accoude à la lisse, Karilön à ma gauche et Alvën à ma droite. Je trouve la main de mon fiancé et la serre. Je lui jette un coup d'œil, toujours un peu inquiète pour lui. Il a cet air farouche, concentré et déterminé qui est toujours le sien avant un combat. Quoi que j'aie pu dire, je suis bien contente qu'il soit là. Si Jorsh a des élémentaux sur chacun de ces bateaux, la lutte promet d'être plutôt inégale.

- Nous pourrions peut-être obliger le vent à souffler contre eux, propose Karilön.

- Nous pourrions essayer, mais il est difficile de manipuler un tel volume d'air. Et de leur côté, ils feraient l'inverse. Comme ils sont certainement plus nombreux et aussi beaucoup plus près de leurs voiles, on se fatiguerait pour rien, lui explique Alvën. A quelle distance pouvez-vous envoyer du feu ?

- Pas si loin.

Pendant qu'ils discutent, je me concentre sur l'eau. Jamais encore je n'ai essayé de manier une eau aussi profonde. Sa masse et son inertie, la puissance des courants, sont terrifiantes. Oh, bien sûr, j'ai déjà créé des boules d'eau de mer, mais en lancer sur le pont d'un navire ne serait guère efficace. Il me faut trouver autre chose. Inspirée par l'idée de Karilön de les ralentir, j'essaie d'obliger l'eau à les éloigner de nous, mais autant essayer d'arrêter un TGV avec un élastique. J'essaie de créer de grosses vagues, mais là encore, je me heurte à l'inertie de l'océan. Bon, si je ne peux obliger toute cette masse à se mettre en mouvement, je sais que je peux en prélever, puisque je l'ai déjà fait

pour former des boules. Seulement, cette fois, c'est un mur d'eau que je veux créer.
- Sommes-nous certains qu'il s'agisse bien de navires pirates ?
- Le capitaine dit que oui : la vigie a confirmé que leur pavillon est bien celui de Jorsh.

Je plisse les yeux sans parvenir à distinguer le serpent de mer blanc sur fond bleu. Il faudra que je croie la vigie sur parole.

Comme la fois où j'ai obligé l'eau des douves à se soulever pour éteindre un des dragons de feu de Brandanon, je prélève une bonne quantité d'eau salée et l'érige en mur compact devant le navire de tête. Celui-ci l'éperonne et le traverse comme si de rien n'était. J'entends les cris de marins balayés par la force de l'impact. Ils se cramponnent à la lisse ou aux cordages. Tous ont l'air sains et saufs et le navire est intact. Je laisse le mur retomber, ce qui secoue pas mal les autres esquifs, sans leur causer de mal pour autant.

Alvën serre tellement fort ma main qu'il me fait mal.
- C'était stupéfiant.
- Et totalement inutile, grommelé-je.

Le capitaine parle à toute vitesse. Alvën me traduit :
- Ce bon capitaine Jim est impressionné par ta puissance.
- Remercie-le pour moi, réponds-je distraitement à la recherche d'une autre idée.
- Il dit que, si tu veux réessayer, il faudrait que ton mur ne soit pas perpendiculaire au navire, mais incliné. Il faudrait aussi incurver le bas de ton mur, comme s'il s'agissait d'une vague, pour qu'il tente de le gravir plutôt que de le fendre.

Je regarde le marin. Je n'ai jamais navigué et n'y connais absolument rien en bateau, mais j'ai vu assez de films pour savoir que, en cas de tempête, il faut toujours affronter la vague de face. Je me concentre donc à nouveau et, cette fois, je sens Alvën me prêter main forte. Le mur d'eau est plus haut, plus incurvé, et se présente de côté par rapport au navire.

Il cache les pirates à notre vue, mais je sais qu'ils ne pourront ni l'éviter, ni le contourner. Nous restons un moment immobiles, concentrés pour garder le contrôle de cette énorme masse qui ne demande qu'à retomber. Comme aucun navire ne la franchit, je décide de la faire avancer vers la position approximative des autres embarcations. Alvën m'aide de son mieux, mais, bientôt, nous sommes trop loin pour garder le contrôle et la muraille retombe avec fracas, anéantissant sous nos yeux un autre bateau.

- Ça alors ! s'écrie Karilön. Ils ne sont plus que cinq !

Des débris flottent un peu partout. J'entends les cris des survivants jetés à la mer et mon estomac se contracte douloureusement. J'inspire profondément. Ce n'est pas le moment d'être une âme sensible. Il reste encore cinq navires bien décidés à nous envoyer par le fond. J'aperçois un aileron et je ferme brièvement les yeux. Être mangé par un requin ne doit pas être une belle façon de mourir. L'aileron est suivi d'un autre, et d'un autre, et d'un autre encore. Ils replongent les uns après les autres, comme s'ils appartenaient à une même créature qui aurait seulement affleuré à la surface.

- Qu'est-ce que c'est ?

- Un serpent de mer, répond Alvën.

- Les serpents de mer ont des ailerons ?

- Ce ne sont pas des ailerons, ce sont des pics qui hérissent leur colonne sur toute la longueur.

- Ils sont gros ?

- Ils peuvent l'être.
- Et dangereux ?
- Ils attaquent rarement les navires. Par contre, je n'aimerais pas être à la place de ces pauvres gars, dans l'eau.

Et, en effet, l'eau bouillonne bientôt autour des naufragés, tandis que leurs hurlements redoublent. J'aperçois par moment le dos de la créature, d'un gris légèrement rosé. Les cinq bateaux restants détournent mon attention du macabre spectacle.

- Le capitaine demande si on peut recommencer, m'informe Alvën.

L'effort nécessaire au contrôle d'une telle quantité d'eau m'a épuisée. Et les bateaux des pirates sont maintenant beaucoup plus proches. Si la muraille m'échappe, cela pourrait renverser notre propre navire. Avec ce serpent dans les parages, je n'ai guère envie de tenter le coup.

- Il va falloir essayer autre chose, réponds-je.

Karilön a l'air suffisamment revenu de la stupéfaction dans laquelle notre petite démonstration l'a plongé. En tout cas, il s'écrie : « Ils sont assez près ! » Juste avant d'envoyer une boule de feu de la taille d'un melon en direction des voiles du navire de tête. Une boule d'eau s'élève à sa rencontre, s'aplatit pour former un ovale liquide qui éteint la boule de feu dans un chuintement. Karilön ne se laisse pas démonter pour autant. Il prépare deux nouvelles balles incandescentes, une au-dessus de chaque main, et les lance à nouveau. Les pirates ne tardent pas à nous prendre pour cible à leur tour et nous sommes bientôt trop occupés à dévier leurs attaques à l'aide de rafales pour nous occuper de quoi que ce soit d'autre.

Bientôt, j'entends les marins crier : « Vilgë ! Vilgë ! » Nous n'avons pas réussi à détourner toutes les attaques. Le feu se répand sur notre navire.

Chapitre 20

Je laisse Karilön s'occuper de l'attaque et Alvën de la défense. Pour ma part, je crée des boules d'eau de mer de la taille d'un cheval et les envoie se fracasser sur les foyers d'incendie. Le navire aura besoin de quelques réparations mais, pour le moment, il n'est pas en danger. Je me tourne à nouveau vers le combat. Karilön continue à envoyer le feu, mais ses attaques sont déviées par des rafales ou simplement éteintes. Aucune n'a touché l'ennemi. Il faut que je trouve autre chose : si je n'agis pas rapidement, nous allons nous épuiser tous les trois et les élémentaux adverses n'auront plus qu'à nous brûler jusqu'à la quille. Je reste persuadée que l'eau est notre meilleure chance. Si je ne peux plus la soulever, peut-être puis-je couler ces bâtiments d'une autre façon ?

Le jour où j'ai jugulé l'hémorragie d'Alvën me revient en mémoire. J'avais empêché l'eau de sortir de son artère. Là, je voudrais que l'eau entre dans ce navire. Je n'ai jamais essayé un truc pareil auparavant, alors je m'aide en fredonnant. Je laisse mon don sonder l'eau qui entoure le navire. Si je ne perçois pas ce dernier, je peux aisément détecter ses contours, là où l'eau s'arrête, là où elle est repoussée. Je tâtonne le long de l'empreinte laissée par la coque dans l'élément liquide jusqu'à ce que je trouve un endroit où la limite n'est pas aussi nette. De l'eau sourd en toute petite quantité, quelques gouttes d'humidité dans la cale. Je la cajole, la presse et la persuade de s'infiltrer plus fort dans la minuscule fissure. Au début, mes efforts semblent vain, mais je persévère. Bientôt, un filet d'eau s'immisce entre deux planches. J'invite l'eau à pousser davantage et la voie d'eau se transforme en ruisseau. Des clous cèdent sous l'effet de la pression. La cale se remplit soudain à toute vitesse. Des cris retentissent quand le bateau commence à donner de la bande. Je ne perds pas de temps à m'assurer qu'il va bien couler. Je passe au bateau suivant. Ce dernier commence à s'enfoncer alors que le nid-de-pie du premier est encore visible.

Les bourrasques de vent se sont calmées. Le déluge de feu a cessé. Mais le calme n'est pas revenu pour autant : les hurlements des hommes tombés à la mer me vrillent les tympans. Malgré tout, je m'attaque à un troisième navire. Je le sens s'éloigner : les trois navires encore à flot ont viré de bord. Celui que j'ai commencé à saboter est un peu à la traîne. Il embarque de l'eau, lentement mais sûrement. Je ne pense pas qu'il pourra rallier son port d'attache. Avec un peu de chance, il tiendra assez longtemps pour permettre aux deux autres d'embarquer son équipage.

Les matelots kervilgaï poussent des cris de victoire, mais mes oreilles ne semblent entendre que les cris des malheureux naufragés.

- Peut-être pourrions-nous les repêcher ? suggéré-je.
- Je doute que tu parviennes à convaincre le capitaine de risquer la vie de ses hommes pour sauver les pirates.
- De toute façon, nous n'en aurons pas le temps, affirme Karilön.

Un coup d'œil par-dessus bord me montre qu'il a raison : d'autres serpents de mer, gris-bleu, bruns, blancs ou noirs, se sont joints à la curée. Mon estomac se soulève. Alvën, qui commence à bien me connaître,

prend mon visage entre ses mains, pour m'obliger à le regarder :
- Tu as sauvé ce navire, tu sais ?
- Mais nous en avons coulé sept autres.

Je sais que c'est irrationnel. Si nous ne nous défendons pas, Jorsh risque de brûler tous les bateaux kervilgaï. Avec un peu de chance, la défaite d'aujourd'hui le fera un peu réfléchir. Cela devrait être suffisant pour me déculpabiliser. Ce n'est pas le cas.

Nous restons avec le capitaine Jim et Karilön encore une petite heure, le temps de nous assurer que les pirates ne reviendront pas à la charge. Quand la vigie nous affirme n'apercevoir aucune voile à l'horizon, je demande à Karilön de créer un Miroir afin de nous permettre de rentrer. Le jeune élémental s'exécute. Avant que je ne le franchisse, il me déclare, en fixant mes pieds :
- Lodrical, ce que vous avez fait… je n'avais jamais rien vu de pareil !

Je pose une main sur son bras. Il sursaute comme si je l'avais frappé, avant de contempler ma main, comme hébété.
- Espérons que vous n'aurez plus à le revoir. Vous vous êtes bien comporté aujourd'hui. Vous êtes un jeune homme courageux. Prenez soin de vous.

Il lève brièvement les yeux et, l'espace d'un instant, nos regards se croisent. Le rouge lui monte aussitôt aux joues. Il baisse vivement la tête, stupéfait par sa propre témérité. Il semble attendre que j'explose de colère ou que je le propulse dans la mer, pour qu'il s'y fasse dévorer par les serpents. Je me contente de serrer son bras :
- Au revoir Karilön.

Je l'entends murmurer :
- Au revoir, Lodrical.

Alvën et moi nous retrouvons dans la Salle aux Miroirs.
- Je crois que tu as fait forte impression, me déclare Alvën, un demi-sourire aux lèvres.

Pour ma part, je n'ai pas vraiment le cœur à plaisanter : beaucoup d'hommes sont morts. Et je vais devoir rattraper le retard que cette virée n'a pas manqué d'occasionner.
- Oui. Si seulement je pouvais impressionner autant Graskin.
- Tu devrais lui proposer une balade en bateau. Je suis sûr que lui faire tomber sur la tête un petit mur d'eau salée lui rafraîchirait les idées.

Cette fois, j'arrive à sourire.
- Je te retrouve pour le souper, ce soir ?
- Avec plaisir.
- Que vas-tu faire en attendant ?
- Maintenant que j'ai le droit de circuler comme je l'entends, je pense aller faire une petite tournée d'inspection de quelques mines et de l'avancement des travaux des cuves à eau.

Je me tourne vers lui, l'air sévère :
- Entre la varanem et la bataille, tu ne crois pas avoir déjà un peu trop tiré sur la corde ?
- Sur quelle corde ?
- Je veux dire que tu ne dois pas en faire trop.
- Je ne suis pas obligé d'aller vite. Et je ne vais pas marcher : je vais y aller à cheval.

J'imagine qu'après être resté enfermé aussi longtemps, il a vraiment besoin de prendre l'air, autrement qu'au milieu d'un combat naval. Je capitule :
- Tu pourrais prendre Rigel ? La pauvre n'a pas souvent l'occasion de se dégourdir les pattes.
- Si tu veux. Mais d'abord, je vais aller manger. Il ne doit pas être loin de midi et j'ai une faim de ferlek.

Je n'ai aucune idée de ce que peut être un ferlek. Cela dit, après ma rencontre avec les serpents de mer, je n'ai pas vraiment envie de le savoir. Alvën m'enlace brièvement avant de me quitter sur le palier. En descendant les marches, je me rends compte que je suis affamée, moi aussi. Je rêve de m'affaler dans un fauteuil, avec un sandwich et un bon livre, mais cela ne risque pas d'arriver. Je n'ai pas le courage d'aller me changer et me dirige directement vers mon bureau, certaine d'y trouver le comte Brion et Graskin. Je ne me suis pas trompée. Ils travaillent tous deux sur une liste de doléances.

- J'aimerais beaucoup recevoir les doléances en personne, leur fais-je savoir en me laissant tomber sur ma chaise. Est-il possible de prévoir une demi-journée par rendië pour tenir audience ?

- Majesté, me répond Brion. Vous avez déjà du mal à trouver du temps pour tout ce que vous avez à faire.

Son ton est réprobateur et son regard m'indique clairement que m'habiller correctement devrait se trouver au sommet de cette liste de choses à faire.

- C'est difficile pour le moment, avec toutes les mesures qui doivent être mises en place et tous les changements, mais les choses vont bien finir par se calmer.

Brion poursuit, comme si je n'avais rien dit :

- Sachant que vous êtes de surcroît susceptible de disparaître plusieurs heures à chaque attaque de Jorsh…

- Vous désapprouvez ? Si je n'y étais pas allée, notre navire aurait été perdu et le jeune élémental serait mort, de même que tout l'équipage.

- Je ne doute ni de votre valeur, ni de votre courage, Majesté. Je pense simplement que la première ligne n'est pas votre place.

- Votre père, lui, savait laisser le combat aux autres, renchérit son collègue avant d'ajouter entre ses dents, suffisamment fort pour que je puisse tout de même entendre : ce qui lui permettait de conserver l'élégance qui sied à un monarque en toutes circonstances.
- Oui, il envoyait à la mort des élémentaux moins puissants que lui, pour être certain de ne pas froisser sa tunique.
- Mais il est normal pour un souverain de ne pas prendre de risque, s'énerve Graskin. Si nous avions perdu ce navire et cet élémental, cela aurait certes été tragique, mais notre royaume n'en aurait guère souffert. Si nous vous perdons, ce sera une véritable catastrophe.
- Je comprends. Pensez-vous qu'il soit possible d'organiser des audiences toutes les deux rendiën ?

Graskin pousse un grognement exaspéré. Brion, lui, semble retenir à grand-peine un sourire. Il consulte l'autre ministre du regard. Graskin hausse les épaules.
- Ce serait sans doute possible.

Apparemment, il a renoncé à essayer de me faire entendre raison. Cela me convient parfaitement.
- Majesté, si je peux me permettre, nous avons nous aussi beaucoup de travail. Si nous sommes remplacés comme vous l'aviez prévu initialement, les ministres nouvellement arrivés seront un peu perdus. Le Seigneur Graskin n'a pas de domaine. Il était le conseiller de votre père depuis très longtemps. Je pense qu'il serait judicieux qu'il puisse continuer à vous aider dans vos tâches quotidiennes, puisqu'il demeure de toute façon au château. Et je vous suggère également de nous permettre d'être plus nombreux. Nous pourrons ainsi être plus efficaces et mieux vous soulager.

Je considère Brion un moment. Il est vrai que j'aurais plus de temps si seulement les ministres pouvaient me décharger davantage. Mais je ne me

souviens que trop bien des raisons qui m'ont poussée à dissoudre le Conseil. Comme s'il lisait dans mes pensées, le comte poursuit :
- Je crois que vous vous êtes fait comprendre, votre Majesté. De surcroît, le Seigneur Graskin et moi-même commençons à connaître votre façon de travailler. Et nous continuerions bien sûr à vous consulter pour les décisions importantes.

Graskin et Brion me dévisagent intensément. Je devine qu'il s'agit là d'une chose dont ils ont discuté tous les deux et qui leur tient à cœur. Mais pourquoi ? Pour m'aider, réellement, comme ils le prétendent ou pour recommencer à me contrer plus efficacement ? Le fait que ce soit Brion qui m'ait fait la proposition joue un peu en leur faveur, je le reconnais. Et, au pire, si je ne suis pas satisfaite, je pourrai toujours faire machine arrière. Je hoche la tête et lis du soulagement sur leurs visages. Je ne m'étais pas aperçue que la charge de travail était aussi éprouvante pour eux.

Je m'installe le plus confortablement possible sur le siège où je vais encore rester assise des heures et me penche sur le premier rapport.
- Bien, ceci étant dit, récapitulons un peu la liste des monarques qui n'ont pas encore tenu leurs promesses commerciales…

Le soleil est couché quand je gagne ma chambre. Alvën est allongé dans le canapé, une tasse de tisane à la main. Il me salue d'un sourire :
- Prête pour le dîner ?

Je m'adosse à la porte en poussant un soupir à fendre l'âme :
- Je suis désolée, mais un ambassadeur de Kerlouven est arrivé dans l'après-midi. Je n'ai pas encore eu le

temps de le recevoir et je lui ai proposé de dîner avec moi.
- Oh ! D'accord. Je peux me joindre à vous ?
- Tu sais que j'adorerais, mais Graskin m'a fait promettre d'y aller seule. Apparemment...
- … le roi de Kerlouven ne porte pas particulièrement la politique de mon père dans son cœur et ma présence pourrait nuire à vos accords. Très bien, de toute façon, un dîner où vous allez échanger des politesses et des propositions commerciales ne doit pas être très palpitant !

Il parle d'un ton léger mais mon cœur se serre néanmoins :
- J'ai conscience de ne pas être très disponible. Tu dois t'ennuyer, toute la journée, et j'ai à peine quelques minutes à te consacrer le soir…
- Les choses vont s'arranger, ne t'en fais pas. Et puis, je vais pouvoir profiter de tout ce temps libre pour retrouver la forme.
- N'en fais pas trop, quand même.
- Comme vous voudrez, votre Majesté.

Je lui adresse une grimace et me dirige vers ma chambre pour enfin me changer. Juste avant de passer la porte, je demande d'une petite voix :
- Tu crois qu'on pourra se voir quelques instants, après ?
- Je ne bouge pas. Enfin, si Dalya ne me chasse pas à coups de balai !

Je me retrouve donc dans la petite salle à manger privée attenante à mon bureau, dans la partie du palais qui prolonge la salle du trône. Si j'avais pu dîner avec Alvën, je lui aurais raconté mes différents problèmes de la journée, j'aurais bénéficié de ses conseils, sans parler de son réconfort après la bataille de ce matin. Au lieu de cela, je me retrouve à sourire à un homme chauve et bedonnant, affublé d'une très haute estime de lui-même en plus d'une moustache ridicule. Je l'écoute me décrire la beauté de son royaume, les lois que son roi a pu promulguer pour améliorer la vie de ses concitoyens, bien sûr sur ses sages conseils. Il ne se prive pas de me faire profiter de son expérience et de ses suggestions.

J'essaie à plusieurs reprises d'évoquer les accords qui l'amènent, mais il balaie mes tentatives d'un revers de la main et d'un nonchalant :
- Il ne faut jamais mélanger les affaires et le plaisir, votre Majesté. Nous pourrons en discuter après le dessert.

Et je ronge mon frein, en pensant que cela réduira d'autant le temps que je pourrai passer avec mon fiancé. Il vient à peine d'enfourner sa dernière bouchée de gâteaux aux fruits (importés directement de Kerdilön) quand j'aborde le sujet d'un ton ferme. Les négociations sont âpres. Graskin m'avait prévenue que cet homme serait dur en affaires. Mais lui et Brion m'ont remarquablement bien préparée et je m'en sors avec seulement quelques concessions mineures. L'ambassadeur semble lui aussi satisfait quand il me souhaite enfin une bonne nuit. Je gagne ma chambre d'un pas lent. Même la perspective de retrouver Alvën ne parvient pas à me donner de regain d'énergie. Je pousse la porte de mon salon en redoutant que Dalya ne l'ait effectivement chassé, prétextant qu'il ne faut pas me fatiguer davantage. Mais non, il est bien là. Endormi dans le canapé, mais là.

Je m'approche sans bruit et le regarde un moment, un sourire attendri aux lèvres. Je dégage une mèche de son front et il marmonne, les yeux toujours fermés :

- S'il te plaît, dis-moi que je ne bavais et ne ronflais pas.
- Une vraie tronçonneuse !

Ses yeux s'ouvrent et se rivent aux miens. Bon sang ce qu'il est beau !
- Une quoi ?
- Laisse tomber. Non, tu ne ronflais pas. Et tu ne bavais presque pas.
- Me voilà rassuré.

Il s'assied et m'attire près de lui. Je plie les jambes, pose les pieds sur le canapé et me laisse aller, adossée contre sa poitrine. Il passe un bras autour de moi et je me sens bien pour la première fois depuis la fin de notre varanem. Il dépose un baiser sur mes cheveux.
- Alors, cette journée ?

Maintenant que je suis là, je me rends compte que je n'ai pas tant envie que ça d'en parler.
- A part ces quelques bateaux coulés, la routine habituelle. Et toi ?

Il n'insiste pas et me raconte plutôt la lettre qu'il a reçue de Cormélia, sa promenade avec Rigel, la discussion qu'il a eue avec Dalya – elle a effectivement essayé de le chasser – et sa rencontre avec Gaviel lors de son inspection des mines. Bercée par le son de sa voix, apaisée par son contact, je finis par m'endormir.

Quand je me réveille quelques heures plus tard, je suis allongée entre mes draps, en sous-vêtements. Je rougis aussitôt, avant de penser que ce doit être Dalya qui m'a déshabillée. Jamais l'ex-prince Alvën ne se serait permis une telle inconvenance. La nuit est encore noire. Je me lève et gagne la fenêtre ouverte, laissant le vent me caresser de sa brise tiède.

Je vois la lune bleue se refléter au loin sur la mer. A l'horizon, des nuages d'orage se rassemblent. J'espère que les mélofredaï sauront les contrôler. La pluie serait la bienvenue, si seulement elle n'était pas aussi forte et accompagnée de vents si violents.

Pour l'heure, tout a l'air si tranquille, si paisible, que j'ai du mal à imaginer que d'autres combats nous attendent. Mais je sais que Jorsh n'abandonnera pas. Ce n'est que le début.

Parfois, je me laisse aller à un peu d'optimisme : mon mystérieux opposant au sein du conseil a peut-être fini par laisser tomber en constatant que je n'amenais pas le royaume au bord du désastre. Parfois, comme ce soir, je suis persuadée qu'il attend juste le bon moment. Je dois continuer à être prudente et vigilante, et espérer que Dalya ou Gaviel le démasque avant qu'il ne parvienne à ses fins. Si possible, j'aimerais vraiment vivre assez longtemps pour profiter de la paix dans mon nouveau royaume, et de mon mariage, tant qu'à faire.

Les nuages ont progressé. Ils dissimulent la lune, à présent. Un éclair strie la nuit, suivi immédiatement d'un coup de tonnerre. Le vent s'est levé. Je frissonne, ferme la fenêtre, enfile la chemise de nuit que Dalya a laissée au pied du lit, allume quelques bougies, redresse les oreillers et m'installe dans mon lit, mon livre d'apprentissage de la langue à la main. Je ne dois pas avoir lu plus d'un paragraphe quand je m'endors à nouveau.

Chapitre 21

Lorsqu'Alvën et moi débarquons sur le pont du navire, il est déjà en flammes. Le bateau des pirates est tout contre sa coque et son équipage se prépare à l'abordage. Malheureusement, l'élémental a fait preuve de moins de prévoyance que Karilön et a beaucoup trop attendu avant de demander notre aide, cette fois. Tout ce que nous pourrons faire, c'est sauver l'équipage. Celui-ci s'est regroupé derrière l'élémental qui fait face à l'ennemi, une boule de feu dans chaque main, le visage aussi pâle que la mort.

Nous nous plaçons sans attendre à ses côtés. Alvën a déjà sorti son épée de son fourreau. Il a passé ces derniers jours à s'entraîner et a presque retrouvé sa musculature d'avant. Brion a tenu à ce que j'aie une arme, moi aussi, si je dois m'obstiner à me mettre en danger. Il a eu raison. Au corps à corps sur un navire, j'aurai davantage besoin d'une lame que de mon don.

- Commencez à traverser le Miroir ! ordonné-je en kerdilonaï, pour être sûre que tout le monde comprenne.
- Mais, mon navire ! proteste le capitaine.

Son accent est fort, mais je comprends l'idée générale autant que les mots.

- Le navire est perdu, lui répond Alvën. Ils sont trop nombreux. Sauvez-vous !

Les pirates ont sauté par-dessus la lisse en poussant des cris de guerre. Ils se dirigent vers nous de tous côtés. L'élémental a ouvert son Miroir contre le gaillard d'arrière. Malheureusement, cela permet aux pirates de sauter sur les matelots, par-dessus la surface enfumée, depuis cette position surélevée. Pendant ce temps, d'autres pirates nous bombardent de boules de feu. Alvën et moi les leur renvoyons aussi sec, ce qui les décourage assez rapidement. Ils nous observent un moment en discutant entre eux de la meilleure stratégie à adopter. Ils semblent constater avec un certain soulagement que nous ne sommes que trois à leur faire face, tandis que tout l'équipage essaie de leur échapper par le Miroir. Comme, visiblement, ils ne sont pas complètement nuls en arithmétique, ils comprennent rapidement qu'il ne leur sera guère difficile de se débarrasser de nous sans utiliser la magie des éléments. Avec un cri de guerre, ils se portent à l'attaque.

L'élémental dégaine son épée sans grand enthousiasme : la plupart des soldats enrôlés par mon père l'ont surtout été pour leur don. Contrairement à l'armée de Kerdilön, celle de Kervilgän est presque exclusivement constituée d'élémentaux. Le problème, c'est que ces derniers ont tellement compté sur leur contrôle des éléments qu'ils n'ont pas estimé nécessaire de maîtriser aussi bien l'escrime. Encore une chose à laquelle il faudra que je remédie.

Ces pensées se bousculent dans ma tête dans les quelques secondes qu'il faut à l'ennemi pour nous atteindre. Sans même réfléchir, je suis tombée dans la première position de la varanem. J'enchaîne avec souplesse les différentes formes, semant la mort chez les pirates, repoussant à coups de bourrasques mes adversaires lorsqu'ils s'approchent en trop grand nombre. Un cri résonne bientôt à ma gauche : notre élémental vient de prendre un coup d'épée en pleine poitrine. Avec horreur, j'entends des appels consternés derrière moi. Je n'ai pas besoin de me retourner pour comprendre : tandis que le jeune soldat s'effondre sur le pont, son Miroir se referme. Nous sommes coincés ici, sur un navire en flammes, pressés par l'ennemi.

Les pirates ont cessé le combat. Leur chef – un homme chauve, aux traits grossiers et au cou aussi large que ma cuisse – s'approche :

- Vous ne pouvez plus vous enfuir. Rendez-vous.
- Savez-vous qui je suis ? demandé-je avec l'espoir qu'ils n'enverront pas le bateau par le fond en sachant que je m'y trouve.
- Je le sais. C'est d'ailleurs pour cette raison que vous êtes encore en vie. Mon prince m'a donné l'ordre de vous ramener vivante, dans la mesure du possible.
- J'ai l'impression que votre prince mène rarement ses combats lui-même.
- C'est la prérogative des dirigeants. Peut-être devriez-vous songer à l'imiter.

Pendant qu'il parle, je commence à tisser un Miroir d'eau. C'est la seule façon pour nous de nous échapper. Malheureusement, quelqu'un tisse à son tour des filaments d'air et d'eau qui viennent s'emmêler et perturber le dessin. Le capitaine me lance un sourire mauvais :

- Jorsh savait que vous pourriez tenter de vous en sortir de cette façon. C'est pour cette raison qu'il a choisi des hommes qui maîtrisent les Miroirs d'eau pour faire partie de chaque équipage chargé de vous capturer.

Je fais une deuxième tentative, mais le pirate est doué, je dois le reconnaître. Il a dû s'entraîner. Malgré ma rapidité, il parvient à me contrer une nouvelle fois. Un cri étouffé, suivi d'un choc sourd, résonne derrière nous. Un bref regard me montre que les matelots kervilgaï sont maintenant cernés et menacés par des épées. L'un d'eux vient de se faire trancher la gorge.

- Tentez cela encore une fois et un autre meurt, me menace calmement le colosse chauve.

A côté de moi, Alvën est tendu comme un arc. Ses yeux balaient sans cesse le cercle de nos assaillants, espérant sans doute trouver une issue. Quelques élémentaux adverses ont mouillé l'arrière du navire, afin d'éviter que l'incendie ne se propage trop vite dans notre direction. Ils ne l'ont pas complètement éteint : ils comptent bien laisser le bateau brûler. Derrière moi, j'entends la respiration saccadée des membres d'équipage qui n'ont pas réussi à s'échapper. Si je décide de continuer à me battre, ils mourront. Alvën et moi mourrons certainement aussi, seulement moins vite. Je consulte rapidement mon compagnon du regard. Il me fait un signe discret de la main, comme un tourbillon. Oui, peut-être pourrions-nous balayer les pirates les plus proches en créant une tornade, mais cela ne ferait que retarder l'issue finale : leurs élémentaux contrôlant l'air auraient tôt fait de nous contrer.

- Que comptez-vous faire de nous ? demandé-je.

- Le navire sera coulé. L'équipage se verra offrir la même proposition que ceux des bateaux que nous avons déjà arraisonnés : servir mon prince ou mourir ici. Vous, je ne peux vous dire quel sort son Altesse vous réserve, mais vous vivrez au moins jusqu'à ce que vous le rencontriez.

- Et Alvën ?

Les yeux pâles du colosse se posent sur mon compagnon.

- Dans la mesure où il n'intéresse pas mon prince et où nous ne pouvons lui faire confiance, il sera abandonné ligoté sur le navire.

- Dans ce cas, je me vois dans l'obligation de refuser votre offre.

- Liz… commence Alvën.

Je ne l'écoute pas. Je me prépare à créer un tourbillon pour catapulter le capitaine pirate et ses hommes sur ceux qui se trouvent derrière quand je sens mon épée m'échapper des mains. Surprise, je cherche qui m'a désarmée.

- Je suis désolé, murmure mon fiancé.

- Mais qu'est-ce que tu fais ?

Sa réaction, tellement inattendue, a détourné mon attention des pirates. Une douleur atroce explose à l'arrière de mon crâne. Ma vision se brouille. Je me sens tomber. Juste avant de sombrer dans l'inconscience, je distingue son visage triste et ses lèvres qui forment les mots : « Leï emalïn. »

Je reviens à moi quelques minutes plus tard, sans doute. Je me sens un peu nauséeuse et l'arrière de ma tête me lance affreusement. Je palpe doucement mon crâne. Mes doigts rencontrent une belle bosse et un peu de sang. Je suis assise dans une minuscule cage aux barreaux de métal, scellés à l'aide de plaques et d'énormes vis dans le pont du navire pirate. J'aperçois à quelques encablures de là le bateau de pêche. Celui-ci flambe de la proue à la poupe. Il est déjà en train de sombrer.

Cette vision me glace et m'éclaircit instantanément les idées. Alvën est probablement à bord, sans doute ligoté, inconscient… ou mort… Non ! Impossible ! Cela dit, même s'il est encore en vie, cela ne durera pas. Il ne parviendra jamais à soulever assez d'eau pour éteindre cet incendie. Le navire est perdu, je le vois d'ici. Un dos d'un jaune maladif et luisant, hérissé de pics gris acier, effleure la surface. Un serpent de mer se dirige déjà vers le lieu du naufrage, prêt pour un repas facile.

Je cherche désespérément une idée, une inspiration. Le navire est trop loin pour que je puisse l'aider, d'une quelconque manière. Je ne suis pas assez forte pour obliger le vent à repousser le bateau pirate et m'amener à portée. Le seul moyen d'arrêter ce bâtiment serait de le couler, mais je ne vois pas bien en quoi cela nous aiderait... Je pose la main sur le ponton, mais je ne ressens rien : mon don ne m'est d'aucune utilité contre du métal et du bois mort. L'eau m'entoure de toute part, c'est vrai, mais comment l'utiliser ? La panique m'envahit de plus en plus. Pas tellement pour moi, même si je suis en assez mauvaise posture, enfermée comme un fauve dangereux, attendant d'être livrée à Jorsh. Mais Alvën...

Une nouvelle fois, je tente de tisser un Miroir.

- Je ne ferais pas cela, si j'étais vous.

Le capitaine est assis sur un tabouret à côté de ma cage. Il coupe des lamelles de viande séchée avec un poignard effilé, avant de les engloutir.

- Pourquoi pas ?
- Tisser un Miroir d'eau dans un espace aussi réduit que votre cage peut être dangereux. Vous savez ce qui pourrait vous arriver si vous ne faites ne serait-ce que le frôler avant qu'il ne soit stabilisé ?

Il a raison. J'imagine que c'est pour cette raison que la cage est aussi exiguë. Décidée à tenter autre chose, n'importe quoi, je contemple les voiles. La quantité d'air à maîtriser et à contrôler pour changer la direction du navire me tourne la tête. Je m'accroche néanmoins aux barreaux et tente tout de même d'inverser le vent.

- Vous n'arriverez jamais à influencer suffisamment le vent pour modifier notre cap.

Je le sais bien, mais rester là sans rien faire est hors de question. Je me concentre au point que je sens de la sueur dégouliner sur mon visage et dans mon dos. Quelques bourrasques changent bien de direction, mais à l'échelle des voiles, c'est aussi efficace que de tenter d'inverser le cours d'une rivière à coup de pistolet à eau.

J'abandonne, hors d'haleine. Je soulève une boule d'eau de la taille d'un gros chien et l'attire vers nous. Le capitaine la regarde en haussant un sourcil :

- Que pensez-vous en faire, au juste ?
- Je pourrais vous faire passer par-dessus bord, le menacé-je.
- Oui, probablement Et ensuite ?

Ensuite ? Je pourrais faire de même pour chaque membre d'équipage qui viendrait voir ce qui se passe. Et je me retrouverais seule sur le navire, enfermée dans une cage dont je ne peux pas sortir. J'ai envie de hurler d'impuissance. De pleurer aussi, mais hors de question de me laisser aller devant cet homme. On dirait que ça l'amuse de me voir me creuser désespérément les méninges, sans succès. La douleur qui irradie depuis l'arrière de mon crâne ne m'aide pas. Le bateau de pêche a disparu de mon champ de vision. Le désespoir et la crainte m'enserrent le cœur. La colère aussi. Pourquoi Alvën m'a-t-il désarmée ? Nous aurions pu nous battre ! Nous aurions pu… quoi ? Mourir ensemble ? Je sais pourquoi il l'a fait. Pour la même raison qui m'a poussée, moi, à continuer à résister : refuser de voir l'autre mourir. Il savait que tout était perdu. Il a simplement permis aux pirates de me prendre vivante. La colère retombe, ne laissant que la souffrance.

Les minutes passent. Je suis tombée dans une sorte de torpeur, le front posé sur un barreau, les yeux dans le vague. Le brouillard qui nimbe mes émotions est une véritable bénédiction. J'ai l'impression d'avoir un grand vide dans la poitrine.

Tout à coup, des cris résonnent vers l'arrière du navire. Le bruit provoque des élancements douloureux dans mon cerveau. Je ferme les yeux, incapable de m'intéresser à ce qui se passe. J'aimerais seulement que ces hurlements cessent. Des bruits de bataille parviennent finalement à me tirer de mon engourdissement. Je me contorsionne dans ma cage pour essayer de me retourner. Le capitaine ne se trouve plus à côté de moi. Et là-bas… oui ! Ce sont bien des soldats en noir et or qui remontent peu à peu le pont en bataillant. Je reconnais Gaviel. Mon cœur manque d'exploser quand je découvre qu'Alvën l'accompagne.

Ils parviennent tous deux à rejoindre ma cage.

- Écartez-vous autant que possible, Lodrical, me crie le garde.

Il chauffe ensuite à blanc la serrure de ma cage. Dès qu'elle fond, Alvën ouvre la porte et m'aide à m'en extraire. Je suis un peu ankylosée après tout ce temps passé recroquevillée sur le pont. Un pirate se précipite vers nous. Alvën me soutient, mais Gaviel l'élimine d'un revers rapide. D'autres nous assaillent. J'attrape une épée tombée presque à mes pieds et les repousse de mon mieux avec mes compagnons. D'autres soldats en noir et or nous rejoignent. Ils créent un écran entre les pirates et nous, mais ils ne sont pas assez nombreux. Ils ne tiendront pas.

- Par ici, Lodrical !

Gaviel a créé un Miroir de feu juste derrière nous.

- Ils ne pourront pas se replier sans que les pirates ne les suivent ! crié-je.

- Ils vont rester.

- Mais ils vont se faire tailler en pièces ! protesté-je en luttant contre la poigne de mon capitaine des gardes, qui m'entraîne vers le Miroir.
- Ils sont tous volontaires. Il faut vous sortir de là.

Alvën m'a agrippée par l'autre bras. Ils me tirent tous deux vers la surface enfumée. Dès que nous l'avons franchie, celle-ci tourne sur elle-même et disparaît. Je reste à fixer l'endroit où elle se trouvait, haletante. Gaviel me fait pivoter face à lui :
- Lodrical, vous n'avez rien ?

Je suis trop hébétée pour répondre.
- Lodrical, êtes-vous blessée ? insiste-t-il.

Mes vêtements sont couverts de sang, mais je pense qu'il ne s'agit pas du mien.
- Je vais bien, Gaviel. Comment... ?
- Le messager en poste ici a vu le Miroir se refermer. Il a compris que vous étiez coincés. Il est aussitôt venu me trouver. J'ai rassemblé quelques hommes tout en espérant que vous reviendriez par Miroir d'eau. Quand nous avons été prêts, toujours sans nouvelle, nous avons décidé de vous rejoindre sur le navire.
- Ils sont arrivés juste à temps, explique Alvën. Le bateau était sur le point de sombrer. Ils nous ont d'abord ramenés au palais : nous ne pouvions plus nous attarder. Tous les matelots ayant décidé de ne pas rejoindre les pirates ont été sauvés. Graskin les a pris en charge.
- Son Altesse nous a expliqué que vous aviez été emmenée captive. Créer un Miroir de feu pour récupérer l'équipage et votre fiancé était facile : il suffisait de se concentrer sur le nom du navire, communiqué par les marins. En ouvrir un vers un navire inconnu, ayant une localisation inconnue était un peu plus compliqué. Il m'a fallu plusieurs tentatives pour y parvenir.

Pour créer un Miroir débouchant à un endroit donné, il suffit de penser à cet endroit. Il n'est pas nécessaire d'y être déjà allé. Mais il est vrai qu'en ouvrir un sur un navire dont on ignore le nom, qui se trouve on ne sait où, relève de l'exploit. Pourtant, il a réussi à me trouver et à me sauver. A quel prix !

- Et vos hommes… Ils sont tous morts, maintenant.

Un goût de cendre se mêle à celui, métallique, du sang dans ma bouche.

- Mais vous êtes en vie.

- Le comte Brion avait raison : si je ne m'étais pas mise en danger, vos soldats n'auraient pas eu besoin de se sacrifier.

- Et l'équipage serait mort, me fait remarquer Gaviel d'une voix douce. Vous ne pourrez jamais sauver tout le monde, Lodrical.

Il a raison, je le sais, mais ça ne m'empêche pas de culpabiliser. Je me demande si j'arriverai un jour à mettre dans la balance la quarantaine de vies sauvées contre la dizaine qui a péri. Gaviel me regarde toujours avec inquiétude.

- Je vais l'accompagner dans sa chambre, décide Alvën.

- Je vous envoie le chirurgien, propose Gaviel.

- C'est inutile, réponds-je. Je n'ai rien. Ce n'est pas mon sang.

- Je vois d'ici au moins trois blessures dont coule un sang qui est bien le vôtre, Lodrical. Même si elles ne sont pas forcément profondes, je préférerais que le médecin vous examine. Sans parler de cette vilaine bosse que vous avez à la tête.

Je laisse Alvën me mener par la main hors de la pièce. Je suis tout à fait en état de marcher toute seule, mais le contact de sa paume contre la mienne me fait du bien.

Il me coule des regards inquiets.

- Je vais bien.

Il hoche la tête :

- Je suis content que tu n'aies rien.
- Et je suis contente que tu sois en vie. Heureusement que Gaviel est venu te chercher ! J'avais beau me creuser la tête, je ne voyais pas comment te sortir de là !
- Donc, tu n'es pas trop fâchée ? me demande-t-il avec une grimace.

Je secoue la tête – ce qui s'avère être une mauvaise idée au vu des élancements qui explosent aussitôt dans mon crâne. Je grimace à mon tour en espérant qu'il le mettra sur le compte de notre discussion plus que de la douleur.

- Je l'étais, tu peux me croire. Mais je sais pourquoi tu m'as désarmée. Et, pour être honnête, nous serions probablement morts tous les deux si tu ne l'avais pas fait. J'espère simplement que tu n'as plus l'intention de te sacrifier pour moi. C'est la deuxième fois que cela manque de te coûter la vie.
- Tu le ferais aussi pour moi, me fait-il remarquer d'un ton tranquille.

Absolument. Il n'attend pas vraiment de réponse, je le sais, alors je me contente de presser la paume de sa main.

Lorsque j'arrive devant la porte de mes appartements, l'adrénaline est suffisamment retombée pour que mes différentes estafilades me brûlent, en plus de ma tête qui me lance toujours. Dès que je pousse le battant, Dalya se précipite vers moi, le visage aussi blanc que mes draps.

- Votre Majesté ! Vous êtes sauve ! J'ai eu tellement peur ! J'ai entendu des rumeurs prétendant que vous étiez coincée sur un navire en feu, aux mains des pirates !

- Je vais bien, Dalya.
- Vous êtes couverte de sang ! Vos vêtements sont déchirés et... mais vous saignez !
- Ce n'est rien !
- Venez, je vais vous aider à enlever ces vêtements.
- Le chirurgien va arriver, l'informe Alvën.

Elle le remercie d'un signe de tête :
- Vous devriez aller vous changer, vous aussi. Je vous enverrai le chirurgien dès qu'il aura terminé avec Sa Majesté, si vous voulez.
- Je n'ai rien. Ce n'est pas la peine.

Il me presse la main, avant de la lâcher et de laisser Dalya m'emmener. Celle-ci ôte ma tunique et mes chausses déchirées, me laisse en sous-vêtements et commence à laver le sang qui macule ma peau à l'aide d'une vasque et d'un linge propre.
- Vos plaies n'ont pas l'air très profondes, mais celle que vous avez sur l'épaule nécessitera tout de même quelques points de suture.
- J'ai encore besoin de pas mal d'entraînement, on dirait.
- Vous avez surtout beaucoup de chance d'être en vie !
- Mais Alvën n'a rien, lui.
- C'est ce qu'il prétend. Je demande à vérifier. Mais, même encore si c'est vrai, combien d'années de pratique a-t-il derrière lui ?

Je ne réponds pas. Dalya continue son travail en silence : elle sait quand j'ai besoin d'être seule avec mes pensées. Et, même si j'ai un peu de mal à les ordonner, c'est indiscutablement l'un de ces moments.

Quelques minutes plus tard, le chirurgien frappe à la porte du salon. Dalya va lui ouvrir et le suit jusqu'au fauteuil où je suis installée. Le docteur me salue à peine. J'ai toujours l'impression qu'il s'intéresse davantage aux blessures et maladies diverses de ses patients plutôt qu'aux personnes. Ses yeux sont braqués sur les estafilades qui me barrent le ventre, l'épaule, le biceps gauche et la hanche.

- J'ai aussi une belle bosse à l'arrière du crâne, lui apprends-je.

- Voyons cela, marmonne-t-il en contournant le fauteuil.

Il palpe mon cuir chevelu, appuyant de temps à autre

- Heureusement que vous avez la tête dure ! Le crâne n'est pas fêlé. Quel est votre nom ? demande-t-il en s'installant en face de moi.

Je hausse un sourcil, étonnée par la question.

- Je veux juste m'assurer que vous n'avez pas de commotion.

- Liz. Je veux dire, Alizé.

- Quel jour sommes-nous ?

Il me pose ainsi différentes questions tout en vérifiant mes réflexes pupillaires. Apparemment satisfait, il me tire par le bras pour me faire asseoir sur le bord du fauteuil et examine les plaies.

- Celle-ci et celle-ci ont besoin de points. Pour les autres, on se contentera d'onguents et de pansements.

Il ouvre sa besace, s'empare d'un produit incolore dont il imbibe généreusement un linge propre. Quand il le pose sur la première estafilade, je me retiens à grand-peine de pousser un cri. Bon sang, ce que ça brûle ! Je serre les dents pour retenir un gémissement quand il passe à la suivante. La commissure de ses lèvres tressaille comme s'il allait sourire. Arrive-t-il à cet homme de sourire ?

- Vous êtes une reine, vous savez, pas un soldat de métier qui doit faire le dur devant ses compagnons d'arme. Vous avez le droit de crier si vous le souhaitez.

- Parce que je suis une femme, j'ai le droit de crier, c'est ce que vous êtes en train de dire ?
- Une femme et une noble. Ce sont deux bonnes raisons.

J'ai remarqué à de nombreuses reprises que l'attitude envers les femmes à Kerdevel laisse un peu à désirer, dans de nombreux domaines. Je lance au chirurgien un regard courroucé, qu'il ne remarque pas, les yeux rivés sur la troisième blessure. Le bon côté des choses, c'est que je réagis à peine lorsqu'il la désinfecte.

Est-ce que je vous ai déjà dit que l'anesthésie locale n'existe pas, à Kerdevel ? Quelques minutes plus tard, quand il plante pour la première fois l'aiguille sur le bord de ma plaie, femme ou pas, reine ou pas, je gémis. Bon d'accord, cela ressemble peut-être bien à un cri. Un petit.

Lorsque le médecin a enfin fini de me recoudre, je demande à Dalya de me préparer une robe plus simple, et surtout plus confortable, que les tenues lourdes et encombrantes habituelles.
- Où comptez-vous aller ainsi vêtue ? me demande le médecin.
- Travailler.
- Ça attendra bien demain.
- Je ne crois pas.

Il lève un sourcil :
- Une armée se dirige vers nous sans que j'en sois informé ?

Je pâlis :
- J'espère bien que non !
- Une épidémie a-t-elle frappé ? Un éboulement a emprisonné des mineurs ? Non ? Dans ce cas, votre travail attendra demain.

Son ton est sans équivoque.
- Mon médecin m'autorise-t-il à rejoindre mon fiancé ?

- Si vous ne vous livrez pas à une activité plus intense que de vous laisser tomber dans son fauteuil, je veux bien.
- Soyez tranquille, docteur, intervient Dalya, j'y veillerai.

Oui, ça, je peux compter sur elle pour me surveiller si je me rends dans la chambre d'Alvën…
- Il faudra aussi réveiller Sa Majesté à plusieurs reprises cette nuit et lui poser quelques questions simples, juste pour vérifier que le coup porté à la tête n'a pas laissé d'autre séquelle que cette bosse magnifique.

Dalya hoche la tête.
- Bien. Je vais vous accompagner, ajoute le chirurgien. Vérifier que cette bande de sauvages n'a pas troué une autre peau royale.

Chapitre 22

Il s'avère qu'Alvën a bien été blessé, mais il ne s'agit que d'une entaille très peu profonde sur le biceps. Le chirurgien se contente de la désinfecter – Alvën ne tressaille même pas, grrr ! – et de la bander.
- Je viendrai changer vos pansements demain matin, me déclare ensuite le petit homme avant de quitter la pièce d'un pas vif.

Aussitôt après son départ, Alvën m'attire contre lui.
- Comment vas-tu ?
- Mieux, même si je m'en veux terriblement. Pour t'avoir mis en danger et avoir provoqué la mort de ces soldats.
- Ne t'en veux pas. On ne pouvait pas savoir. On s'en était plutôt bien sorti la fois précédente.

Je soupire :
- Nous manquons cruellement d'hommes. Si seulement nous pouvions emmener plus d'élémentaux avec nous, sans pour autant laisser les mines sans défense…
- Nous pourrions peut-être demander de l'aide à mon père.

Je me dégage suffisamment pour le regarder, sourcils froncés :
- Que veux-tu dire ?
- Nous pourrions lui demander de nous envoyer quelques Gardiens.
- Non, je ne pense pas que ce soit une bonne idée.

Il ouvre la bouche pour protester, mais je dépose un doigt sur ses lèvres :
- Je sais que tu veux m'aider, mais je ne peux pas dépouiller l'armée de ton père pour nous prêter main forte. S'il s'agissait d'une guerre ouverte, je pourrais demander l'aide d'un allié, mais là il s'agit de raids ponctuels. Je ne peux pas faire venir des soldats d'un autre royaume pour un laps de temps indéterminé. Et puis il faut reconnaître que des élémentaux de l'eau et de la terre, qui ne savent pas manipuler la roche, seraient assez peu utiles ici...

Je remarque une feuille laissée sur la table basse, recouverte de l'écriture ronde et élégante de Cormélia.
- Tu as reçu une nouvelle lettre de Cormélia ?

Je tends la main pour la prendre, mais il se montre plus rapide que moi. Il froisse la feuille, la fait disparaître dans une de ses poches et s'assied à côté de moi.
- Excuse-moi. J'étais en train de la lire quand tu es arrivée.

Je le regarde, un sourcil levé :
- Tu m'expliques ?
- Oh ! Ce n'est rien. Juste un petit mot de Cormélia. Elle te passe le bonjour.
- J'ai l'impression qu'il s'agit de bien plus qu'un petit mot. Que raconte-t-elle ?

Alvën se tortille, mal à l'aise.
- Alvën ? Qu'est-ce que tu me caches ?
- C'est vraiment sans importance. Il y a plus grave.
- Cormélia et tes parents vont bien ?
- Ils vont très bien.
- Alors ?

Il fuit mon regard, ce qui ne fait qu'attiser ma curiosité.

- Tu sais que je ne te laisserai pas tranquille tant que je ne saurai pas de quoi il retourne, insisté-je.

Dalya en a oublié de rester immobile et invisible dans un coin de la pièce. Elle s'est approchée, visiblement curieuse, elle aussi. Alvën pousse un soupir à fendre l'âme.

- C'est idiot, vraiment. Mais si tu y tiens… Voilà. Hum. Cormélia s'inquiète à propos de certaines rumeurs… sur nous deux.

J'éclate de rire.

- Des rumeurs ? Mais nous avons annoncé publiquement nos fiançailles !

- Non, pas ce genre de rumeur.

A l'expression de Dalya, je vois qu'elle a compris, ce qui n'est pas mon cas. Alvën donne l'impression de vouloir se trouver n'importe où, sauf ici.

- Tu peux développer ?

- Disons que Cormélia se demande quand nous comptons nous marier.

- Pour faire taire ces rumeurs concernant notre mariage ? demandé-je un peu confuse.

Et puis, la lumière se fait et je m'en veux de m'être montrée aussi idiote.

- Oh !

J'éclate une nouvelle fois de rire.

- Eh bien, les gens peuvent bien penser ce qu'ils veulent !

- Ce n'est pas amusant, votre Majesté, intervient Dalya, les sourcils froncés. J'ai déjà essayé de vous mettre en garde. Votre présence, ici, dans la chambre de votre fiancé est… inconvenante.

- Mais vous êtes là !

- Ça, les gens ne le racontent pas forcément. Ou alors, ils s'en fichent. Il arrive fréquemment que les dames volages se fassent escorter par une domestique de confiance qu'elles laissent ensuite dans le salon de l'appartement pendant qu'elles vaquent à leurs affaires.

Dames volages ! Non mais franchement ! Et les hommes, alors ?

- Et après ? Même encore si c'était le cas, je ne vois pas bien ce que cela peut changer, à part alimenter quelques cancans.

Alvën secoue la tête :

- Dalya a raison. Ce n'est pas amusant. Évidemment, tu n'as pas grandi ici. Tu ne sais pas. Mais tu risques de perdre l'appui de certains royaumes qui désapprouveront ta conduite.

- Mais nous ne pouvons quand même pas nous marier maintenant ! Avec tout ce qui se passe…

- Je sais bien que ce n'est pas le bon moment. C'est pour ça que je ne voulais pas t'en parler.

Dalya jette un regard réprobateur à Alvën :

- Le taire n'arrange rien, si vous voulez mon avis, Altesse. Si Sa Majesté perd des liens commerciaux avec certains royaumes, elle est en droit de savoir pourquoi.

Alvën a l'air encore plus penaud, si c'est possible.

- Vous avez raison, une fois encore.

- Alors quoi ? Faut-il nous marier à la va-vite en espérant qu'un raid n'aura pas lieu dans le même temps ?

- Non, surtout pas ! s'exclame Dalya. La fille de Brandanon, élevée dans un autre univers, devenue une héroïne de guerre contre son propre père avant de réclamer la couronne, va épouser le prince de Kerdilön, ancien Maître Gardien ayant renoncé à son titre par amour ! Vous ne pouvez pas imaginer à quel point vous intéressez la noblesse tous les deux ! Tous espèrent pouvoir assister à un tel événement ! Vous vexeriez un nombre incalculable de gens si vous les priviez de ce mariage !

Je ferme les yeux. Une autre cérémonie en grande pompe devant tous les nobles de Kerdevel. Génial ! J'en rêvais !

- Quelle serait la solution selon vous ?

Alvën baisse la tête et me serre la main. Quelque chose me dit qu'il sait déjà ce que va proposer Dalya, et que ça ne va pas me plaire.

- Il faudrait surtout que vous vous comportiez correctement tous les deux, afin de ne plus donner d'occasions aux ragots de se répandre.

- Nous comporter correctement ?

- Elle veut dire : ne plus nous voir en tête à tête, explique Alvën.

Je pâlis. Le temps que je passe avec lui est la seule chose qui me permette de tenir !

- Nous ne pouvons pas arrêter de nous voir ! m'exclamé-je.

- Il ne s'agit pas d'arrêter de vous voir. Il s'agit de vous fréquenter selon la bienséance, lors de dîners organisés avec d'autres jeunes nobles, par exemple. Après tout, vous passez presque toutes vos journées avec des vieillards. (Je m'amuse en imaginant la tête du comte Brion s'il savait qu'on le traite de vieillard...) Il est peut-être temps que vous côtoyez d'autres personnes de votre âge.

J'ai une brève pensée pour Caroline. Si elle était à ma place, elle se serait probablement déjà fait des tonnes d'amis parmi la noblesse kervilgaï. Mais les relations sociales, cela n'a jamais été mon fort. Et je n'ai vraiment pas de temps à perdre en réceptions mondaines. Alvën serre ma main encore plus fort. Cela ne lui plaît pas plus qu'à moi.

- Qu'est-ce que tu en penses ? lui demandé-je.

- Ce n'est pas à moi de prendre la décision. Ma réputation importe peu.
- Mais si je décide de suivre les conseils de Dalya, nous… (les mots ont du mal à sortir) nous ne pourrons plus passer autant de temps ensemble.

Déjà que nous n'en passions pas beaucoup ! Adieu la varanem. Adieu les discussions échangées dans le réconfort de ses bras.
- Vous n'êtes pas obligés d'arrêter de passer du temps ensemble, précise Dalya. Il faut juste éviter de le passer dans vos quartiers. Vous pouvez toujours aller vous promener à cheval, par exemple, ou même vous entraîner, si vous le faites avec les gardes.

Depuis que je m'occupe des affaires de Kervilgän, j'ai découvert que les soldats affectés au palais sont logés dans une caserne, avec leur famille. Contrairement à ce qui se fait dans de nombreux royaumes, ce bâtiment est construit à l'écart du château. En réalité, toutes les dépendances habituelles – forge, boulangerie, armurerie, écuries – sont réparties dans la ville, puisque le palais consiste en un unique bâtiment, sans murailles ni cour intérieure.
- Nous pourrions nous rendre à la caserne à cheval tous les matins et y pratiquer la varanem, proposé-je sans grand entrain.
- Je suppose que oui.

Je plante mon regard dans celui de mon fiancé.
- Je ne prendrai pas cette décision toute seule. Elle te concerne, toi aussi. Nous nous verrons encore moins.

Alvën soupire :
- Je ne suis pas ravi, mais je pense que c'est ce que nous avons de mieux à faire. Et puis, ce n'est que temporaire. Dès que nous aurons réglé le compte de Jorsh, nous pourrons nous marier.

- Voilà qui devrait nous motiver à trouver une solution rapide, fais-je avec l'ébauche d'un sourire, auquel Alvën répond.

Nous restons un moment l'un contre l'autre, profitant de ce dernier moment de (relative) intimité. Finalement, Alvën dépose un baiser sur mes cheveux :

- Tu devrais aller te reposer, sinon le docteur est bien capable de m'étriper.

- Mais je me sens bien.

Ce qui est faux. En réalité, les combats m'ont fatiguée, j'ai le ventre vide et la tête légère, mais je n'ai guère envie de regagner ma chambre. Alvën n'est pas dupe. Il se lève et je l'imite à contrecœur. Dalya a la main sur la porte quand mon compagnon lui demande :

- Attendez !

Il me prend dans ses bras et m'entraîne dans un baiser qui me laisse toute chose. Quand nous nous séparons, Dalya tape du pied et ses sourcils sont froncés, mais je détecte l'ombre d'un sourire sur son visage.

- Vraiment ! s'exclame-t-elle sans parvenir à effacer toute trace d'amusement de sa voix.

Alvën lui adresse un clin d'œil complice et elle ouvre la porte en secouant la tête. Avec un dernier regard chargé de regrets, je quitte la pièce.

***

- Comment avez-vous pu me cacher une chose pareille ! m'emporté-je.

- Je ne vous ai rien caché, Lodrical, se défend Gaviel. J'ai simplement pensé qu'il était inutile de vous inquiéter davantage lorsque nous sommes rentrés, hier. Cela pouvait fort bien attendre que vous soyez remise.

- Mais vous auriez pu venir me trouver après le départ du chirurgien !
- Le docteur a laissé la consigne de ne pas vous déranger et…
- Alors celui-là, il va falloir que je lui dise deux mots ! Il ne peut pas décider de donner des ordres à mes hommes, surtout lorsqu'il s'agit de la sécurité du royaume !
- Eh bien, techniquement, la sécurité du royaume n'était plus en jeu, à ce moment-là, intervient fort justement Dalya.

Je me tourne vers elle, les yeux plissés :
- Vous étiez au courant !
- Oui, votre Majesté, mais comme l'a fait remarquer mon frère, vous aviez déjà bien assez de soucis comme ça.
- Vous n'avez pas à juger pour moi de la quantité de soucis que je peux encaisser ! explosé-je.

Gaviel baisse la tête et je me sens aussitôt honteuse de mon éclat. Nous sommes dans ma chambre. Dalya est en train de me maquiller pendant que je reçois le rapport quotidien du chef de la garde et du maître espion. Ils n'ont toujours aucune idée de l'identité de mon adversaire au sein du Conseil. Mais nous avons décidément d'autres sujets de préoccupation : les hommes de Jorsh ont profité de ma tentative de sauvetage désastreuse pour attaquer trois mines différentes. Nos élémentaux ont tenté de se répartir au mieux pour contrer la menace. Peu de temps après, Jorsh en personne a mené un assaut contre la principale mine de diamants, qui n'était plus suffisamment protégée. Il a volé une vingtaine de gemmes de grande valeur, ce qui est contrariant, et tué encore trois élémentaux, ce qui est une catastrophe.

Je me laisse aller contre le dossier de ma chaise.

- Ne bougez pas ! proteste Dalya, son pinceau à la main.

Je lui lance un regard noir et elle serre les lèvres, avant de continuer à travailler en silence.

- Y a-t-il d'autres choses que vous avez cru bon de me cacher hier ?
- Non, Lodrical. Et je vous prie d'accepter toutes mes excuses.
- Agiriez-vous différemment si c'était à refaire ?
- … Non, Lodrical, reconnaît Gaviel.
- C'est bien ce que je pensais. Dans ce cas, inutile de vous excuser.
- Oui, Lodrical.

Avec le retard que j'ai pris hier et mes points de suture qui me tirent, j'ai décidé de remettre ma varanem à une autre fois. J'ai par contre demandé à Dalya d'organiser un dîner qui nous permettra, à Alvën et moi, de nous voir dans le respect de la bienséance et, accessoirement, de rencontrer les jeunes nobles.

En attendant, en plus de mon emploi du temps habituel, il faudra que je trouve du temps pour mettre en place, avec mon capitaine, la réorganisation et l'entraînement à l'épée de la garde, sans parler du recrutement qu'il va nous falloir opérer d'urgence La journée s'annonce longue ! Et la soirée ne sera malheureusement pas de tout repos, elle non plus.

Chapitre 23

Le repas du soir s'avère plus pénible encore que je ne l'avais craint.

Caspen s'évertue à parler uniquement en vers en espérant m'impressionner, ce qui le rend complètement ridicule, même si plusieurs filles lui lancent des œillades appuyées. Les discussions sont tout de même gaies et remplies d'une insouciance qui me changent du quotidien. Alvën est assis en face de moi. Si nous ne pouvons pas nous toucher, nous échangeons des regards qui en disent long. Pas seulement sur notre désir d'être ensemble, mais nous commentons sans mot les idioties de Caspen, les commentaires écervelés de Josiana ou les remarques blasées de Brior, qui sait tout sur tout. Que nous ayons atteint une complicité suffisante pour nous comprendre de la sorte me remplit de joie. Du moins, jusqu'à ce que Brior, justement, ne décide d'aborder des sujets sensibles :

- Alors, quand allez-vous faire quelque chose au sujet de ces raids ?

Je suis surprise que les attaques l'inquiètent ou le concernent. Que ce soit au palais ou dans la demeure de son père, il est à l'abri. Je ne le voyais pas se soucier de la vie des mineurs.

- Nous faisons déjà tout ce que nous pouvons, lui assuré-je.

- J'espère que vous allez trouver une solution rapide. Cela devient vraiment gênant.

- Vraiment ?
- Oui, en plus de devoir payer le droit d'accès à la mine, comme c'était déjà le cas avant, nous sommes obligés de payer les mineurs pour extraire des pierres plutôt que de le faire nous-mêmes.
- L'accès aux mines n'est pas interdit. Vous pouvez continuer à fabriquer vos propres pierres.
- Quoi ? Alors que les mines risquent d'être attaquées à tout moment ? Je ne vais pas aller risquer ma vie !

« Non, pourquoi prendre des risques alors que les mineurs peuvent le faire pour lui ? » pensé-je, mais je me contente de lui adresser un sourire crispé :
- Je vous assure que nous faisons notre possible pour arranger la situation.
- Donc, vous allez accepter la proposition de Jorsh ?

J'en avale de travers ma cuillère de mousse aux berylisen[3].
- Pardon ?
- Accepter sa proposition, il vous faudra bien.
Pour Kervilgän sinon, pas de lendemain, renchérit Caspen.

Bon sang, mais faites le taire, quelqu'un !
- Je n'ai pas l'intention d'accepter sa proposition.

Et de laquelle parlent-ils d'ailleurs ? De sa demande en mariage ou de celle où il monnaie notre tranquillité ?
- Voilà qui serait pourtant,
la seule décision sensée
prise par vos soins récemment,
comme Père l'a fait remarquer.

Alvën s'est tendu. Sa mâchoire est contractée. Je sais qu'il rêve d'envoyer une droite dans le visage

3 Les berylisen (berylise au singulier) sont des fleurs mauves dont le cœur pourpre est comestible et sucré.

séduisant et hautain de Caspen depuis le début du repas. Voilà qui ne va pas arranger les choses. Je lui adresse un regard pour lui enjoindre de rester calme.
- Moi, en tout cas, je l'épouse quand il veut, ce Jorsh, glousse Josiana.

Les autres filles cachent un sourire derrière leur main.
- Non pas que vous soyez moins séduisant, ajoute Brëdil en se tortillant pour mettre en valeur son décolleté tout en lançant un clin d'œil séducteur à Alvën.

Elle lui pose même une main sur le bras. Mais pour qui elle se prend celle-là ? Elle la retire sa main ? Ou je la lui arrache et la lui fait avaler, en même temps que son sourire hypocrite !
- Mais tout de même, Jorsh est à la tête de son propre royaume. S'il se fait appeler « prince », dans les faits, il est plutôt roi, poursuit Josiana. Alors que vous, très cher, vous étiez prince, mais vous ne l'êtes même plus.
- C'est vrai, renchérit Brëdil, dont les doigts caressent maintenant légèrement le biceps d'Alvën – mais qu'est-ce qu'il attend pour se dégager ? – qu'êtes-vous, à présent, exactement ?
- Je suis le fiancé de votre reine.

Alvën lui adresse un sourire poli, mais son regard est glacial et son ton contient une mise en garde que même une cruche comme Brëdil ne peut ignorer. Elle retire sa main comme si elle s'était brûlée et son sourire minaudant s'efface.
- Oui, enfin, des fiançailles, ça peut se rompre, reprend Josiana. Vous vous souvenez de la comtesse de Horlin ? Quel scandale !

Et les voilà repartis dans les potins mondains, à mon grand soulagement. J'ai l'impression que la soirée ne finira jamais. Après le repas, mes invités proposent de se retirer dans un salon pour jouer de la musique. Alvën me jette un coup d'œil désespéré, mais je ne vois pas trop comment nous pourrions refuser.

Dans le salon, je reste debout, indécise, en me demandant si j'ai le droit de m'asseoir ou pas près d'Alvën. Celui-ci s'installe et me fait signe de le rejoindre. Je ne peux pas me lover contre lui, comme je le faisais dans mon appartement, mais le simple fait de sentir nos bras s'effleurer est toujours mieux que rien.

Finalement, la séance se révèle assez plaisante : je ne connais aucun de ces instruments, les harmoniques sont très différentes de celles auxquelles je suis habituée, mais les jeunes nobles ont un excellent niveau. Ils jouent certainement depuis qu'ils sont enfants. La mélodie est douce et nostalgique. La voix flûtée de Brëdil se joint à la musique. Si je ne comprends pas toutes les paroles, puisqu'elle chante en kerdilonaï, j'en comprends assez pour reconnaître une chanson d'amour.

Les morceaux s'enchaînent, parfois plus joyeux. J'ai l'impression qu'ils pourraient jouer ainsi jusqu'au bout de la nuit, mais mes yeux commencent à se fermer. Finalement, j'ai dû m'endormir pour de bon, parce qu'Alvën me repousse doucement : j'ai la tête posée sur son épaule. Les autres me regardent en souriant :

- Je crois que la plus belle des reines est épuisée, peut-être serait-il temps d'aller se coucher ? suggère Caspen.

Ça doit être la première chose sensée que je l'entends déclamer ce soir. Je souris à l'assistance :

- Je vais effectivement aller dormir, mais vous pouvez continuer si vous le souhaitez.

- Je te raccompagne, propose Alvën.

Nous quittons le salon ensemble et parcourons le couloir main dans la main. Devant ma porte, il hésite à m'embrasser, mais plusieurs domestiques vont et viennent encore. Il porte ma paume à ses lèvres :
- Dors bien. Et ne laisse pas leurs remarques t'atteindre. Ils n'ont aucune idée de tout ce que tu fais.
- Merci, soufflé-je.

***

Après le fiasco de la dernière tentative de sauvetage en mer, j'ai demandé aux élémentaux de garde sur les navires de me prévenir beaucoup plus tôt, ce qui a donné lieu à de nombreuses fausses alertes. Les marins, paniqués, m'envoient chercher dès qu'ils aperçoivent une voile à l'horizon. Si l'on ajoute à cela la fréquence accrue des raids, je n'ai plus de répit. J'ai proposé à Alvën et Gaviel de s'occuper de la défense des mines pendant que je m'occuperais de porter secours aux pêcheurs, mais je me suis heurtée à un refus ferme et catégorique :
- Je ne te laisserai pas y aller seule ! a affirmé Alvën en croisant les bras.
- Mon devoir est de vous protéger, a ajouté Gaviel.

Pour être tout à fait honnête, cela me rassure de les savoir tous les deux à mes côtés. Mais cela ne m'aide pas vraiment au niveau organisation. Les attaques de Jorsh sont de plus en plus coordonnées. Je ne peux pas être partout et la colère gronde, que ce soit chez les mineurs ou les pêcheurs. Si cela continue, je vais me retrouver avec une grève généralisée sur les bras : ils auront trop peur pour aller travailler !

Malgré l'amoncellement des problèmes, ou peut-être à cause d'eux, j'ai tout de même tenu à me rendre à la caserne tous les matins à cheval, juste avant l'aube, en compagnie d'Alvën. Là, nous nous entraînons ensemble pendant une petite heure, que ce soit à l'épée ou avec le don. Je travaille tout particulièrement la maîtrise de la roche. Ce sont des moments de détente précieux pour moi. Rigel semble ravie de cette promenade quotidienne. Alvën profite sans se plaindre de ces moments trop courts passés ensemble. Quant à moi, ils m'aident à affronter les longues journées. Je me retrouve en effet à travailler très tard tous les soirs pour compenser cette escapade matinale ainsi que mes fréquentes absences. Je dois reconnaître que, sans l'aide du Conseil, je n'y arriverais pas. Nous nous sommes faits les uns aux autres et, si nous ne sommes pas toujours d'accord, nous arrivons désormais à travailler ensemble. Ils se réunissent dans un bureau plus vaste, ce qui me laisse seule dans le mien, même si nous effectuons de nombreux allers et retours entre les deux. Je suis d'ailleurs en route pour les consulter quand un messager hors d'haleine me rattrape :

- Lodrical ! Une attaque !

Je soupire et lui tends la liasse de papiers que je tiens à la main :

- Veuillez apporter cela aux ministres, s'il vous plaît.

Je gagne rapidement la Salle des Miroirs. Alvën, Gaviel et Dalya m'y attendent déjà. Dalya m'aide à ôter ma robe, tandis que les deux hommes se tournent vers le mur. Je ne comprendrai jamais les règles idiotes de Kerdevel : j'ai pris l'habitude de porter tunique et chausses sous mes robes, afin de gagner du temps. Ils le savent, mais cela ne les empêche pas de se sentir gênés quand Dalya m'aide à ôter les couches lourdes et encombrantes du dessus. Elle me tend ensuite mon ceinturon que je boucle rapidement, accueillant le poids familier et rassurant de l'épée sur ma hanche.

- Où allons-nous, cette fois ? demandé-je juste avant de franchir le Miroir.
- A la mine de rubis. Quatre autres mines sont attaquées, mais elles ont reçu des renforts. Celle-ci ne peut compter que sur nous.

Nous débouchons sur la route taillée dans la montagne. Nos soldats, trop peu nombreux, ont été repoussés dans la mine Ils se font bombarder de boules de feu. Sans attendre, je prélève l'eau de mer amassée dans la citerne nouvellement construite, la soulève et lui donne une forme de bouclier que je suspends entre l'entrée de la galerie et les pirates, ce qui ne manque pas d'attirer l'attention de ces derniers. Ils changent immédiatement de cible.
- Évidemment ! grommelé-je.

Alvën et Gaviel dévient les attaques, tandis que nos hommes profitent de la diversion pour sortir de la mine et nous rejoindre. Nous avons découvert par expérience qu'il était plus facile de se battre à terrain découvert. Nous avons ainsi plus d'espace pour utiliser au mieux notre don. Je déplace le bouclier au fur et à mesure de leur progression et, bientôt, nous sommes tous à l'abri derrière. Nous ne pouvons pas nous contenter de rester ainsi : si nous ne passons pas à l'attaque, les pirates auront le champ libre pour pénétrer dans la mine. En utilisant à la fois l'eau et le vent, je transforme mon bouclier en véritable tornade liquide qui s'abat sur les pirates de Jorsh avec une force destructrice. Plusieurs sont projetés contre la falaise et perdent connaissance, d'autres sont propulsés dans le vide. Leurs cris résonnent longtemps avant qu'ils ne heurtent le sol, loin en contrebas. Les voleurs ont appris qu'ils n'avaient pas intérêt à rester groupés. Ils se portent à l'attaque pour nous affronter au corps à corps. Si les utilisations spectaculaires du don sont plus limitées dans ce type de combat, nous manipulons tout de même l'air pour augmenter la force et la rapidité de nos coups d'épée, freiner les leurs ou encore éteindre les boules de feu qu'ils tentent de créer. A ma gauche, j'aperçois Alvën qui saute et voltige au milieu d'un groupe d'assaillants, porté par une bourrasque. Je n'ai jamais vu personne d'autre utiliser le vent de cette façon : la plupart des élémentaux préfèrent garder les pieds sur terre et lancer des rafales plutôt que de se laisser porter par elles. L'air n'est pas toujours facile à contrôler. Et les trajectoires peuvent être aléatoires. Cela ne semble pas gêner mon compagnon, qui vient de s'élancer en une pirouette improbable au-dessus de la tête d'un grand pirate plutôt baraqué. Au sommet de son arc, Alvën décoche un coup d'épée et la tête en question se retrouve séparée des épaules musclées.

Une attaque rapide m'oblige à me concentrer sur mes propres adversaires. Je suis aux prises avec un épéiste plutôt adroit quand je me sens soulevée du sol. Un éclair de surprise passe dans les yeux du pirate avec lequel je croisais le fer : lui aussi vient de s'envoler. Avant de comprendre ce qui s'est passé, je me retrouve en train de tomber le long de la falaise. J'entends le pirate hurler à mes côtés. Le vent siffle à mes oreilles. J'utilise une poussée sur l'air pour rester droite. La sensation serait presque grisante si je ne savais pas qu'elle va s'achever d'une façon plutôt définitive. Je ne peux quand même pas mourir comme ça ! C'est trop bête. Mes pensées se tournent immédiatement vers Alvën. L'image de mon fiancé se laissant porter par l'air s'impose à mon esprit. Je sais qu'il va falloir une puissance impressionnante pour réussir à ralentir une telle chute, mais après tout, Alvën ne cesse-t-il pas de répéter que je fais partie des élémentaux les plus forts de Kerdevel ? De toute façon, je n'ai pas beaucoup d'autres options. Mes yeux sont brouillés de larmes, à cause du vent, mais je vois tout de même le sol se rapprocher à toute vitesse. Incapable d'émettre un son autre qu'un cri de défi inarticulé, je tends les bras vers la roche noire, afin de m'aider à canaliser mon don malgré la panique qui m'étreint la poitrine.

J'envisage de rassembler une couche d'air plus épaisse sous moi pour créer un coussin mais je me heurte au même problème qu'avec l'océan : trop d'inertie et de volume à contrôler. Une bourrasque ne sera pas suffisante pour me ralentir. Elle ne pourra que dévier ma trajectoire. Dans une tentative désespérée, je cherche à visualiser les courants. J'utilise un coup de vent pour me déplacer en leur sein et, bientôt, je comprends comment les utiliser. Non seulement je ralentis, mais je commence à m'élever ! Au début, je panique complètement : remonter pour mieux retomber n'était pas vraiment mon but. Je perds le contrôle et ma chute reprend de plus belle.

Je parviens *in extremis* à rassembler mes esprits et je retrouve ma concentration. Voilà que je m'élève en chandelle ! Je pousse cette fois un cri de ravissement : je vole ! Enfin, pas vraiment. Disons plutôt que je plane sur les courants, que je parviens à renforcer et diriger. Quelques instants plus tard, je me pose, assez lourdement, je dois le reconnaître, devant Gaviel et Alvën. Si je dois renouveler l'expérience, il faudra que je travaille l'atterrissage. La panique, l'émerveillement, l'exaltation… tout cela bouillonne encore en moi. Je me sens plus vivante que jamais. L'adrénaline coule à flots dans mes veines et cherche un exutoire. Je pourrais affronter tous les hommes de Jorsh à moi toute seule ! Je regarde autour de nous : plus de pirates. Il me faut quelques secondes pour me rendre compte que mes soldats me regardent du même air éberlué que mon

capitaine et mon fiancé. J'éclate de rire, un rire de pur bonheur : nous n'avons perdu personne. Je suis en vie.
- Vous en faites une tête !
- Lodrical ! Nous avons cru que…

Alvën ne le laisse pas finir. Témoins ou pas, il s'élance vers moi et me serre dans ses bras à m'étouffer. Il desserre légèrement son étreinte, pose son front sur le mien et me caresse la joue :
- J'ai cru que je t'avais perdue, murmure-t-il.

Je lui souris :
- Je vais bien. J'ai volé !

Il laisse échapper un rire nerveux :
- J'ai vu ça. Décidément, tu ne cesseras jamais de m'étonner !

Gaviel émet une petite toux. Alvën s'écarte, mais il s'agrippe à ma main comme s'il avait peur que je tombe à nouveau. Un peu plus loin, un des soldats, les mains liées derrière le dos, est encadré par deux de ses collègues.
- Que se passe-t-il ?
- C'était Janic. J'ai vu la bourrasque qu'il a créée vous jeter dans le vide.

Je dévisage l'homme placé aux arrêts. Il me rend mon regard avec défiance.
- Quelqu'un vous a-t-il payé pour m'éliminer ?
- Il n'a pas eu à me proposer beaucoup.

Sa voix est chargée de mépris et mon cœur se serre.
- Pourquoi ?
- Notre pays a besoin d'un roi qui ait plus de poigne. Vous avez beau être un élémental puissant, vous n'êtes pas une reine. Vous êtes trop timorée et vous êtes en train de nous conduire à la catastrophe.

Gaviel le fait taire d'un soufflet au visage.
- Un peu de respect, traître ! Tu parles à ta reine !

Mais le mal est fait. Les regards admiratifs que mes élémentaux me jetaient tout à l'heure ont été remplacés par des regards fuyants, mal à l'aise. Je me demande combien, parmi eux, pensent la même chose que ce Janic.

- Qui vous a payé ? lui demandé-je d'une voix neutre.

Le soldat se contente de me cracher au visage, ce qui lui vaut un nouveau coup de la part de Gaviel.

- Emmenez-le, ordonne-t-il, avant de se tourner vers moi : souhaitez-vous être présente lors de l'interrogatoire, Lodrical ?

La simple pensée du travail qui m'attend une fois de retour au château est suffisante pour me donner la migraine :

- Non. De toute façon, je suppose qu'il ne dira rien. Essayez juste de le garder en vie.

Gaviel rougit. Il prend comme un affront personnel le suicide des deux précédents traîtres.

- Et faites-moi savoir si vous apprenez quoi que ce soit.

Gaviel s'incline et ouvre un Miroir vers la prison. Après son départ, je demande à un autre élémental de créer un passage vers le château. Malheureusement, il n'y parvient pas :

- Un Miroir doit déjà y être ouvert, votre Majesté.

- J'espère qu'il ne s'agit pas d'une nouvelle attaque de navire, soupiré-je d'un ton las. Essayez d'en ouvrir un sur l'aire de la grand-place.

Le soldat s'exécute. Alvën et moi traversons la surface enfumée et nous retrouvons devant le palais. La place a bien changé. Au milieu des sculptures se dressent maintenant de délicates fontaines fonctionnant avec de l'eau de mer. Plusieurs bassins aménagés sont reliés entre eux par un système de canaux où nagent des poissons colorés. Des plantes chamarrées, installées dans de grands pots de couleurs vives – offerts par

Kerdilön à l'occasion de mon couronnement – complètent la métamorphose de cette esplanade autrefois sinistre.

Nous nous dirigeons vers la porte principale, toujours main dans la main. Alvën ne semble pas disposé à vouloir me lâcher et moi, je suis trop perdue dans mes pensées pour m'en soucier.

- Tu ne devrais pas lui prêter attention.
- Pardon ?
- Tu ne devrais pas porter attention à ce que ce traître a dit.
- Il n'a peut-être pas tout à fait tort.
- Tu ne le penses pas vraiment, n'est-ce pas ?
- Il est temps que je regarde les choses en face : aucune des décisions que j'ai prises jusqu'à présent n'a été réellement efficace. Je n'ai fait qu'essayer de nous défendre, mais les hommes de Jorsh sont plus nombreux que nous et je ne peux pas être partout. Les mineurs et les pêcheurs menacent d'arrêter de travailler si je ne peux pas les protéger. Et je dois reconnaître que j'en suis incapable ! Si les mines ne fonctionnent plus, tout le système économique que j'ai tant peiné à redresser va s'effondrer. La famine va à nouveau s'installer, d'autant plus rapidement que nous n'aurons même plus accès aux ressources de la mer.
- Nous finirons bien par arrêter Jorsh.
- Pas s'il ne prend jamais part aux combats.
- Je ne pense pas que quelqu'un d'autre ferait mieux que toi.

Je sais qu'il essaie de me remonter le moral, mais c'est raté. Je retombe dans le silence et mes ruminations. Je ne m'aperçois que nous sommes arrivés dans mon bureau que lorsqu'Alvën referme la porte derrière nous. Un rapide coup d'œil me montre que nous sommes seuls.

- Tu ne devrais pas rester, lui fais-je remarquer, le cœur lourd.

Cette stupide bienséance, qui me prive de son réconfort, ne m'a jamais autant pesé.

- Je vais partir. Dans une minute.

Il m'attire à lui.

- Alvën…
- Je sais. Mais, quand tu es passée par-dessus bord… J'ai bien cru t'avoir perdue pour toujours. Je suis resté là-haut, impuissant, à te regarder tomber. Je savais que je ne pouvais pas contrôler les courants avec précision de si loin… Je ne resterai pas longtemps, c'est promis. Mais j'ai besoin de te tenir un peu dans mes bras, tu veux bien ?

Si je veux bien ? Je niche mon visage dans son cou. J'aimerais qu'il ne me lâche plus jamais. Il ne cherche pas à m'embrasser et j'en suis soulagée : honnêtement, même si nos baisers me manquent, je n'ai pas la tête à ça, là, tout de suite. Il se contente de me serrer contre lui. Pendant ce temps, l'idée qui a commencé à germer pendant le trajet s'impose avec de plus en plus de force.

- J'ai un plan, déclaré-je finalement.
- Quoi ?
- Il est temps d'arrêter de subir. Nous allons l'attaquer.

Il me relâche et me regarde en fronçant les sourcils. Je plonge dans ses yeux du même bleu que la mer où nous avons nagé ensemble, autrefois, à Kerdilön, quand la vie me semblait tellement plus simple. Je reprends d'un ton décidé dont je suis assez fière étant donné les doutes qui me rongent :

- Nous allons attaquer les Îles Borlän. Nous allons trouver Jorsh et mettre un terme à tout cela.

Chapitre 24

Comme je l'avais redouté, un navire a été attaqué pendant que nous défendions la mine de rubis. Les pêcheurs refusent de continuer à sortir avec les plus gros bateaux, cibles des pirates. Seules les petites barques vont encore s'aventurer en mer, relativement près des côtes. Deux mineurs ont également perdu la vie lors de raids simultanés. Le lendemain, aucun élémental spécialisé dans la création des pierres précieuses ne se présente à son travail.

De mon côté, j'ai proposé mon projet aux ministres. Cela faisait longtemps que je ne m'étais plus heurtée à une opposition aussi vive de leur part. Seul Brion semble me soutenir :
- La reine a raison : c'est le seul moyen d'en finir.

Graskin est évidemment mon plus farouche opposant. Le duc Cardan est absent, ce qui est une bonne chose car j'imagine qu'il serait contre, lui aussi.
- C'est beaucoup trop dangereux ! scande Graskin en détachant chaque syllabe. Vous ne pouvez pas mener nos troupes !
- Mon père l'a fait.
- Oui, et il est mort, en laissant notre île dans des problèmes dont nous n'arrivons pas à sortir. Pourtant, il avait davantage d'élémentaux, des erdevën et d'autres créatures encore à son service.
- Oui, mais c'est notre reine actuelle qui l'a vaincu, fait remarquer Brion.

- Jorsh est un élémental puissant, lui aussi. Il a avec lui de nombreux élémentaux qui ont été bannis de leurs royaumes respectifs à cause de leur cruauté ou de leurs pratiques discutables. Et nous serions en terrain totalement inconnu : les Îles Borlän sont constituées d'une dizaine d'îlots. Où mener notre attaque ? Comment savoir où se trouvera Jorsh ?
- C'est pour cette raison qu'il faut envoyer des éclaireurs auparavant, interviens-je. Ils devront cartographier les îles, repérer les principales villes et tenter de trouver où se cache Jorsh.

Graskin réfléchit :
- Un repérage me semble effectivement indispensable, en prélude à une attaque, mais je m'oppose toujours à ce que vous meniez la bataille.
- Comme vous l'avez fait remarquer, nous sommes trop peu nombreux pour que je m'autorise le luxe de ne pas y aller.

Les discussions reprennent de plus belle. Les ministres y vont tous de leur commentaire. Je reste silencieuse un moment, les laissant s'exprimer. Finalement, quand ils semblent se lasser de répéter en boucle les mêmes arguments, je déclare d'une voix posée :
- Pour le moment, nous allons déjà envoyer deux élémentaux, désignés par Gaviel, en reconnaissance là-bas. Ensuite, il sera encore temps d'établir un plan de bataille.

Quand je parviens enfin à les quitter et à regagner mon bureau, j'envoie chercher mon capitaine. Gaviel entre à peine quelques minutes plus tard.
- Gaviel ! Je ne vous attendais pas si vite !
- Je venais justement vous voir quand j'ai croisé votre messager.
- Vous avez du nouveau ?

- Je pense que nous devrions attendre Dalya. C'est elle qui a découvert le fin mot de l'histoire. Je lui ai demandé de nous retrouver ici.

Je tique : ma domestique n'a pas vraiment de raison de venir me trouver dans mon bureau. Je ne tiens pas à ce que d'autres puissent se douter de son implication dans mon réseau d'espions. Malheureusement, il est trop tard : si j'envoie un messager lui demander de ne pas venir, cela attirera encore davantage l'attention.

- En attendant, pourquoi vouliez-vous me voir ? me demande le capitaine.

Je lui explique mon désir de me porter à l'attaque de Jorsh sur son terrain.

- Et je suppose que vous comptez encore vous mettre en danger.

- Si vous avez une autre solution à me proposer, je suis tout ouïe…

Gaviel soupire

- Malheureusement, je pense que votre raisonnement se tient : Jorsh recrute plus vite que nous. Il semble plus aisé de trouver des élémentaux prêts à s'emparer de richesses par la force et le pillage que des soldats décidés à venir défendre les richesses des autres.

Je grimace un peu à ces mots, mais il poursuit sans s'apercevoir de mon malaise.

- Nous ne viendrons pas à bout de ces pirates simplement en remportant de petites victoires à chaque raid. Mais il sera difficile de savoir où frapper avec précision, Lodrical. Personne ici n'est allé dans ces îles depuis que Jorsh s'y est installé.

- J'aimerais que vous choisissiez deux hommes pour aller en reconnaissance et nous rapporter le plus d'informations possibles.

Au même instant, Alvën fait son entrée dans le bureau, suivi de près par Dalya. Celle-ci porte un gros plateau chargé de pains fourrés, d'une théière et de plusieurs tasses.

- J'ai pensé que vous auriez peut-être faim, dit-elle assez fort pour être entendue du garde, avant de refermer la porte derrière elle.

Cette femme est une perle !

- Je serai l'un des deux, propose Alvën en s'asseyant.
- L'un des deux quoi ? demandé-je, momentanément distraite.
- L'un des deux éclaireurs.

Je ravale mes protestations. Ce sera dangereux, mais il le sait déjà. Il tourne en rond, ici. Enfin, entre deux combats contre les pirates... Il a sans doute besoin d'action, de se rendre utile. De toute façon, je ne suis ni sa reine, ni son chef. Je n'ai pas à lui dire ce qu'il doit faire. Cela me rend néanmoins un peu triste de penser qu'il va me laisser seule. Si d'autres attaques ont lieu pendant son absence, il ne sera pas là pour me couvrir. Je réalise à quel point je me suis habituée à l'avoir à mes côtés pour combattre.

- Vous allez laisser Sa Majesté aller au combat toute seule ? intervient Dalya, indignée.
- Elle ne sera pas seule, proteste Gaviel. Je serai là, moi.
- Je suppose que tu ne comptes pas me promettre de rester à l'abri ? demande Alvën.

Je secoue la tête. Il ne semble ni déçu, ni surpris.

- Nous pourrons en discuter plus tard. J'ai cru comprendre que vous aviez des nouvelles concernant le traître ? Janic a-t-il parlé ?
- Non. Mais nous avons trouvé quelque chose en fouillant ses affaires : une lettre proposant quelques pierres en échange d'un service.
- Quel service ?

Gaviel hésite un peu.

- Se défaire de la Brett au plus vite.

- Brett ? Je suppose que c'est une façon de me désigner ? Qu'est-ce que cela veut dire ?

Alvën a serré les poings. Apparemment, ce n'est pas flatteur.

- C'est une… espèce d'animal, petit mais nuisible, qui vit en essaim, se nourrit de fruits et fait mourir l'arbre qu'il colonise. Le seul moyen de s'en défaire, c'est de trouver la reine de la colonie et de la tuer.

- Je vois. J'imagine que la lettre en question n'est pas signée ?

- Non, mais c'est inutile. J'ai comparé l'écriture à celle des rapports émanant de différents ministres.

Je me redresse. Enfin, je vais savoir qui est opposé à ma façon de gouverner au point de vouloir me tuer.

- La lettre vient du Seigneur Graskin.

J'accuse le coup. Évidemment, mes soupçons s'étaient d'abord portés sur lui. Mais ces derniers temps, sans aller jusqu'à penser qu'il m'appréciait, j'avais l'impression…

- C'est… trop facile, intervient Alvën, les sourcils froncés.

Je me tourne vers lui. Il explique :

- Après tout ce temps où il nous a laissés sans le moindre indice, avec des soldats qui préfèrent se donner la mort plutôt que de parler, à faire preuve d'une minutie et d'une prudence extrêmes, sans la moindre allusion dans son courrier ou devant ses serviteurs, voilà que l'on trouve une lettre écrite de sa main ?

- Il y a plus, votre Majesté, mais je vais laisser Dalya vous expliquer…

***

Une demi-heure plus tard, Graskin et le comte Brion sont introduits dans mon bureau. Alvën et Gaviel sont debout dans le fond de la pièce. Dalya a disparu.
- Vous désirez nous parler, votre Majesté ? demande aimablement le comte.
- Oui. Nous avons trouvé le traître. Et je souhaitais qu'un membre du Conseil soit présent en tant que témoin lors de la confrontation.

Les deux hommes échangent un regard choqué.
- Vous voulez dire que le traître est l'un de nous deux ? s'étonne Graskin.
- En effet.

Je lui tends la lettre. Un air de totale stupéfaction se peint sur son visage.
- Majesté, je vous assure que je n'ai jamais écrit ce mot !

Brion s'est penché pour le consulter.
- Il s'agit pourtant de votre écriture !
- Mais jamais…
- Il est de notoriété publique que vous ne m'aimez guère, Graskin.
- Eh bien, je dois reconnaître que nos débuts ont été chaotiques, votre Majesté, mais de là à…
- C'est pour cette raison que vous étiez la proie rêvée du véritable traître.
- Je… je ne comprends pas, bégaie Graskin.
- Il se trouve qu'une jeune domestique a été repérée fouillant dans les affaires de Janic, peu après son arrestation. Elle a prétendu avoir été amoureuse du soldat et chercher une lettre qu'elle lui aurait écrite afin que personne ne puisse l'associer avec le nom d'un traître. Après quelques heures passées en compagnie de mon capitaine des gardes, elle a avoué avoir déposé la lettre vous incriminant.

- Mais je ne lui ai jamais demandé de la placer là !
- Non, en effet.

Je tourne les yeux vers le comte Brion. Le petit sourire satisfait qu'il a réprimé à grand peine lorsque j'ai tendu la lettre à Graskin a définitivement disparu.
- J'ai du mal à voir où vous voulez en venir, votre Majesté, déclare-t-il d'une voix aimable.
- Cette jeune servante a également donné le nom de l'homme qui l'a payée pour déposer ce faux document. Il s'agit de votre secrétaire personnel, Comte, réputé dans certains cercles, à ce qu'il semble, pour ses talents de faussaire. Vous avez bien failli vous en tirer, encore une fois. Si la servante qui a surpris la jeune fille ne l'avait rapporté sans le savoir à une personne appartenant à mon réseau d'espions, jamais nous n'aurions pu remonter jusqu'à vous. Ce n'est pas de chance, vraiment. Il lui a fallu moins d'une minute pour poser la feuille, et elle s'est fait surprendre.

Brion ne cherche pas à démentir. Il me regarde calmement, mais ses yeux ont perdu de leur chaleur. On dirait qu'il s'apprête à exterminer un cafard – ou une brett, si on veut se mettre à la page de Kerdevel – et qu'il éprouve pour la bestiole un vague intérêt scientifique avant de lui porter le coup de grâce.
- Pourquoi ? ne puis-je m'empêcher de demander.
- Vous savez pourquoi.
- Éclairez-moi tout de même.
- Les femmes ne sont pas faites pour gouverner. Dans tous les royaumes, lorsqu'une femme hérite du trône, elle est immédiatement mariée à un homme ayant les connaissances et le cran nécessaire pour diriger le pays.
- Quoi ? C'est pour ça que vous avez essayé de m'assassiner ? Pour des considérations sexistes de mérite et d'aptitude ?

- Disons surtout que j'avais manœuvré pour qu'une personne forte, plus à même de gouverner notre île, s'empare du trône. Votre retour inopiné a quelque peu contrarié mes plans. L'échec des premières tentatives d'assassinat n'ont fait que me donner le temps de vous observer et de constater votre inaptitude. Mon seul regret est de ne pas avoir réussi à débarrasser Kervilgän de la nuisance que vous représentez avant d'avoir été démasqué.
- Vous m'avez pourtant toujours soutenue.

Malgré tous mes efforts, ma voix exprime toute ma déception, toute la peine que je ressens à avoir été trahie par un homme que je respectais, que j'allais même jusqu'à apprécier.
- Il vous soutenait surtout quand vous décidiez de vous mettre en danger, intervient Graskin.

Brion incline la tête d'un geste distingué et élégant :
- J'avoue que j'espérais que les hommes de Jorsh finiraient par vous tuer. Et vos escapades étaient autant d'occasions pour mes hommes à moi de tenter leur chance. Malheureusement, il semble que vous ayez autant de mal à mourir qu'à gouverner.
- Pourquoi avoir essayé de faire condamner Graskin ?
- Sans son aide, votre incompétence aurait été d'autant plus manifeste. J'espérais que d'autres, qui partagent mon point de vue mais sont pour l'heure un peu timorés, se joindraient alors à mes tentatives.

Graskin se lève, bouillant de colère :
- Capitaine, veuillez emmener ce traître !
- Oui, Messire.

Après leur départ à tous les deux, le ministre se tourne vers moi :
- Il était inutile de rester là à l'écouter répandre son venin, Majesté, explique-t-il comme s'il s'excusait.

- Savez-vous de qui il parlait ? Cette personne qui se serait emparé du trône si je n'étais pas arrivée ?
- Pas du tout. Autant que je sache, personne ne voulait plus devenir roi après le règne considérablement écourté du seigneur Brondil. C'est d'ailleurs ce qui nous avait poussés à adopter un gouvernement collaboratif. Malheureusement, comme vous avez pu le constater, ce système a très vite montré ses limites, puisque nous n'arrivions à nous mettre d'accord sur presque rien.
- Pensez-vous que d'autres ministres puissent avoir conspiré avec le comte ?

Les menaces du duc Carivan sont encore bien présentes à mon esprit.
- J'espère que non, votre Majesté. Même si le Conseil n'est pas toujours d'accord avec vos mesures, vous assassiner replongerait notre royaume dans un chaos dont nous avons peine à ressortir. J'imagine que le capitaine Gaviel va fouiller la demeure du comte ?
- En effet. Il espère y découvrir des correspondances ou des indices nous permettant de démasquer ses complices éventuels.
- Je lui souhaite une prompte réussite, que nous puissions enfin laisser ces tentatives déshonorantes derrière nous.

Il s'incline et se prépare à quitter la pièce à son tour quand je le rappelle :
- Seigneur Graksin ! Merci.

Il hoche brièvement la tête. Ses cheveux blancs dressés à l'arrière de son crâne s'agitent comiquement, ce qui contraste avec son air digne et encore légèrement offensé qu'on ait pu associer son nom à une trahison. Quand il sort, je me retrouve seule avec Alvën.
- Ça va aller ? me demande mon fiancé.

- Non, avoué-je. D'abord les jeunes nobles, ensuite Janic, maintenant Brion... Et s'ils avaient raison ? Je ferais peut-être mieux de retourner chez moi et de laisser quelqu'un de ce monde prendre la relève.
- Sûrement pas. Tu as entendu Graskin ? Même ce vieux ronchon admet que tu fais du bon travail. Nous allons trouver Jorsh, arrêter les attaques et tout ira beaucoup mieux ensuite.
- Je l'espère. Tu vas vraiment te porter volontaire pour aller en reconnaissance ?
- Oui. J'ai quelques raisons personnelles de vouloir que tout cela s'arrête bientôt.

Il m'adresse un sourire complice qui signe le grand retour des papillons du côté de mon estomac.
- Et puis, je préfère aller voir moi-même quelle est la disposition du terrain. Cela t'ennuie ?

J'ai envie de dire oui : je n'aime pas l'idée qu'il s'expose ainsi au danger – enfin, à un danger plus grand encore que d'habitude – ni qu'il me laisse seule. Mais je me contente de déposer un baiser léger sur ses lèvres :
- Si tu as envie d'y aller…
- Oui, j'en ai envie. Mais j'ai une chose ou deux à voir avant de partir. Je peux te laisser ?
- Bien sûr.

Je m'écarte à regret et le laisse quitter la pièce à son tour.

Chapitre 25

Alvën réapparaît après le coucher du soleil.

- C'est l'heure du dîner.

Je lève à peine le nez du document que je suis en train de lire.

- Je vais dîner ici. Si Dalya peut me faire porter quelque chose…

Alvën me prend la feuille des mains et la repose sur le tas qui m'attend encore.

- Tu pourras regarder tout ça demain, quand je serai parti.

Pour le coup, cela attire mon attention :

- Tu pars déjà demain ?
- Tu vois une raison d'attendre ?

Non, évidemment. Plus vite nous saurons où se cache Jorsh, plus vite nous pourrons aller le débusquer dans son trou. Je secoue la tête.

- Donc, reprend Alvën, ce soir, tu es à moi.

Je frissonne :

- A toi ?

Une partie de moi a envie qu'il propose quelque chose de déraisonnable. L'autre partie me hurle que j'ai déjà bien assez de problèmes comme ça.

- Arrête de cogiter. Viens, c'est tout.

Il me prend la main et m'entraîne derrière lui. Nous passons devant le petit escalier en colimaçon qui relie cette partie du palais aux appartements de mon père, vides depuis sa mort. S'ils sont plus vastes et plus luxueux que les miens, je n'ai pas envisagé une seule seconde de m'y installer. De toute façon, les miens sont déjà bien assez vastes et luxueux comme cela. Nous traversons la salle du trône et gagnons le hall. Je me dirige vers les escaliers, mais Alvën me retient et me conduit dans la salle de banquet. Pitié ! Pas un autre dîner avec la jeune noblesse de Kervilgän comme chaperon !

J'ai à peine passé la porte qu'un concert de raclement de chaises nous accueille, suivi d'un tonitruant :

- Lanam eladön !

Dans la pièce, une trentaine de Gardiens de Kerdilön étaient installés à table. Ils se sont levés comme un seul homme à notre arrivée, en portant la main à leur cœur. Alvën leur répond du traditionnel « courage et honneur », tandis que je l'imite avec un temps de retard, un peu sonnée. J'ai à peine le temps de me remettre de ma surprise que je décolle du sol, soulevée par un ours à la barbe rousse et hirsute, affublé d'un bandeau sinistre sur l'œil droit.

- Kalkak ! Ça me fait plaisir de vous voir ! Et je suis un peu surprise, aussi, ajouté-je en coulant un regard de reproche à mon fiancé, qui sourit d'une oreille à l'autre.

- Dès que tu as décidé d'aller attaquer Jorsh, je me suis dit qu'un peu d'aide serait la bienvenue. J'ai envoyé un message à mon père pour qu'il rassemble des volontaires. Quand tu as accepté de me laisser partir en reconnaissance, je les ai faire venir : je serai plus tranquille en sachant que Kalkak et Verya surveilleront tes arrières.

Verya ? Je regarde autour de moi. Effectivement, la brunette solennelle, nouveau Maître Gardien, est là elle aussi, en partie dissimulée derrière la haute stature de Kalkak.

- Mais comment as-tu fait pour les rassembler aussi vite ?
- Tu n'imagines pas tout ce qu'on peut faire avec l'aide d'un élémental du feu et de ses Miroirs.
- Donc, je suppose que Gaviel est au courant.
- Disons qu'il l'est depuis que je lui ai demandé de me prêter un de ses hommes pour la journée. Allons, viens à table. Tu pourras me disputer autant que tu le voudras.

Kalkak, Verya, Alvën et moi gagnons les places d'honneur – la barre transversale du U formé par les tables. Une fois que nous sommes assis, les autres Gardiens nous imitent dans un nouveau concert de raclements. Les domestiques apparaissent, chargés de victuailles. L'ambiance est animée, joyeuse et excitée. Je me penche vers Verya, assise de l'autre côté d'Alvën :
- Je suis surprise que le roi Sartal vous ait laissée venir !
- Bah, les choses sont plutôt calmes en Kerdilön ces temps-ci. Et, en cas de besoin, il peut m'envoyer chercher assez rapidement. Ces Miroirs de feu sont tout de même bien pratiques !
- Oui, même s'ils peuvent aussi être une vraie plaie, commenté-je dans un murmure.

Alvën me prend la main et la serre pour attirer mon attention. Ses yeux m'interrogent : « Tu n'es pas fâchée ? » Bien sûr, il a pris la décision sans m'en parler. Mais je sais qu'il voulait aussi me faire une surprise. Et comment pourrais-je être contrariée de recevoir l'aide de trente Gardiens vétérans, ou de revoir Kalkak et Verya ? Je lui souris. Je sais que mon visage est plus serein et heureux qu'il ne l'a été depuis longtemps et je le sens se détendre à son tour, soulagé. Ce soir, je profite juste d'un repas partagé avec des amis.

Le lendemain, je gagne seule la caserne pour y pratiquer ma varanem. Alvën est parti très tôt avec Karilön – le jeune élémental rencontré lors de notre première bataille navale – et un vieux pêcheur du nom de Brix. Ce dernier, s'il ne possède aucun don, a souvent jeté ses filets dans les environs des Îles Borlän et y a même accosté à plusieurs reprises.

J'expédie assez rapidement la danse de l'épée et m'octroie ensuite quelques minutes d'entraînement pour tenter de maîtriser le vol. Je parle de vol faute de meilleur terme : je ne peux toujours pas vraiment m'envoler comme un oiseau au-dessus des montagnes, ni parcourir l'île en planant sur les vents, mais je peux décoller jusqu'à une hauteur impressionnante en contrôlant les courants et diriger ma chute, voire l'interrompre pour repartir encore plus haut. Je ne suis pas sûre que cela me serve à grand-chose, mais c'est amusant. J'arrive aussi à parcourir de courtes distances, ce qui a fait sursauter plus d'une personne à l'extérieur de la caserne, quand j'ai soudain atterri devant leurs yeux surpris. L'atterrissage est d'ailleurs la partie que je maîtrise le moins. Il faut que je génère une bourrasque transversale pour me ralentir tout en gérant celle qui me porte. Pour le moment, je n'arrive jamais à me poser précisément là où je le voudrais. Je manque toujours ma cible de quelques mètres.

Quand mes chevilles et mes genoux commencent à protester à force d'encaisser mes tentatives plus ou moins réussies, je rejoins Rigel. Je lui caresse longuement le chanfrein et l'encolure tout en lui parlant à voix basse. Ses oreilles finement ciselées dansent comme pour mieux m'entendre. Je gagnerai certainement du temps à rejoindre le château en sauts de puce, mais passer du temps avec ma jument fait partie de mon petit rituel de détente.

De retour dans le palais, je gagne la salle de réunion des ministres, réquisitionnée pour un conseil spécial. J'y retrouve Kalkak, Verya, Graskin et Gaviel afin de répartir au mieux les Gardiens kerdilonaï. J'essaie de ne pas trop penser à mon fiancé parti en territoire ennemi avec, pour seuls renforts, un élémental plutôt jeune et un vieil homme.

Quand j'ai demandé à Gaviel pourquoi il avait choisi Karilön, il m'a répondu :

- Je sais ce que vous pensez : qu'il manque peut-être un peu d'expérience. Mais ce gosse vous a placée sur un piédestal depuis que vous vous êtes battue à ses côtés. Je suis sûr de lui et de sa loyauté. De plus, il possède un bon esprit d'analyse, il est futé, discret et rapide. Et, si l'on y réfléchit, vous n'aviez pas beaucoup d'expérience, vous non plus, quand vous avez combattu votre père.

J'ai confiance dans le jugement de Gaviel. Enfin, je crois. Suffisamment en tout cas pour les avoir laissé partir tous les trois. Peut-être pas assez pour ne pas m'inquiéter.

- Qu'en pensez-vous, Liz ? m'interroge Kalkak.

Ce que j'aime, chez Kalkak, c'est qu'il ne s'embarrasse pas de chichis ni de protocole. Pour lui, je suis toujours Liz. C'est incroyablement rafraîchissant. Il s'est tourné vers moi, de même que les trois autres. Malheureusement, cela fait plusieurs minutes que j'ai complètement décroché de la conversation.

- Pardonnez-moi. Vous disiez ?

Verya et Graskin lèvent les yeux au ciel, mais Kalkak me répète obligeamment les propositions qu'ils viennent de faire tous les quatre. Laisser cinq élémentaux parmi les plus forts, dont Kalkak et Verya, au palais afin de se porter au secours des navires

potentiellement attaqués et répartir les vingt-cinq autres dans les mines les plus importantes.
- Je pense malheureusement que ce ne sera pas suffisant pour redonner confiance aux pêcheurs. Il ne sert à rien de garder des élémentaux ici pour leur porter secours si plus personne ne sort en mer.
- Que proposez-vous, dans ce cas ?
- Je pense qu'il faut se rendre à Lovrië, y chercher deux équipages qui seraient prêts à prendre la mer s'ils avaient à bord cinq élémentaux plutôt qu'un seul, avec l'assurance que cinq autres se porteraient à leur secours en cas de besoin.

Lovrië est le port de pêche principal de l'île, tourné vers l'océan. C'est de là que partent tous les plus gros bateaux.
- Cela ne laisserait que quinze hommes de plus à répartir dans les mines, fait remarquer Gaviel.
- Je sais, mais si Kalkak et Verya peuvent renforcer leurs défenses en cas d'attaque, cela pourrait faire toute la différence. Quant à moi, je ferai partie des cinq personnes envoyées au secours des navires.
- C'est hors de question ! On ne vous laissera pas y aller seule ! déclare Kalkak de sa voix bourrue.
- Je ne serai pas seule. Je serai accompagnée de neuf autres élémentaux.
- Ce n'est pas ce que je veux dire. Alvën est parti en pensant que Verya et moi serions là pour veiller sur vous. Si jamais il découvre que nous vous avons laissée, je ne donne pas cher de notre peau.
- Combien de temps pensez-vous que Son Altesse sera partie ? intervient Graskin.
- Je l'ignore. Deux jours, peut-être trois.
- Dans ce cas, peut-être pouvons-nous attendre que vous ayez vaincu Jorsh avant de proposer aux navires de reprendre la mer ?

Cette marque de confiance me surprend. On dirait que Graskin fait tout son possible pour qu'on oublie que Brion l'a choisi comme personne la plus crédible dans le rôle du traître.

- Pouvons-nous nous le permettre ? lui demandé-je.

Graskin consulte divers documents :

- Il faudra verser une aide aux pêcheurs, bien sûr, en attendant qu'ils puissent reprendre leur activité. Nous pourrions faire venir certains produits de Kermulec. Leurs coûts sont assez prohibitifs, mais la flottille Kermulaï leur permet d'être bien approvisionnés en produits de la mer. Si on propose à leurs marchands un accord avantageux, je pense que c'est jouable. Cela étant dit, il faudra attaquer rapidement : nous ne pouvons pas laisser tout le secteur de la pêche et de ses dérivés paralysé trop longtemps.

- Je n'ai pas l'intention de traîner. Dès qu'Alvën sera de retour, nous mettrons notre plan de campagne au point. J'espère bien que tout sera terminé dans une rendië.

- Dans ce cas, si vous voulez bien m'excuser, je vais aller préparer un accord avec les marchands de Kermulec.

- Quant à nous, nous n'avons qu'à répartir nos hommes dans les différentes équipes de surveillance des mines, afin de les soulager, conclut Kalkak.

- Les mines de diamants et celles de rubis surtout ont besoin d'hommes... commence Gaviel.

Je n'écoute pas la suite. Mes pensées sont à nouveau tournées vers Alvën.

Bientôt, je remarque que la pièce est plongée dans le silence. Je regarde autour de moi : tout le monde est parti, sauf Verya qui me regarde, le menton posé sur ses mains jointes.

- Qu'est-ce qui vous préoccupe ? me demande-t-elle à mi-voix.

Je lève un sourcil : la liste est tellement longue que la question me semble ridicule. Elle m'adresse un demi-sourire en complétant :
- En dehors de l'évidence.
- L'évidence ? Vous voulez dire en dehors des raids des pirates, des pêcheurs qui ne peuvent plus travailler, des mineurs qui ne *veulent* plus travailler ou de l'attaque prochaine des Îles Borlän ?
- Oui, de tout ça. Et du fait que vous vous inquiétez pour Alvën, aussi.
- Est-ce si évident ?

Nouveau demi-sourire.
- Eh bien, fais-je en haussant les épaules. Ce sont des raisons suffisantes, non ?
- Sans doute. Mais il y a autre chose, n'est-ce pas ?

Je regarde longuement Verya. Nous nous connaissons à peine et nos relations… disons qu'elles n'ont pas toujours été cordiales, même si nous nous sommes quittées en bon terme. Pourtant, elle a raison. Il y a plus. C'est le genre de chose que Dalya remarquerait. D'ailleurs, je sais qu'elle l'a remarqué. Elle m'a encore demandé ce matin si je voulais me confier. Je n'ai pas réussi à me livrer. Peut-être parce que j'ai du mal moi-même à mettre des mots sur ce qui ne va pas, précisément. Verya reste immobile et silencieuse, les yeux rivés sur moi. Elle attend. Je me lève, soupire et gagne la fenêtre. L'océan s'étale à perte de vue, accentuant ma mélancolie comme lui seul en a le secret. Finalement, les mots m'échappent, presque malgré moi.
- J'aurais dû partir avec lui.

Ce n'est qu'une partie de la vérité. Cela fait un moment que je me sens mal, bien avant qu'Alvën ne se soit proposé. J'ai cru avoir murmuré trop bas pour être entendue, mais Verya répond :

- J'en étais sûre !

Je me tourne vers elle, un peu surprise :

- Quoi ?
- Vous ne supportez pas de rester là à vous laisser ensevelir sous des dossiers, des rapports, des plaintes et des accords, je me trompe ? Vous avez envie de choses plus simples. Vous avez envie de troquer votre tenue et vos bijoux hors de prix contre une tunique et une épée au côté. Vous avez envie d'être sur le terrain.

Elle a raison. Quand je suis sur le champ de bataille, je risque certes ma vie, mais les choses me paraissent plus claires, même quand tout semble désespéré. Quant à ma vie d'avant... cela n'a aucune commune mesure, mais je savais exactement quoi faire. Les fleurs trouvaient leur place toutes seules, avec harmonie. Là, où que je regarde, je ne vois qu'un énorme sac de nœuds. Et j'ai beau me débattre de toutes mes forces, je ne sais pas comment en venir à bout. J'ai le sentiment de m'y emmêler, jusqu'à étouffer. J'aurais voulu partir avec Alvën. Pas uniquement parce que je m'inquiète, mais surtout pour échapper à tout ça. Verya a mis dans le mille, et cela ne me remonte pas le moral. Loin de là.

- Vous pensez que je ne suis pas faite pour ça, n'est-ce pas ?

Verya se lève, me rejoint et tourne ses yeux gris vers l'océan. Quand elle reprend la parole, elle élude ma question.

- Vous auriez sans doute pu accompagner Alvën et très bien vous en sortir. Aussi bien, peut-être même mieux, que la plupart des élémentaux. Mais si vous décidez de faire quelque chose qui vous corresponde mieux – devenir Gardien, par exemple – qui prendra votre place ici ?

- C'est bien tout le problème. Personne ne veut de ce foutoir. Mais cela ne fait pas de moi la bonne personne pour autant.
- Peut-être pas. Mais cela fait de vous la seule.

Je laisse échapper un petit rire :
- Et c'est censé rendre le fardeau moins lourd ?
- Pas du tout. Personne n'a dit que ce serait facile. Personne n'a même dit que vous réussirez. Mais vous êtes tout ce que ces gens ont. Vous êtes la seule à pouvoir porter ce… fardeau, comme vous dites. La question, c'est de savoir si en être consciente va vous écraser ou vous donner la force de le soulever.

Je soupire et tourne à nouveau les yeux vers l'océan, sans vraiment le voir. En aurai-je la force ? En ai-je même réellement l'envie ? Je sens une main se poser sur mon bras. Verya plante son regard dans le mien :
- Je ne sais pas si vous allez y arriver, mais je suis sûre d'une chose : vous êtes faite pour ça. Vous êtes la bonne personne. Et si vous êtes la seule à pouvoir porter ce fardeau, vous n'avez en revanche pas à le porter seule.
- Alvën…
- Pas seulement. Kalkak et moi sommes venus pour ça. Tout comme les autres volontaires. Vous avez des amis en Kerdevel, Liz. Et je ne suis peut-être pas ici depuis longtemps, mais je sais qu'une bonne partie de votre peuple vous soutient également. Ne laissez pas la minorité insatisfaite vous faire croire que vous êtes seule. C'est loin d'être le cas.

Je pose une main sur celle de Verya et la serre. Je lui adresse un sourire incertain :
- Merci.

Chapitre 26

Je viens à peine de me coucher, le lendemain soir, quand Dalya entre dans ma chambre.

- Veuillez m'excuser, votre Majesté, mais mon frère demande à vous voir.

Dehors, il pleut. Les mélofredaï ont finalement réussi à maîtriser les tempêtes. Si c'est une bonne chose pour les premières cultures, l'humidité pénètre le château de pierre. Même le feu dans la cheminée peine à réchauffer l'atmosphère. Si l'on ajoute à cela ma fatigue et l'heure plus que tardive, je n'ai guère envie de quitter la chaleur de mes couvertures. Cependant, j'ai décidé après ma discussion avec Verya d'accepter les exigences de mon titre et de cesser de me plaindre. Je parviens donc à me lever sans soupirer. Je tends la main vers une robe de chambre, mais Dalya interrompt mon geste :

- Pardonnez-moi, votre Majesté, mais je pense qu'il vaudrait mieux vous habiller.

- Il n'est pas dans le salon ?

- Non. Il vous attend dans la salle du Conseil.

Cette fois, je ne peux m'empêcher de grommeler un peu en me déshabillant. Dalya choisit une robe en laine de bernak, ces chèvres qui se déplacent comme des kangourous. Leur laine est douce et chaude, pile ce qu'il me faut alors que je tremble de froid.

- Vous a-t-il expliqué pourquoi il souhaitait me voir à cette heure ?
- Les éclaireurs sont revenus.

Il me faut une demi-seconde pour comprendre qu'elle parle d'Alvën. Je me précipite alors hors de la chambre, sans lui laisser le temps de faire de commentaire sur mes cheveux ébouriffés, et suis déjà dans le couloir quand je me rends compte que je suis toujours pieds nus. Je fais demi-tour et manque de percuter Dalya qui m'a suivie, mes pantoufles à la main. Je les lui prends en la remerciant et les enfile en sautillant sur un pied tout en regagnant le corridor.

J'entre dans la salle du conseil, essoufflée. La chemise de Kalkak est un peu froissée. La tenue – tout comme les cheveux – de Verya sont impeccables. L'uniforme de Gaviel est irréprochable. Graskin a passé une robe de chambre sur son pyjama en soie violet. Le duc Caridan, de retour à la cour depuis peu, porte une tenue plus confortable et moins voyante que d'ordinaire. Mes yeux enregistrent tout cela en balayant la pièce à sa recherche. Ses vêtements sont tâchés, il a l'air fatigué, mais son sourire quand il m'aperçoit me remplit d'une sensation de chaleur et de réconfort. J'essaie de ne pas marcher trop vite en traversant la pièce pour le rejoindre. Alvën n'est parti que deux jours, mais j'ai l'impression que cela fait une éternité. J'ai une terrible envie de me blottir dans ses bras, mais je m'arrête à quelques pas, consciente de la présence de trop nombreux témoins. Son sourire s'estompe un peu, avant de revenir et de se faire plus tendre, comme s'il voulait m'envelopper de sa douceur à défaut de ses bras. Il prend ma main et la porte à ses lèvres.
- Je crois que nous sommes au complet, bougonne Graskin. On ferait aussi bien de s'y mettre si on veut réussir à dormir quelques heures cette nuit.

Nous nous asseyons tous autour de la table. Karilön est présent, avec l'air d'avoir autant besoin d'un bain et de son lit qu'Alvën, et surtout d'avoir envie d'être n'importe où ailleurs qu'assis en aussi illustre compagnie. Le pêcheur n'est pas là. Il n'a pas été invité à ce conseil et doit, lui, dormir comme un bienheureux.
- Alors, qu'avez-vous découvert ? ne peut s'empêcher d'interroger le duc.
- Vous avez fait vite, remarque Kalkak
- En réalité, Brix, le vieux marin, s'est révélé très utile. Il nous a indiqué la localisation la plus probable de la ville principale des Îles Borlän. A l'époque où il s'y rendait, les îles ne comportaient que quelques petits villages de pêcheurs coincés entre la côte et la montagne, sauf à un endroit, sur la plus grande. Une plaine ayant permis la construction d'une petite ville borde une crique abritée. Il a été surpris de voir à quel point la ville en question s'est développée. Elle s'étale sur toute la surface disponible entre la mer et la montagne et a même un peu envahi le versant. Les hommes de Jorsh ont dû creuser la roche en terrasses à l'aide de leur maîtrise de la terre. Nous avons visité le reste des îles, mais les autres villages ne se sont pas développés. Ils donnent même plutôt l'impression d'avoir été désertés. Il n'y reste que quelques vieux pêcheurs sans doute trop têtus pour déménager. Les navires de Jorsh sont tous dans la crique de l'île principale. Nous avons ouvert un Miroir un peu en hauteur pour surveiller la ville. Il n'a pas été très difficile de repérer l'endroit où vit Jorsh. Un grand manoir, presque un petit palais, a été construit sur une des terrasses.
- Vous êtes certain qu'il y vit réellement ? demande Graskin. Cela pourrait être un bâtiment administratif.

- C'est peu probable, intervient le duc. Connaissant le personnage, il s'est forcément approprié la plus belle maison.
- De toute façon, nous l'avons vu en sortir et y entrer, précise Alvën. C'est bien là qu'il habite.
- Alors, il ne reste plus qu'à établir un plan d'action, se réjouit Kalkak.
- Que proposes-tu ? demandé-je à Alvën.

Tout le monde se tourne vers lui. Visiblement, personne ne conteste qu'il soit le mieux placé pour établir notre stratégie. Pas même Gaviel.
- Il faudra nous répartir en trois groupes : les élémentaux contrôlant le feu lanceront l'attaque en incendiant les navires. Le deuxième groupe, le plus petit, pénétrera directement dans le manoir et tentera d'arrêter Jorsh. Le troisième encerclera le manoir pour éviter que ses hommes ne viennent en renfort.
- Qui vois-tu dans le deuxième groupe ? demande Verya.
- Kalkak, Karilön, Liz et moi. Je sais que tu aimerais venir, mais Gaviel et toi devrez mener les autres équipes.
- Seulement quatre personnes ? s'inquiète Graskin.
- Nous suffirons, affirme calmement mon fiancé.
- Jorsh a peut-être des hommes dans le manoir.
- Sans doute, mais nous bénéficierons de l'effet de surprise. Ils seront dispersés. Et même s'ils parviennent à se regrouper, je crois que nous serons capables de nous en débarrasser.
- Si vous avez vraiment l'avantage, qu'est-ce qui empêchera Jorsh de s'échapper par Miroir ? interroge le duc.
- Rien. Mais s'il s'enfuit, il se retrouvera privé de ses navires et de ses hommes. Il ne représentera plus une menace.

- D'autant plus que, si vous parvenez à trouver des papiers chez lui, ou les pierres volées, n'importe quoi qui puisse le rattacher aux attaques, nous pourrons demander aux autres royaumes de le déclarer hors la loi, intervient Graskin. Il n'aura nulle part où se cacher.

Chacun réfléchit à ce qui a été proposé.

- Des questions ? demandé-je au bout d'un moment.

Seul le silence me répond.

- Dans ce cas, je propose que nous allions tous nous reposer. Nous nous retrouverons ici à l'aube pour mettre les détails au point. Nous attaquerons demain soir à la tombée de la nuit.

- Déjà ? s'inquiète Gaskin.

- Depuis que je suis tombée de la falaise, Jorsh se tient remarquablement tranquille. Cela n'augure rien de bon. Je ne sais pas ce qu'il mijote, mais j'ai bien l'intention de frapper avant qu'il puisse mettre ses projets à exécution.

Kalkak est le premier à se retirer, en bâillant fort peu discrètement. Les autres le suivent peu à peu.

- J'aimerais que tu puisses me raconter ce qui t'est arrivé plus en détail, murmuré-je à Alvën.

- Mais comme tu l'as dit, nous avons intérêt à nous reposer. Cela peut attendre.

Nous quittons la salle du Conseil ensemble. Sur le palier du premier étage, il vérifie qu'aucun domestique ne se trouve à proximité et dépose un baiser léger sur mes lèvres.

- Bonne nuit.

Je regagne mes appartements, l'esprit en effervescence, essayant de penser à tout ce que nous devrons préparer le lendemain. J'ôte ma robe, passe ma chemise de nuit et m'allonge. Je reste étendue de tout mon long, les yeux grands ouverts, à écouter la pluie tomber, pendant de longues minutes. Finalement, incapable de rester immobile plus longtemps, je me lève et commence à faire les cent pas, les sourcils froncés. Le feu dans la cheminée s'est éteint et je tremble un peu. Je finis par passer la tête dans le couloir et demande à un garde :

- Pouvez-vous envoyer quelqu'un chercher de la tisane ?

- Bien sûr, Lodrical.

Prise d'une impulsion subite, j'ajoute :

- Veillez à ce qu'on me la porte dans la salle d'observation.

Cela fait longtemps que je n'ai pas eu le temps de m'y rendre. La salle confortable me manque. Je sais que le feu y est entretenu toute la nuit – vieille habitude que les domestiques ont gardé de l'époque où mon père devait s'y réfugier lors de ses insomnies.

Je retourne dans ma chambre, le temps d'attraper ma robe de chambre et mes pantoufles, avant de me diriger vers les escaliers.

Il règne une tiédeur confortable dans la pièce la plus haute du château, où ronfle un bon feu. Je me dirige vers la cheminée et lui présente mes mains gelées, quand une voix me fait sursauter :

- Tu ne dors pas ?

Alvën est assis dans un fauteuil dans la pénombre. Je ne l'avais pas remarqué.

- Que fais-tu ici ?

Il se lève et me rejoint devant la cheminée :

- Je viens ici quand je n'arrive pas à dormir.

- Cela t'arrive souvent ?

Il sourit et replace une mèche derrière mon oreille, ce qui accélère les battements de mon cœur.

- Parfois.

- Je suppose que je vais devoir retourner dans ma chambre, dans ce cas, fais-je remarquer à contrecœur.

Il passe un bras autour de ma taille :
- Non, reste.
- J'ai demandé à ce qu'on me monte de la tisane. Un domestique ne va pas tarder.
- Fais-moi confiance.

Il s'éloigne le plus possible de la cheminée et se fond dans les ombres Peu de temps après, des pas résonnent dans les escaliers. Le domestique a des taches de rousseur et les mêmes cheveux blond vénitien que Dalya. Il s'agit de Darn, son jeune frère.
- Vous n'étiez pas encore couché ? lui demandé-je.

Il s'incline profondément, mais se redresse ensuite. S'il ne me regarde pas dans les yeux, au moins se permet-il de lever les siens jusqu'à mon visage.
- Dalya a organisé un tour de garde en cuisine avec quelques personnes de confiance, afin de répondre à vos demandes à toute heure.

Je ressens un petit pincement au cœur en pensant que des jeunes gens se retrouvent à veiller une partie de la nuit au cas où il me viendrait l'envie de grignoter quelque chose.
- Ce n'est vraiment pas nécessaire, protesté-je.

Il sourit :
- Quelqu'un veille toujours en cuisine pour répondre aux besoins des nobles de la cour. Nous nous arrangeons simplement pour bien choisir ces personnes.

Sur le plateau, en plus de la théière, est posée une assiette remplie de berylisen et de mes gâteaux préférés.
- Merci beaucoup.
- Désirez-vous autre chose ?
- Non, c'est parfait. Et allez donc vous coucher !
- Nous avons déjà eu des commandes du Seigneur Graskin et du duc Caridan. J'ai l'impression que les

gens importants du royaume ne vont pas dormir beaucoup cette nuit, donc nous non plus.

Il s'incline en une profonde révérence et quitte la pièce. Alvën sort de son recoin pendant que je verse la tisane brûlante dans l'unique tasse.

- Il n'y en a qu'une, du coup, fais-je remarquer.
- Nous partagerons.

Il s'assied à mes côtés. Comme j'enserre la tasse entre mes mains pour me réchauffer, il pose les siennes par-dessus. Aussitôt, une douce chaleur se répand en moi.

- Tu me racontes ? lui proposé-je.

Il m'adresse un sourire malicieux :

- C'est vraiment de parler que tu as envie ?

Mon cœur s'affole, mais avant que j'aie pu répondre, il s'est calé dans le fauteuil :

- Il n'y a pas grand-chose de plus à raconter que ce que j'ai dit au conseil. Ce vieux type, Brix, nous a décrit l'endroit où il pensait que Jorsh avait dû s'installer. Karilön a ouvert un Miroir sur la pente de la montagne. Un autre bon côté de ces Miroirs de feu, c'est qu'ils ne brillent pas comme le font les Miroirs d'eau. Du coup, ils passent beaucoup plus inaperçus. Nous avons observé un peu la ville, et puis j'ai demandé à Karilön de nous faire faire le tour des îles. Il m'a impressionné : je ne sais pas combien il a formé de portails en tout, mais c'était vraiment du bon travail. Vers midi, nous sommes retournés à notre point d'observation pour surveiller la ville pendant que nous déjeunions. L'après-midi, nous avons repris notre tournée. Nous avons passé la nuit à l'abri dans une petite grotte que connaissait Brix. Nous avons terminé le tour des petites îles vers midi le lendemain. Quand nous avons été certains qu'aucun autre village n'était susceptible de servir de quartier général à Jorsh, nous sommes

retournés à notre observatoire et nous avons surveillé la ville tout l'après-midi.
- Vous êtes sûrs de ne pas avoir été vus ?
- Absolument : nous avons soigneusement choisi chacun de nos points de chute. Il n'y a personne dans les montagnes et nous étions invisibles depuis le bas.
- Et tu as vu Jorsh ?
- Il est sorti du manoir vers le milieu de l'après-midi. Il s'est rendu au port où il a discuté avec les capitaines de ses navires, puis il a fait un tour en ville. Peu avant la nuit, il est retourné dans le manoir. Plusieurs de ses hommes s'y sont rendus aussi. Ils ont dû tenir une sorte de conseil dans la soirée. Nous avons attendu, pour voir si Jorsh se servait du manoir uniquement comme bureau. Tous ses hommes sont repartis, mais pas lui. Quand nous avons été certains qu'il ne bougerait plus, nous sommes rentrés.
- Peut-être qu'il travaille tard…
- Il ne travaillait plus.
- Comment peux-tu en être sûr ?

Il se tortille, mal à l'aise.

- Parce que nous avons vu une…hum… jeune fille entrer. Je dirais qu'il se trouve maintenant en galante compagnie.

Apparemment, évoquer les filles légères devant sa fiancée n'est pas chose aisée pour un noble de Kerdevel bien élevé, même quand il n'est pas tout à fait aussi bien élevé qu'il le faudrait, d'ailleurs.

- Je vois. En tout cas, nous savons où le chercher demain. Tous ces conciliabules avec ses capitaines et ses chefs ne me disent rien qui vaillent...

Je lui tends la tasse, que j'ai déjà vidée à moitié, et grignote une berylise, les yeux dans le vague.

- A quoi penses-tu ? me demande-t-il, visiblement amusé par mon air songeur.

- J'espère juste qu'il ne s'échappera pas.
- J'en doute.
- Pourquoi ?
- Parce que prendre la fuite ne correspond pas au personnage. Il est quand même venu te narguer le jour de ton couronnement.
- Mais il ne s'est jamais joint aux raids.
- Parce qu'il n'en avait pas besoin : il ne partage pas ta réticence à risquer la vie des autres. Là, il n'aura pas le choix. S'il s'enfuit, il sera fini. Sa seule issue sera d'essayer de nous vaincre. Je pense qu'il se battra. En plus, il est plutôt doué comme élémental. Et nous ne serons que quatre. Il pensera certainement qu'il a une chance.
- C'est pour cette raison que tu n'as pas voulu que nous soyons plus nombreux à attaquer le manoir, comprends-je.

Il hoche la tête, un sourire rusé et satisfait aux lèvres.
- Et tu penses que nous pouvons le vaincre, poursuis-je.
- J'en suis convaincu !

Il pose la tasse et m'attire dans ses bras. Il a pris le temps de se laver et de se changer. J'inspire profondément pour m'imprégner de son odeur.

Je ris doucement :
- Il va voir ce qu'il en coûte d'être à l'origine du report de notre mariage !
- Le pauvre, murmure Alvën en souriant et en plongeant ses yeux d'un bleu étonnant dans les miens. Il n'a aucune idée de ce qui l'attend !

Je me perds dans son regard, avant que nos lèvres ne se trouvent. De longues minutes trop courtes plus tard, il se dégage doucement :
- Tu devrais quand même essayer d'aller te reposer un peu. La nuit prochaine va être agitée.

J'envisage un instant de protester, de me pelotonner contre lui et de m'endormir là. A l'abri dans ses bras, je suis presque certaine que j'arriverais à trouver le sommeil. Et puis j'imagine la tête de Dalya lorsqu'elle nous trouverait ici demain matin, après avoir fait fouiller tout le château à ma recherche. Je soupire :

- Tu as raison.

Je quête un dernier baiser, qu'il ne se fait pas prier pour m'accorder, avant de quitter la pièce.

Chapitre 27

Un frisson d'anticipation me parcourt l'échine. Les soldats de Kervilgän et les Gardiens de Kerdilön sont rassemblés sur la place devant le palais. Le soleil se couche derrière la pointe ouest de l'île. J'ai revêtu une chemise bleu nuit et une jupe fendue, renonçant à mes chausses pour ménager les susceptibilités de chacun. A mon cou se trouve une fois de plus mon collier de brimbin, qui me rappelle une autre bataille jugée perdue d'avance. Nous sommes prêts à partir. Je passe devant Verya qui me salue d'un signe de tête. Kalkak m'adresse un large sourire. Il est impatient de partir « à la chasse aux pirates », comme il l'a clairement fait comprendre pendant la réunion de ce matin. Karilön, minuscule à côté du gigantesque ours roux, serre et desserre les poings, visiblement nerveux. Alvën marche à mes côtés, tranquille et calme, un roc sur lequel s'appuyer. Pour ma part, je ressens à la fois une certaine appréhension et un plaisir un peu sauvage à l'idée de porter enfin le combat chez Jorsh. Bientôt, tout sera terminé, d'une façon ou d'une autre.

Lorsque nous arrivons au niveau de Gaviel, celui-ci se met au garde-à-vous :

- Les hommes sont prêts, Lodrical. Ils n'attendent que vos ordres.
- Nous passerons à l'attaque une fois la nuit tombée. Karilön a-t-il expliqué aux élémentaux responsables des Miroirs où ils devaient les ouvrir ?

- Oui, Lodrical. Chacun sait ce qu'il a à faire.

Je me tourne vers mes hommes. Certains vérifient leur équipement, d'autres discutent tranquillement. Les nouvelles recrues se repèrent facilement : ce sont celles qui restent immobiles et silencieuses, le teint verdâtre et le front couvert de sueur. Je me souviens de ma propre terreur paralysante avant mes premiers combats. Heureusement, même si je n'aime toujours pas prendre des vies, j'ai dépassé ce stade. Et l'idée de passer enfin à l'action me rend plus vivante, plus consciente de ce qui m'entoure que je ne l'ai été ces dernières semaines.

Pour passer le temps, les Gardiens ont entamé une lente varanem. Quelques Kervilgaï, dont Gaviel, se sont joints à eux. Je m'apprête à les imiter quand mes yeux se posent sur Alvën. Son visage est concentré, son regard dur. Ses gestes sont précis et font ressortir ses muscles bien dessinés. Je secoue la tête. Ce n'est pas le moment de me laisser distraire. Je m'arrache à ma contemplation et me place comme eux dans la position de « l'oiseau sur la feuille. » Aussitôt la familiarité de la danse m'apaise.

Quand nous terminons, il ne reste plus dans le ciel qu'une bande dorée à l'horizon. Les premières étoiles se sont allumées au-dessus de nos têtes. J'adresse un signe à l'intention de Gaviel.

- Soldats ! crie celui-ci en Kerdilonaï.

Aussitôt, les hommes se mettent en rang, au garde-à-vous.

- Karilön, quand vous voulez, signalé-je au jeune élémental.

Celui-ci déglutit péniblement mais hoche bravement la tête. Il crée le premier Miroir. Alvën et moi le franchissons en même temps. Nous nous retrouvons derrière le manoir de Jorsh. Kalkak nous rejoint, aussitôt suivi de Karilön qui referme le portail derrière lui. Nous nous dissimulons sous une fenêtre et patientons.

Bientôt, des cris d'alarme montent dans la nuit. Le groupe des élémentaux de feu a commencé à incendier les navires.

- Ne traînons pas, soufflé-je. Il ne s'agit pas que Jorsh aille voir lui-même ce qui se passe.

Kalkak se redresse, enroule son énorme poing dans un bout de tissu et casse une vitre. Alvën et moi rattrapons les morceaux à l'aide de l'air, avant de les laisser descendre doucement. Les cris qui résonnent à l'extérieur ont couvert le bruit. Nous nous faufilons tous les quatre dans la maison. Alvën prend la tête du groupe et traverse la pièce en silence. Il entrouvre la porte, jette un coup d'œil dans le couloir et nous fait signe de le suivre. Quand nous arrivons dans le hall, Kalkak émet un petit sifflement :

- Dites-donc, il ne s'embête pas !

Je comprends ce qu'il veut dire : même si je ne suis pas capable d'identifier la provenance du mobilier, j'en sais assez pour reconnaître que les tapis, les tapisseries et les meubles sont magnifiques et probablement hors de prix. Je lève les yeux vers l'escalier quand la porte extérieure s'ouvre. Un homme entre précipitamment et s'arrête net en nous découvrant. Kalkak l'immobilise à l'aide de cordons d'air, tandis que je lui enfonce dans la bouche un bâillon du même matériau. Alvën pose la pointe de son épée sur la gorge du pauvre gars qui ouvre des yeux affolés.

- Tu as un message pour Jorsh ? demande mon fiancé à mi-voix. Inutile de t'embêter : nous allons lui porter nous-mêmes. Où est sa chambre ?

Le pirate émet des sons inarticulés.

- Liz, je pense que tu peux lui retirer ce bâillon. Il ne va pas crier... N'est-ce pas que tu ne vas pas crier ?

Notre prisonnier secoue vigoureusement la tête, en louchant alternativement sur l'épée d'Alvën, les muscles impressionnants de Kalkak – qui s'amuse à les faire rouler – et les deux boules de feu qui flottent à quelques centimètres des paumes de Karilön.

- J'espère que non, ajouté-je néanmoins. Il suffirait que j'enfonce cette boule d'air un tout petit peu plus loin pour que tu étouffes. Ce ne doit pas être une mort très agréable, qu'en penses-tu ?

Le pauvre secoue la tête plus vigoureusement encore, les yeux plus exorbités que jamais. Je laisse la boule d'air durci se dissiper. Il avale bruyamment sa salive et murmure :

- Troisième porte sur la droite, premier étage.

- Merci, déclare Kalkak avant de lui administrer un coup de la poignée de son épée derrière la tête.

Les yeux du pirate se font vitreux. Le grand Gardien l'empoigne sous les aisselles, avant de le dissimuler dans un placard à balais. Lorsqu'il nous rejoint, assez satisfait de lui-même, il remarque mon air préoccupé :

- Qu'y a-t-il ? Jusque-là, tout va bien.

C'est Alvën qui répond. Apparemment, il partage mon malaise :

- Justement. Avec tout le raffut que font les autres dehors, c'est étrange qu'il n'y ait pas plus d'agitation ici.

Juste comme il termine sa phrase, trois hommes descendent les marches au pas de course. Le tapis épais a étouffé le bruit de leurs pas mais, si nous ne les avons pas entendus arriver, eux ne s'attendaient pas vraiment à notre présence. Alvën en propulse un contre le mur, Kalkak soulève le deuxième jusqu'au plafond tandis

que Karilön fait tomber une lourde tapisserie sur le troisième. Comme nous les enjambons pour monter les marches, le jeune élémental demande :
- Ne devrions-nous pas les tuer ?
- Ils sont inconscients et désarmés, fait remarquer Alvën.
- Mais ils vont revenir à eux. Ils risquent de nous prendre à revers. Et nous ne pouvons pas perdre de temps à ligoter ou enfermer toutes les personnes que nous croisons.

Alvën m'interroge du regard. C'est ma décision. Rappelez-moi, déjà, comment j'en suis venue à me retrouver dans la position de celle qui décide de la vie ou de la mort de trois personnes ?
- On va le prendre, le temps, décidé-je. Alvën, tu nous couvres. Nous, on transporte ces trois-là dans le placard à balais.

Karilön et moi soulevons deux des pirates à l'aide de l'air tandis que Kalkak se contente de charger le troisième sur son épaule. L'opération se révèle finalement assez rapide. Quelques minutes plus tard, nous montons les marches. Au premier étage, pas un bruit. Soit ce Jorsh a le sommeil hyper lourd, soit il est dans le coma !

Kalkak enfonce la porte.
- Reste-là, lui ordonne Alvën.

L'ex-Maître Gardien n'a plus vraiment d'ordre à lui donner, mais le colosse se contente de hocher la tête. Un de ces jours, il faudra vraiment qu'Alvën me raconte cette fameuse fois où il lui a sauvé la vie ! En attendant, pas d'inquiétude à avoir pour nos arrières : elles sont couvertes ! J'entre la première, suivie de près par mon fiancé et Karilön. Je pousse un grognement de frustration : la pièce est vide.

- Le messager nous a peut-être menti, suggère le jeune élémental. Ce n'est peut-être pas la chambre de Jorsh.

Peut-être pas, mais j'en doute. Cette pièce est richement décorée et meublée. A moins que Jorsh ne tienne vraiment à épater la galerie, il ne doit pas s'agir d'une chambre d'amis. Le lit est fait. Il ne s'est même pas couché.

- Il est peut-être encore dans son bureau ? tenté-je.
- Dans ce cas, il faut espérer que ce n'était pas au rez-de-chaussée, sinon il risque de nous avoir filé entre les pattes, fait remarquer Alvën.
- Karilön, allez voir Verya et vérifiez que Jorsh n'est pas sorti du manoir. Nous, on va fouiller les lieux.
- Entendu.

L'élémental du feu crée un Miroir au beau milieu de la chambre à coucher et disparaît.

- On ferait mieux de se séparer, proposé-je.

Alvën hésite : je sais qu'il déteste l'idée de me laisser seule.

- Je suis assez grande pour me défendre. Et si je rencontre un problème, je crie.
- Elle a raison : on ira plus vite si on se sépare, approuve Kalkak. Je prends le rez-de-chaussée.
- Moi, je vais fouiller cet étage, enchaîné-je sans laisser le temps à Alvën de protester.

Il hésite encore une milliseconde avant de déclarer :

- D'accord, je prends le deuxième.

Certaines portes sont fermées à clé, mais un bon coup de pied bien placé assorti d'une puissante rafale a raison du mécanisme, bien moins résistant que les bonnes vieilles gâches de notre monde. Une fois la fine tige de métal brisée, j'appuie sur les panneaux et les fais coulisser. Malheureusement, je ne croise personne. Je ne veux pas seulement dire que Jorsh n'est pas là.

L'étage est complètement désert. Aucun domestique, rien. Un terrible soupçon commence à naître dans mon esprit.

Alors que je ressors de la dernière pièce, Karilön débouche de la chambre à coucher de Jorsh, regarde de chaque côté, me repère et court vers moi à toute vitesse.

- Lo... Lo... Lodrical !
- Calmez-vous et respirez !
- Dame Verya dit que Jorsh n'est pas sorti du manoir.
- C'est une bonne nouvelle, commenté-je prudemment.

Karilön a l'air assez ébranlé, ce qui n'arrange en rien mon inquiétude croissante.

- Elle aimerait vous voir rapidement.
- Que se passe-t-il ?
- Les navires... Il n'en restait que deux dans le port. Et Dame Verya n'a pas eu à se battre : personne n'a essayé d'entrer dans le manoir en dehors du messager que nous avons intercepté.

Le soupçon se change en certitude. Une vague d'angoisse me balaie. Ma gorge est tellement nouée que je reconnais à peine ma voix quand je lui ordonne :

- Allez chercher Kalkak au rez-de-chaussée. Je vais récupérer Alvën. On se retrouve dans le hall. Vous pouvez crier pour l'appeler : inutile de se cacher.

Je cours à toute vitesse vers l'escalier, sans prendre le temps de vérifier que Karilön a compris. Je grimpe les marches quatre à quatre et percute Alvën au moment de m'engouffrer dans le couloir. J'aurais atterri sur les fesses s'il n'avait refermé ses bras sur moi. Il a l'air inquiet :

- Il n'y a personne dans ce manoir. Tu ne crois pas que...

- Alvën, l'interromps-je. On s'est fait avoir. Je ne sais pas comment, mais Jorsh a appris que nous venions. Il n'y a plus personne ici. Plus de pirates, en tout cas.

Un coup d'œil à mon air paniqué lui suffit à comprendre où je veux en venir :
- Tu crois qu'ils sont en Kervilgän ?
- Quel meilleur moment pour attaquer ? Il n'y a plus un seul soldat sur toute l'île !

Ma voix frôle l'hystérie. J'en suis consciente, mais je n'arrive pas à me calmer.
- Viens.

Alvën me prend une fois de plus par la main et nous dévalons les escaliers. Kalkak et Karilön nous attendent dans le hall. Le jeune élémental a déjà ouvert un Miroir.
- Y'a pas un rat, ici ! constate Kalkak
- Un rat ? demande Karilön.
- Pas le temps, les coupé-je. Allons trouver Verya et Gaviel et partons.

Je franchis le Miroir au pas de course. Verya m'accueille, les sourcils froncés et la mine préoccupée.
- J'ai déjà envoyé chercher le groupe de Gaviel. Ils ne devraient pas tarder, m'indique-t-elle.
- Je vais vous laisser l'attendre : je rentre tout de suite, pour voir quelle est la situation.

Verya hoche la tête. Elle ne me demande pas de précisions. Elle a compris, elle aussi.
- Mais, si Jorsh n'est pas là, que venait faire ce messager dans le manoir ? demande Karilön.
- C'était peut-être le seul couillon à ne pas être au courant du plan, suggère Kalkak.

Je me tourne vers le jeune élémental :
- Peu importe. Ouvrez-moi un Miroir sur le Jotheim.

C'est le plus haut sommet de Kervilgän. De là, je pourrai englober la totalité de l'île beaucoup plus facilement que depuis la route, plus à l'ouest. Le plateau où se trouve le palais, par exemple, est invisible depuis le col, masqué par un épaulement.

Je passe le nouveau Miroir, aussitôt suivie par Kalkak, Alvën et Karilön. J'entends le jeune homme retenir un hoquet de stupeur. Le désespoir m'envahit devant la scène qui se joue sous mes yeux.

Chapitre 28

Les villes du bord de mer sont en flammes. Oh, bien sûr, les maisons en pierre ne peuvent pas brûler, mais les bateaux des pêcheurs, de la simple barque aux grands navires, sont transformés en torches qui illuminent l'obscurité. L'intérieur des maisons est également la proie des flammes. Les élémentaux de Jorsh ont incendié tout ce qui pouvait l'être. Pas seulement à Lovrië, mais dans toutes les villes du pourtour de l'île, aussi bien au sud qu'au nord de la chaîne de montagnes. Aucun navire en vue. Ils n'auraient pas pu gagner nos côtes assez rapidement par la mer. Ils sont sans l'ombre d'un doute venus par Miroirs. D'autres choses sont moins claires, comme la localisation de leur flotte ou l'identité de leur informateur, par exemple, mais, pour être honnête, j'ai plus urgent à penser. A la lumière de la lune, je distingue une foule de gens qui s'enfuient vers les hauteurs du centre. D'autres feux s'allument peu à peu, plus proches. Pour le moment, l'esplanade du palais est encore intacte. Les habitants de la capitale, pris de panique, se bousculent vers le château dont les portes sont largement ouvertes.

Je suis tombée à genoux et contemple, effarée, la marée de pirates qui monte à l'assaut de l'île.

- Brion avait raison, murmuré-je. J'ai conduit mon peuple à la ruine.

Alvën se laisse tomber à côté de moi. Tout est perdu. Il l'a vu, lui aussi…

Mais plutôt que de se désoler, voilà qu'il me prend par les épaules :

- Liz, Liz, regarde-moi !

Je tourne des yeux remplis de larmes vers lui.

- Il faut te ressaisir ! Tes soldats attendent toujours de l'autre côté que tu leur donnes tes instructions.

- Que pouvons-nous faire ? Ils sont si nombreux. Comment peuvent-ils être aussi nombreux ?

Le mystère qui sous-tend cette question me sort un peu de mon hébétude. Oui, comment peuvent-ils être aussi nombreux ?

- Je l'ignore, me répond Alvën. Il sera temps d'y réfléchir plus tard. Ce que je sais, c'est que l'armée de ton père aussi était plus puissante et plus grande. Mais tu as trouvé des moyens de la contrer. Il faut que tu te concentres. Je sais que c'est difficile quand on voit son pays brûler et son peuple souffrir, mais tu ne dois pas abandonner !

J'inspire profondément et me force à regarder la scène de façon clinique.

- Nous ne pouvons pas les affronter partout où ils se trouvent : ils sont trop dispersés. Nous ne sommes pas assez nombreux.

Je ferme les yeux brièvement : je sais ce que je dois faire, mais cela va à l'encontre de tous mes instincts.

- Jorsh va se rendre au palais. Il convoite le trésor royal. C'est là que nous devons nous rendre pour l'attendre. Il faut rejoindre Verya et ouvrir un Miroir sur l'esplanade.

- Regardez ! crie Karilön.

Des pirates nous ont devancés : ils ont créé des portails sur la grande place. Ils se ruent à la poursuite des civils qui cherchent refuge dans le palais. Ils leur lancent des boules de feu. Un grondement terrible monte dans ma gorge. Je laisse échapper un cri de fureur.

- Allez chercher Verya.

- Qu'est-ce que tu comptes... Liz, attends !

Mais je n'ai pas l'intention d'attendre. Je me suis jetée dans le vide. La colère semble m'éclaircir les idées et me rendre plus forte, capable de puiser plus profondément dans mon don et la maîtrise des éléments. J'atterris sur le flanc de Jotheim, glisse, me rétablis tant bien que mal et m'élance à nouveau. Il me faut cinq sauts pour atteindre l'esplanade. Un dernier envol m'amène entre les pirates et les civils. J'atterris et me laisse tomber sur un genou, une main posée sur la roche, la deuxième tendue devant moi. D'un tourbillon de vent, je renvoie les gerbes de flammes vers ceux qui les ont lancées. Je prête à peine attention à la tempête que je viens de générer. Toute mon attention est concentrée sur la roche, sur la nécessité de laisser aux Kervilgaï terrifiés le temps de s'échapper. Je projette mon don dans les failles et fissures que je perçois et, avec un cri de colère, injecte toute ma puissance dans ces fragilités. Dans un craquement terrible, la roche s'ouvre en deux, comme la terre le faisait autrefois, lorsque je m'entraînais en Kerdilön. Les premiers pirates ne parviennent pas à s'arrêter à temps. Ils tombent dans la faille qui vient de s'ouvrir sous leurs pieds. La chaleur monte d'un coup : j'ai atteint une poche de magma. Dommage que je ne puisse pas contrôler le feu... Mais je contrôle la pierre !

Je me concentre et découvre que je perçois tout aussi bien la lave que la roche froide. Je me mets à fredonner et puise dans mes dernières forces. Une éruption de lave explose de la faille et se déverse sur les pirates qui se sont rassemblés au bord. Je ne vois pas le résultat de ce que je viens d'accomplir : je sombre une fois de plus dans les ténèbres.

Quand je reviens à moi, une silhouette un peu floue est penchée sur moi. Je rassemble déjà le peu d'énergie qu'il me reste pour la repousser avec le vent quand je reconnais la voix d'Alvën :

- Holà, tout doux ! C'est moi. Si tu pouvais éviter de me jeter dans ton jacuzzi, j'apprécierais.

Mon jacuzzi ? Quel jacuzzi ? Et d'abord, comment sait-il ce qu'est un jacuzzi ?

- De quoi tu parles ? lui demandé-je, la voix pâteuse.

Il m'aide à me redresser et me désigne du menton la faille que j'ai ouverte, qui balafre la grand-place :

- Ta piscine chaude et bouillonnante privée.
- Donc, tu sais vraiment ce qu'est un jacuzzi.

Il sourit, avant de retrouver son sérieux :

- Comment tu te sens ?
- Comme si un troupeau de geckan m'avait piétinée. Pourquoi est-ce que je m'évanouis à chaque fois que je force un peu ? Je ne t'ai jamais vu tomber dans les pommes, ou Kalkak ou Verya.
- C'est parce que tu puises beaucoup plus dans tes forces que la raison ne le voudrait. Nous, nous avons été formés, alors nous avons appris quelle était notre limite, celle à ne pas franchir si on ne veut pas se vider. Tu devrais faire plus attention, être moins imprudente. Si tu t'obstines à t'épuiser de la sorte, tu pourrais bien en mourir.

Je hausse les épaules. Si je n'avais pas été aussi imprudente, Jorsh serait probablement déjà dans le palais, à l'heure qu'il est.

- Où en sommes-nous ?
- Pour le moment, c'est plutôt calme. Je pense que tu leur as donné matière à réflexion.

- Tu veux dire qu'ils continuent à vandaliser l'île plutôt que de venir ici… Ce n'était pas tout à fait le but recherché. Il faut trouver un moyen de les appâter.
- Ils viendront au palais : c'est pour le trésor qu'ils sont là, après tout.
- S'ils ont massacré toute la population avant, protéger le trésor me fera une belle jambe.
- Tes jambes sont très belles, c'est certain, mais quel est le rapport ?
- Peu importe. Aide-moi à me lever.
- Reste assise. Repose-toi. Il faut que tu récupères avant qu'ils ne repassent à l'attaque.
- Il faut surtout que je trouve un moyen d'aider les habitants à leur échapper.
- Pour ça, nous avons pris un peu d'avance pendant que tu comptais les étoiles : Gaviel, Karilön et trois autres élémentaux sont partis par Miroirs pour évacuer un maximum de gens. Ils arrivent directement sur l'esplanade. Graskin et les ministres veillent à l'installation de tout le monde dans le palais. Kalkak et Verya surveillent le point d'arrivée des Miroirs pour s'assurer que ce sont bien des civils qui en sortent.

Je regarde autour de moi. Nous sommes seuls, aussi seuls qu'on peut l'être au milieu d'une foule qui s'affaire dans tous les sens. Nos soldats se sont déployés le long de la faille et surveillent la cité qui semble complètement désertée à présent. Je regarde un moment la file continue qui se déverse par les cinq Miroirs ouverts côte à côte. Je distingue la haute silhouette de Kalkak près du plus proche.
- Ton idée ?

Alvën hoche la tête d'un air satisfait.
- Quand je pense que tu me demandais à moi de trouver une solution…

- Protéger la population, c'est la mission des Gardiens. Mais je n'ai rien fait d'extraordinaire : tu aurais envoyé quelqu'un les chercher, toi aussi, si tu avais été d'attaque.
- Mais je ne l'étais pas.
- Tu as quand même des circonstances atténuantes. Après tout, tu n'as jamais fait que tuer une centaine de pirates à toi toute seule, en utilisant la terre d'une façon qu'aucun Gardien n'aurait pu concevoir. Quand tout sera terminé, je suggérerai à Père d'envoyer ceux qui le souhaitent apprendre votre façon de contrôler la roche.
- Si les choses se terminent bien, tu veux dire.
- Ça, je n'en doute pas une seconde.
- J'aimerais partager ton optimisme.

Il secoue la tête.

- Qu'y a-t-il ?
- C'est juste que… tu ne te vois pas comme tous ici te voient.

Je me rembrunis. Je me souviens m'être effondrée devant Kalkak et Karilön, en proie au désespoir. Je me souviens qu'une partie au moins de mes soldats pensait que je n'étais pas de taille à gouverner et que les événements de cette nuit leur ont donné raison. Il pousse un petit soupir exaspéré, comme s'il savait exactement ce qui me trotte dans la tête.

- Tu ne feras jamais l'unanimité, Liz. C'est impossible. Mais pour moi, ton seul défaut est ton manque de confiance en toi. Enfin, ce n'est peut-être pas complètement un défaut, parce que si tu croyais en toi comme Kalkak, Verya, Gaviel ou même Karilön croient en toi, comme moi je crois en toi, tu deviendrais légèrement... imbuvable… Mais il est temps que tu ouvres les yeux sur ce que tu as accompli, sur ce dont tu es capable et sur l'étendue de ton pouvoir. Sans parler de ton courage, de ta détermination et de ta générosité.

Ses paroles et sa confiance me font l'effet d'un baume qui me réchauffe et renouvelle mes forces. C'est comme si une chose qui avait été brisée se réparait en moi. Et mes joues doivent être tellement rouges que je ne dois pas être loin de briller dans le noir.

Des pas me font tourner la tête. C'est Darn, le jeune frère de Dalya.

- Darn ! Que faites-vous dehors ! C'est dangereux !

Il hausse les épaules.

- Je sais manier le feu, moi aussi. Peut-être pas assez pour me battre à vos côtés, mais assez pour me couvrir avant de détaler. J'ai entendu des gens parler de ce que vous avez fait. Je me suis dit que cela avait dû puiser dans vos forces et que vous pourriez avoir faim.

Il pose à côté de moi le plateau qu'il portait. Ce dernier est recouvert d'une sélection de mes gâteaux préférés.

- Pas très diététique, fais-je remarquer, un sourire aux lèvres.

- Peut-être pas, mais c'est exactement ce qu'il te faut pour retrouver des forces, affirme Alvën.

Il me tend une berylise.

- Tiens, commence par ça.

Je croque le centre sucré de la fleur et sens aussitôt une décharge d'énergie me parcourir. En tout cas, mes membres ne me donnent plus l'impression d'être attachés à des poids de cent kilos chacun.

- Je vous remercie. Maintenant, filez dans le palais et n'en sortez plus. Et passez la consigne à votre sœur. C'est valable pour elle aussi. Je ne veux pas la voir dehors.

- Elle est bien trop occupée, de toute manière, me lance Darn en courant déjà vers le palais.

- Que voulait-il dire par là ? demandé-je, un peu interloquée.

- Cette fille fabuleuse a pris sur elle, dès qu'elle a compris que l'île était attaquée, d'organiser les serviteurs capables d'ouvrir un Miroir pour qu'un portail soit toujours ouvert dans la pièce du troisième étage. Dès que l'un d'eux commence à fatiguer, un autre le remplace. Elle est restée là-bas depuis le début pour s'assurer que tout se passe bien. Cela empêche Jorsh d'entrer directement dans le palais, puisque toutes les autres parties du château sont imperméables aux Miroirs.

Je coule à Alvën un regard en coin :

- Une fille fabuleuse, hein ?

Il m'adresse un sourire innocent :

- Tu ne serais pas jalouse, au moins ?
- Tu as de la chance de m'avoir dit des choses aussi gentilles tout à l'heure, sinon je t'aurais peut-être fait tester le jacuzzi.

Il éclate de rire.

- Bon, et ce Miroir, il s'ouvre où ? poursuis-je.
- Dans la clairière où nous avons combattu ton père. Apparemment, c'est le premier endroit hors de notre île auquel elle a pensé.
- C'est peut-être le seul qu'elle ait jamais vu.

Je lèche mes doigts, recouverts de cette matière sucrée semblable au miel. Les gâteaux m'ont effectivement fait beaucoup de bien. J'ai du mal à croire que je les ai tous engloutis !

Des cris résonnent dans la ville.

- Aide-moi à me lever. Je crois qu'ils arrivent.
- Tu devrais peut-être rester en arrière, toi aussi, me fais remarquer Alvën, soudain inquiet.
- Et moi qui pensais que tu croyais en moi ! lui lancé-je avec un clin d'œil.
- Pour nous sortir de là, oui. Pour être raisonnable… l'entends-je marmonner.

J'interpelle un de nos hommes :
- Prenez quatre hommes pour remplacer Gaviel, Karilön, Kalkak et Verya et demandez-leur de nous rejoindre ici.
- Oui, Lodrical.

Le jeune élémental n'a même pas regardé mes pieds, les yeux résolument fixés sur un point se trouvant juste devant les siens. Apparemment, tomber du ciel en ouvrant la terre et en provoquant des éruptions ne va pas m'aider à obtenir que les gens me regardent dans les yeux…

Les cris se rapprochent. Kalkak et Verya viennent se poster à la droite d'Alvën, tandis que Gaviel et Karilön, arrivés quelques minutes plus tard, se positionnent à ma gauche. Je fais des efforts pour ne pas trembler de fatigue et pour ne pas penser au matelas moelleux qui m'attend dans ma chambre.

Les pirates débouchent à l'autre bout de l'esplanade mais restent prudemment entre les maisons, sans s'avancer. Deux cavaliers se détachent et s'avancent de quelques pas. Une haute flamme jaillit dans les airs et forme un losange. Alvën grogne.
- Que se passe-t-il ? demandé-je.
- Ils ont lancé une vilgalomidar.

Ce que je traduis plus ou moins comme « flamme-drapeau » ou « flamme signal. »
- Et alors ?
- C'est l'équivalent du drapeau blanc, chez vous, m'informe Kalkak.
- Je vois.

D'autres hommes s'avancent à pied. Ils courent en portant une table et trois chaises.
- On les pulvérise ? demande le géant roux.
- Non. On attend de voir ce qu'ils mijotent, rétorqué-je.

Les pirates disposent leur charge à peu près à mi-distance entre les dernières maisons et la faille que j'ai ouverte. Les deux cavaliers s'approchent, accompagnés de domestiques chargés de plateaux de nourriture. La lumière est insuffisante pour reconnaître les visages, mais je suis sûre que l'un d'eux est Jorsh.
- On dirait qu'il t'invite à dîner, fait remarquer Alvën.
- Vous ne comptez pas y aller ! s'insurge Gaviel.
- Évidemment qu'elle pense y aller, grogne Verya. C'est bien le genre de chose qu'elle ferait.

Alvën réprime à grand-peine un sourire.
- Je vais y aller, annoncé-je, sans tenir compte des yeux levés au ciel de la Maître Gardien ou du regard choqué de mon capitaine. Je veux entendre ce qu'il a à dire. Avec un peu de chance, nous pourrons éviter davantage de morts.
- J'en étais sûre, marmonne la Kerdilonaï.
- Je viens avec toi, annonce calmement Alvën.
- Il faudrait que tu contournes la faille. Cela va prendre du temps. Moi, je n'ai qu'à sauter par-dessus.
- Tu peux m'aider à passer de l'autre côté.
- C'est trop large. Je ne contrôlerais pas correctement ta trajectoire. J'ai besoin d'être dans les courants pour bien les sentir.
- Je peux ouvrir un Miroir qui mène de l'autre côté, propose Gaviel.

Je le foudroie du regard. Gaviel ne semble pas intimidé. Lui me regarde droit dans les yeux, et sans faiblir.
- Très bien, capitulé-je. Mais je ne t'attends pas.

Je saute haut au-dessus de la faille et atterris de l'autre côté. Je viens à peine de poser les pieds à terre qu'un Miroir s'ouvre quelques mètres devant moi. Alvën en sort. Il se tourne vers moi :
- Eh bien alors, tu viens ?

Je secoue la tête avec un sourire, le rejoins, et nous avançons tous les deux vers la table.

Chapitre 29

A la lumière des lampes à huile posées sur la table, je reconnais avec un choc le visage du deuxième homme : il s'agit de Jorsön, roi de Kerhuel et frère aîné de Jorsh. Les deux Kerhuelaï se sont levés à notre approche. Jorsön m'adresse un signe de tête, comme il convient d'un monarque à un autre. Jorsh l'imite, plus gracieusement, en se fendant d'un sourire :
- Majesté, vous êtes plus belle que jamais.

Je suis sale et décoiffée, en chemise et jupe fendue toutes simples, mais de toute façon, je ne pense pas que son compliment aurait été sincère, même si Dalya m'avait apprêtée pendant trois heures.
- Que voulez-vous, Jorsh ? demandé-je avec brusquerie.
- Ah ! Nous pouvons nous appeler par nos prénoms ? Fort bien, Liz.
- Mes amis m'appellent Liz. Vous n'en êtes pas un.
- Alizé, alors ? J'avais pourtant entendu dire que vous ne goûtiez guère ce prénom.
- Pour vous, ce sera Votre Majesté, rétorqué-je d'un ton sec.

Un sourire sardonique s'épanouit sur ses lèvres, le rendant encore plus séduisant.
- Pour cela, il faudrait que vous m'appeliez Votre Altesse.
- Comptez là-dessus, rétorqué-je en croisant les bras et en lui décochant le même type de sourire.

- Vous avez du caractère. J'aime ça. J'ai faim, pas vous ? Après votre démonstration de tout à l'heure, j'imagine que vous ne direz pas non à un dîner ? J'ai fait mander une quatrième chaise pour votre fiancé. Elle ne devrait plus tarder.
- On a déjà tenté de m'empoisonner par le passé. Alors, je vais décliner votre invitation. J'aimerais que nous en venions au fait.

Jorsh prend un air scandalisé :
- Vous empoisonner, Majesté ? Ici, à la vue de tous, en bafouant à la fois la vilgalomidar et les règles de l'hospitalité que vous avez, de votre côté, si gracieusement respectées ?

Je jette un coup d'œil discret à Alvën. D'un mouvement presque imperceptible, il me fait signe de m'asseoir. La quatrième chaise arrive et il prend place à mes côtés. Je suis étonnée de voir à quel point je suis encore affamée, malgré les gâteaux apportés par Darn. Jorsh me sert lui-même. Comme il me voit hésiter, il plante sa fourchette dans mon assiette et porte un morceau de légumes à ses lèvres. Il mastique en me regardant avec un amusement teinté de… quoi ? Je rêve où il essaie de me faire du charme ? Il ne me quitte pas des yeux, tandis que je fais honneur au repas. Je commence à me sentir un peu mal à l'aise sous le feu de son regard. Un coup d'œil aux mâchoires contractées et aux poings serrés d'Alvën, qui n'a pas touché à son assiette, me prouve que je ne me fais pas des idées.

Jorsön, quant à lui, mange d'un air un peu absent, comme s'il s'ennuyait.
- Je dois vous avouer, Majesté, que je suis surprise de vous trouver associé à votre frère pour cet acte de piraterie.

Jorsön se tourne vers moi :

- Il ne s'agit nullement d'un acte de piraterie, votre Majesté, mais bien d'une invasion de votre île dans les règles par mon armée, alliée à celle de mon frère, le Prince des Îles Borlän.

Le sourire de Jorsh s'élargit.

- Si vous êtes décidés à envahir mon île, quel est le but de ces pourparlers ? demandé-je.
- Votre retour rapide me contrarie quelque peu, m'explique le prince. J'avais pourtant laissé quelques hommes pour vous divertir.
- Nous n'avons vu personne.
- Vraiment ?
- Apparemment, vous avez un problème de loyauté parmi vos pirates.
- J'ai entendu dire que vous aviez vous-même quelques soucis de ce côté, me rétorque-t-il d'un ton aimable qui me donne envie de lui planter ma fourchette dans la main.
- Ils n'ont sans doute pas apprécié d'être laissés en arrière pour servir d'appât sacrifiable.
- Sans doute pas. Le courage et l'esprit de sacrifice ne sont malheureusement pas très répandus chez la populace.
- Je comprends pourquoi : on ne peut pas dire que vous inspiriez la loyauté, si vous les traitez ainsi.

Il hausse les épaules :

- Vous savez que j'ai raison : vous prenez soin de votre peuple et ne recevez pas pour autant le dévouement mérité en échange. Mais vous êtes encore naïve. Vous espérez toujours que les autres feront preuve des mêmes qualités que vous. Ce n'est pas mon cas : si j'espérais avoir davantage de délai, j'avais tenu compte dans mes plans d'une possible défection, ou en tout cas d'un manque de cœur à l'ouvrage de la part de mes hommes. C'est pour cette raison que nous nous sommes

dispersés et avons attaqué plusieurs endroits avant de gagner le palais.
- Vous avez pensé que j'essaierais de vous arrêter en séparant mes forces, laissant ainsi le palais sans protection.
- En effet. Je ne tenais pas à ce que vous vous précipitiez ici, alors que je serais occupé à voler votre trésor. Si vous aviez divisé vos forces comme je l'escomptais, nous vous aurions rapidement défaits et nous aurions pu nous emparer de l'île en entier. C'est que j'aimerais assez devenir roi de Kervilgän, voyez-vous.
- Si je comprends bien, après m'avoir traitée de naïve, vous sous-entendez maintenant que je suis stupide.
- Non, pas stupide. Seulement jeune, inexpérimentée et incapable de laisser votre peuple souffrir pendant que vous défendriez le palais. Il s'avère que je me suis trompé.

Il me salue d'un signe de tête tout en levant son verre.
- Donc, contrarié dans vos plans, vous êtes venu implorer mon pardon et m'offrir un dédommagement pour les dégâts occasionnés cette nuit.

Jorsh manque de s'étouffer avec sa gorgée de vin. Jorsön tourne vers moi un regard légèrement surpris et intéressé pour la première fois, comme si j'étais une sorte d'animal bizarre.
- Hum… non, reprend Jorsh lorsqu'il arrête de tousser. Je suis venu renouveler la proposition que je vous avais faite lors de votre couronnement.

Alvën s'adosse à sa chaise, les bras croisés, le visage fermé. Je hausse un sourcil :
- Je croyais avoir été parfaitement claire. Je ne monnaierai pas la paix. Je refuse de me soumettre à votre chantage.

- Vous n'êtes pas vraiment en position de refuser, fait remarquer Jorsön d'une voix lasse. Nous sommes cinq fois plus nombreux que vous. Si vous refusez, vous mourrez et mon frère deviendra roi de Kervilgän.
- Si vous étiez aussi certains de votre victoire, nous n'aurions pas cette conversation. Vous êtes venus à la table de négociation parce que vous avez peur d'être vaincus.

Jorsön émet un petit reniflement de mépris. Jorsh me décoche un autre sourire charmeur :
- Votre démonstration de tout à l'heure était impressionnante, on ne peut le nier, mais vous savez aussi bien que nous que vous ne pourrez plus rien tenter d'aussi… dramatique, du moins pas sans mourir.
- Ne me sous-estimez pas. Mon père a fait la même erreur.
- C'est justement parce que je ne vous sous-estime pas que nous avons cette conversation. Je pense remporter la victoire, à terme, mais pas sans de lourdes pertes de chaque côté. Vos hommes et les Gardiens de Kerdilön sont assez bornés pour se battre jusqu'au bout. Vous-même me paraissez assez têtue pour vous tuer en utilisant le don plutôt que de capituler. Voilà pourquoi je souhaite conclure cet accord.
- Et je vous ai déjà répondu non.
- Je ne parle pas de monnayer mes services. Cela me semble, à la réflexion, trop hasardeux : je pourrais devenir plus gourmand ou vous pourriez revenir sur votre décision.

Sans même le regarder, je sens la tension qui habite le corps de mon fiancé. Il semble prêt à se jeter sur Jorsh. Ce dernier continue de l'ignorer superbement, comme il l'a fait depuis le début de l'entretien. Pour ma part, j'avoue ne pas avoir compris

où il voulait en venir, avant qu'il ne conclue (on va mettre ma lenteur d'esprit sur le compte de la fatigue) :
- Je suis venu vous demander votre main, encore une fois.

Je reste silencieuse quelques secondes, surprise.
- Et je vais refuser, encore une fois. Je suis fiancée.
- Des fiançailles peuvent se rompre. Il me semble que vous êtes bien placée pour le savoir.

Je rosis légèrement. Alvën était fiancé à Anaëlle, princesse de Kervillis, avant de me rencontrer.
- Je sais que vous pensez être amoureuse, continue-t-il, mais réfléchissez : combien de mariages conclus par amour se soldent-ils par un divorce, dans votre monde ? Dans le nôtre, il est extrêmement rare que des nobles divorcent. Pourtant, il s'agit la plupart du temps de mariages arrangés, où l'amour ne tient que peu de place. Pourquoi ? Parce que les deux partis y trouvent ce dont ils ont besoin. C'est le cas, ici : je vous apporterai la paix, vous m'apporterez la couronne et la richesse. Qu'a donc ce prince sans titre à vous offrir ?

Alvën s'est levé. Des couverts tressautent sur la table. Je sens qu'il doit se retenir pour ne pas renverser Jorsh et son sourire d'une rafale bien sentie.
- Vous avez déjà eu votre réponse ! déclare-t-il d'une voix mesurée et glaciale. Viens Liz, partons.
- Vous n'êtes ici que par courtoisie envers la reine, lui assène Jorsh avec mépris. Vous n'avez pas à intervenir.

Je tamponne mes lèvres avec ma serviette et la repose lentement. Je suis fière de voir que mes mains ne tremblent pas sous le coup de ma colère.
- Je vous donne une dernière chance de quitter mon île. Si vous ne la saisissez pas, votre frère et vous serez traités en ennemis de Kervilgän. Nos armées s'affronteront jusqu'à ce que nous remportions la victoire. Si vous n'êtes pas tués au cours du combat,

vous serez constitués prisonniers de guerre. Sa Majesté le roi Jorsön sera rendu à son royaume en échange d'une rançon. Vous, vous serez pendu comme pirate et criminel.

Je me lève d'un mouvement aussi gracieux que possible, en remerciant Cormélia pour ses cours de maintien.

- Je vous laisse une demi-heure pour quitter les lieux. Ensuite, nous vous attaquerons.

Je prends le bras d'Alvën et nous nous dirigeons vers la faille. Je tends l'oreille, m'attendant à subir une attaque à tout moment. Nous avons à peine fait quelques pas lorsqu'un Miroir s'ouvre juste devant nous. Nous le franchissons et nous retrouvons parmi nos hommes.

- Que voulait-il ? demande Verya.
- Me demander en mariage.

Kalkak rejette sa tête en arrière et éclate d'un rire si bruyant qu'il fait sursauter les soldats.

- On peut dire qu'il ne manque pas d'audace, ce Jorsh !
- On verra s'il a toujours autant de cran quand j'effacerai de sa tronche son sourire de séducteur, marmonne Alvën si bas que je n'étais sans doute pas censée entendre.

Sa mâchoire est toujours serrée, ses sourcils froncés. Il a son air bougon des grands jours et je dois me retenir de sourire.

- Peut-être devriez-vous considérer… commence Graskin, qui s'était approché pour connaître l'issue de notre rencontre.
- Non ! rétorqué-je d'une voix sèche et sans appel.

La colère que j'ai ressentie face à Jorsh me remplit à nouveau. Tant pis si c'est le vieux conseiller qui en paie les frais. Le pauvre a l'habitude, maintenant. Il esquisse une petite grimace.

- Je suppose que nous allons tous mourir, dans ce cas. Veuillez m'excuser, je vais vérifier que tout le monde est bien installé pour passer ses derniers instants.

Il s'en va de son petit pas trottinant, sa houppette de cheveux blancs flottant dans le vent. A une époque, je me serais certainement sentie insultée devant son manque de respect Maintenant, je laisse échapper un petit gloussement. Je me tourne vers mes amis et leur décoche un sourire rempli d'une détermination et d'une joie farouche :

- Vous l'avez entendu ? Nous ferions mieux de nous préparer à mourir.

Verya fronce les sourcils et fait la moue. Kalkak éclate de rire :

- Je serai honoré de mourir à vos côtés, Liz.

Mais quand il se frappe l'épaule gauche, Verya l'imite :

- Lanam eladön, déclarent-ils en chœur.

Je me tourne vers Alvën. Il affiche le même sourire que moi :

- Nous y sommes, alors.

De l'autre côté de la faille, des cris retentissent. Les élémentaux de Jorsh et de Jorsön se lancent dans la traversée de l'esplanade au pas de course. Mes hommes se sont répartis le long de la balafre qui la sépare en deux. Nous nous joignons à eux. A ma droite se trouvent Alvën, Kalkak et Verya. A ma gauche, Gaviel et Karilön. J'échange un regard avec chacun d'eux avant de reporter mon attention sur l'ennemi. Je carre mes pieds et commence à fredonner.

Chapitre 30

Les hommes de Jorsön se rapprochent de la faille au pas de course.
- Qu'espèrent-ils ? crie Karilön. Ils ne pourront pas passer !
- Ils vont nous occuper pendant que la plus grande partie de leur troupe va contourner la faille ou créer des Miroirs lui explique Gaviel en montrant un deuxième groupe de soldats, plus nombreux, qui se dirige vers l'est.
- Utilisez l'eau pour empêcher la formation des Miroirs, ordonné-je aux Gardiens.

Ceux-ci puisent dans les bassins et fontaines et soulèvent des boules d'eau de la taille de melons. Les boules se dirigent docilement vers eux en flottant dans l'air, comme autant de ballons étincelants, reflétant la lueur des feux et celle, plus froide, des étoiles et de la lune bleue.

Nos ennemis sont arrivés à portée. Ils commencent à lancer du feu. Les élémentaux de Kervilgän dévient leurs attaques et ripostent aussitôt. Les Gardiens, pour la plupart incapables de manier cet élément, se contentent d'éteindre les gerbes de flammes à l'aide de l'eau, qui a maintenant pris la forme de boucliers étincelants. D'autres les renvoient à l'expéditeur grâce au vent. Je me concentre et fais naître autour de moi un tourbillon d'air, dans lequel je piège toutes les flammes qui passent à ma portée. Je me

retrouve bientôt au cœur d'une mini-tornade de feu. Avec un cri accompagné d'un geste du bras, je libère la force du vent vers l'avant en une bourrasque déchaînée et brûlante. Celle-ci détruit tous les attaquants dans son sillage avant de finir sa course dans une maison qui explose sous la force de l'impact. J'aperçois Jorsh et Jorsön, à quelques dizaines de mètres de là, qui peinent à calmer leur monture.
- Dommage, loupé, marmonné-je.

A ce moment précis, le sol se dérobe sous mes pieds. Comment ont-ils pu créer une faille à une telle distance ? Je me retrouve à genoux, sans comprendre. Le sol a l'air intact, mais il tangue comme si toute la montagne était prise dans un tremblement de terre. Impossible. Jorsh ne peut disposer d'un tel pouvoir ! Ma vision s'obscurcit et je dois lutter contre l'évanouissement.

Je sens une main sur mon épaule. Quelqu'un me parle, de très loin. Je ne comprends pas les mots. Finalement, je m'effondre au sol. Je distingue le visage flou d'Alvën penché sur moi. Ses lèvres bougent, pourtant je n'entends plus rien. Pas même le fracas du combat. Non, vraiment, je ne vais pas encore m'évanouir ! Tout ça pour une petite tornade ! Je n'ai pourtant pas l'impression d'avoir forcé tant que ça. Ma bouche est sèche, soudain.

J'ai plongé dans le silence. J'ai vaguement conscience qu'Alvën a disparu, mais je m'en fiche complètement. Je perds toute notion du temps. Des gerbes de flammes passent au-dessus de moi, dans les deux sens. Elles sont floues, elles aussi. C'est magnifique. J'ai l'impression que je devrais plutôt trouver cela terrible, mais c'est tellement beau. Je reste là, étendue sur le dos. Et tout ce que je désire, c'est rester allongée, à regarder ces comètes défiler dans le ciel sombre.

Au bout d'un moment – quelques secondes, quelques heures ? – deux silhouettes se penchent vers moi, obstruant le spectacle. Mes sourcils voudraient se froncer, mais ils restent immobiles. Je voudrais crier à ces inconnus de s'écarter, mais aucun son ne veut quitter ma gorge. J'essaie de les repousser. Mes bras ne répondent pas. Ils sont étendus de chaque côté de mon corps, inutiles. Il me semble que je devrais reconnaître ces deux personnes. Un jeune homme aux cheveux blonds, plutôt séduisant d'ailleurs, mais pas assez pour que je me réjouisse de le regarder plutôt que ce feu d'artifice irréel. Une jeune femme aux cheveux blond-roux. Oui, je crois que je les connais tous les deux. Je fouille un peu dans ma mémoire. J'ai le sentiment que c'est important. Mais une nouvelle gerbe de feu passe entre eux et je souris, oubliant tout le reste. Du moins, jusqu'à ce qu'on m'oblige à me redresser et à ouvrir la bouche. C'est extrêmement désagréable. Pourquoi ne peuvent-ils pas me laisser tranquille ? Quelque chose de dur et de froid est forcé contre mes lèvres, puis un liquide se répand sur ma langue et coule vers ma gorge. Qu'est-ce que c'est ? Je me retrouve à tousser et hoqueter, à moitié étouffée. Apparemment, je n'ai pas pensé à avaler. Ou je n'ai pas réussi. Je ne sais pas et je m'en fiche. Je me débats. Ou, du moins, je songe à me débattre, mais une fois de plus, mon corps ne répond pas. On force encore le liquide dans ma bouche. Cette fois, je parviens à avaler.

Aussitôt, je suis consciente d'un changement. Ma vision se fait plus nette. L'ouïe me revient lentement. Il faut quelques minutes de plus pour que je reconnaisse Alvën et Dalya, assis de chaque côté de moi. Alvën. Mon fiancé. Il ne cesse de répéter :

- Je suis désolé, je suis désolé, en me serrant contre lui.

Un bruit assourdissant couvre presque ses paroles. Pourquoi un tel raffut ? Soudain, tout me revient : Jorsh, Jorsön, les pirates, l'attaque. Je voudrais tourner la tête pour regarder autour de moi mais, pour le moment, mes muscles refusent toujours de m'obéir. J'essaie de parler. Seul un « Couac » rauque franchit mes lèvres.

- Elle revient, s'exclame Dalya. Faites-lui boire une autre gorgée.

Alvën porte une bouteille à mes lèvres. Cette fois, je ne tente pas de résister (certes, il ne doit pas voir beaucoup de différence) : quoi qu'il puisse y avoir dedans, de toute évidence, j'en ai besoin. Il me donne une seule gorgée. J'ai maintenant envie de lui hurler de verser tout le contenu du flacon, mais décidément, ma voix n'en a rien à faire.

Cette fois, je parviens à tourner la tête. Je suis toujours sur l'esplanade, à l'endroit précis où j'ai dû tomber.

- Je suis désolé, répète une fois de plus Alvën. Nous n'avons pas osé te bouger, pour éviter que le poison ne se répande plus vite.

Le poison. Mon cerveau semble tourner dans le vide pendant un petit moment avant de parvenir à enclencher mes souvenirs. Le dîner. Ainsi donc, Jorsh a bel et bien trouvé le moyen de m'empoisonner, en fin de compte.

- Co… mment ? parviens-je à murmurer.

- Oh Liz, c'est ma faute ! J'aurais dû y penser. Ils ont un poison, en Kerhuel. J'ignore comment ils le nomment, mais nous l'appelons lomior.

« Le sommeil » pensé-je, sans parvenir à le prononcer à voix haute.

- Il est assez lent à agir et possède un antidote. Jorsh et Jorsön ont dû en boire aussitôt après la fin du repas. Malheureusement, ton utilisation du don a accéléré ses effets chez toi.
- Son Altesse a compris ce qui se passait dès qu'il vous a vue tomber, explique à son tour Dalya. Il a demandé à Karilön d'ouvrir un Miroir près d'une boutique d'apothicaire de Kerdilön.
- J'y ai trouvé l'antidote, sous forme de poudre. J'ai filé au palais où j'ai croisé Dalya.
- Je vous avais vue tomber, explique-t-elle en désignant une fenêtre du palais. J'ai mélangé la poudre dans un flacon. Heureusement, il était encore temps.

Ma dame de compagnie tremble un peu. Quant à moi, je me sens glacée. Même avec le Miroir, l'opération a dû prendre de longues minutes. Des minutes que nos ennemis ont mis à profit pour contourner la faille.
- Ils approchent, parviens-je à chuchoter.
- Oui. Ils vont être à portée dans une minute. Deux maximum. Je vais demander à Kalkak de vous accompagner toutes les deux à l'intérieur. Je pense qu'on peut maintenant te déplacer sans risque.

Je secoue la tête et lui montre le flacon en soulevant juste un doigt – mon bras refuse toujours d'obéir pour le moment. Il ressert sa prise dessus, en l'écartant légèrement.
- Liz, ce poison endort peu à peu toutes les fonctions de ton organisme. L'antidote a l'effet inverse. Il faut le prendre gorgée par gorgée, en espaçant les prises de façon à pouvoir contrôler et surveiller ses effets. Nous t'en avons déjà fait prendre trop pour un laps de temps aussi court.

Je lui montre une nouvelle fois la bouteille.

- Cela pourrait vous tuer, Majesté, explique Dalya à son tour. Cela pourrait surcharger votre organisme, arrêter votre cœur.

Je plante mon regard dans celui d'Alvën. Je tente de lui faire comprendre à quel point je l'aime, mais je le supplie aussi. Je ne peux pas rester dans cet état alors que l'avenir de Kervilgän est en train de se jouer. Pas maintenant, pas après tout ce que nous avons traversé. Je sais que je peux aider à vaincre l'armée ennemie. Je ne veux pas me cacher en attendant que tout soit terminé, pendant que lui, Kalkak, Verya, Gaviel et tous mes hommes risqueront – et perdront certainement – leur vie.

Alvën reste silencieux, son regard rivé au mien. Je connais la nuance exacte du bleu de ses yeux, même s'ils paraissent presque noirs dans l'obscurité. Je le connais, lui, et je peux déchiffrer sans mal les expressions qui passent sur son visage. Lui aussi me connaît, et je sais qu'il a compris ce que je ne peux lui dire. Je sens sa respiration accélérer. Il lutte contre la décision qu'il sait être la bonne, ou du moins la seule possible. Des cris retentissent :

- Ils arrivent.
- S'il te plaît, formé-je sur mes lèvres.

Finalement, Alvën approche une nouvelle fois le flacon.

- Votre Altesse ! proteste Dalya. Que faites-vous !

Mais Alvën l'ignore. Ses yeux sont toujours plantés dans les miens, comme si plus rien d'autre n'existait que nous deux. J'y lis sa résolution, mais aussi sa peur. Pas de mourir, mais de me perdre.

J'avale un peu de liquide et je sens la vie revenir dans mes membres. Une deuxième gorgée. Les cris de Dalya sont plus nets. Elle a empoigné la main d'Alvën pour tenter d'éloigner le flacon. « Autant attaquer un arbre à main nue » pensé-je, amusée. Je parviens maintenant à bouger le bras et je pose une main rassurante sur celle de mon amie, sans quitter mon fiancé du regard. Je bois une troisième, puis une quatrième gorgée. Je me sens vivante, forte. Mon cœur bat à toute vitesse dans ma poitrine. Mes pupilles sont dilatées, ma respiration saccadée. Tant de puissance ! Tant de pouvoir !

Je voudrais boire encore, mais Alvën a retiré sa main, à présent. J'en éprouve de la contrariété. Je suis sur le point de lui faire subir la force de ma colère quand Dalya pousse un cri : une gerbe de flammes lancée très haut, en parabole, redescend droit sur nous. Je me lève. J'ai bougé plus vite que d'habitude. Cela me surprend et je manque de perdre l'équilibre. Je parviens à me rattraper de justesse et je tends un bras vers la boule de feu, avant de la renvoyer en ligne droite, avec une force qui me surprend moi-même, vers les rangs ennemis qui se trouvent de notre côté. Elle creuse une ligne de destruction avant de s'écraser au sol. L'explosion projette des corps dans toutes les directions.

Je regarde autour de moi : la majorité des Gardiens s'occupe d'empêcher la formation de Miroirs qui permettraient à l'ennemi de nous prendre à revers. Un tiers de mes hommes s'efforce de contenir le harcèlement auquel se livrent les pirates restés de l'autre côté de la faille. Le reste fait face à la force en approche, avec Kalkak, Verya, Gaviel et Karilön. Trop peu nombreux. Trop peu pour avoir la moindre chance de tenir.

- Dalya, rentrez vous mettre à l'abri, ordonné-je.
- Mais… hésite la servante en observant l'ennemi. Je pourrais peut-être aider un peu.
- J'ai dit : allez vous mettre à l'abri !

Ma voix me semble différente. Plus claire, plus sonore, plus autoritaire. Mes émotions aussi me semblent plus fortes, comme si le contrôle que j'exerce d'ordinaire sur elles avait soudainement disparu, me laissant au centre d'une véritable tornade de peur, de colère, d'exaltation, d'excitation, de répugnance, de détermination.

Alvën me regarde d'un air incertain. Nos hommes se battent bien, mais en seulement quelques minutes, ils ont dû céder du terrain. Nous sommes trop peu.

Tous mes sentiments tourbillonnent sans que je puisse les dompter, les analyser ou les calmer. Et d'ailleurs, pourquoi le ferais-je ? Ils ne demandent qu'à se manifester, alors allons-y !

J'éclate d'un rire que je ne reconnais pas et j'avance pour me placer en première ligne.

Chapitre 31

Alvën et moi avons repris notre place entre Kalkak et Gaviel. Le colosse roux et Verya ont prélevé des boules d'eau qu'ils déposent sur les épaules des ennemis, comme d'étranges scaphandres. Les élémentaux adverses qui contrôlent l'eau et non le feu parviennent à les ôter, mais la grande majorité en griffent la surface avec désespoir, y plongent leurs mains, sans succès. De l'autre côté, le capitaine des gardes et Karilön lancent boules de flammes sur boules de flammes. Alvën entreprend de renvoyer les attaques brûlantes dans le camp adverse.

Je tends la main vers le bassin le plus proche. Un jet continu en jaillit, tel un serpent brillant. De la main gauche, je mime un mouvement tournant qui met en branle l'air entre nos deux armées. Ai-je vraiment trouvé, à un moment, qu'il était difficile d'imprimer un mouvement à une masse d'air plus importante que celles utilisées pour les bourrasques ? L'eau vient se mêler à la tornade que j'ai créée. Celle-ci monte de plus en plus haut. Elle piège les flammes projetées par les deux camps, sans les éteindre. Elle les emprisonne et les enroule. J'entends Gaviel s'exclamer :
- Comment fait-elle !?
- C'est à cause de l'antidote, explique Alvën en criant pour se faire entendre malgré le bruit provoqué par les vents.

- On devrait peut-être en prendre, nous aussi, si ça rend plus fort ! suggère Kalkak
- Si tu n'as pas pris le poison avant, tout ce que l'antidote fera, c'est exploser ton cœur ! rétorque Verya.

Quand la tornade atteint dix mètres de diamètre à sa base, pour une hauteur de quarante mètres, je lui ordonne de se mettre en branle. Les attaques ont cessé. Les soldats ennemis regardent, incrédules, cette montagne d'eau, de vents violents et de feu qui avance inexorablement vers eux. Bientôt, elle atteint les premiers rangs. Les élémentaux, impuissants, sont aspirés par l'entonnoir, avant d'être projetés en tous sens comme des pantins désarticulés. J'entends leurs hurlements mais n'y prête guère attention : la colère a pris le dessus sur mes autres émotions, sans que je parvienne à la réprimer.

Ceux qui sont suffisamment éloignés s'enfuient par Miroir et viennent soutenir la troupe restée de l'autre côté de la faille.
- Allez prêter mains fortes à nos hommes sur le flanc, crie Alvën aux soldats. Je pense que la reine les occupe suffisamment de ce côté. Nous resterons pour la couvrir.

Tout en gardant mon attention fixée sur la tornade, je reste parfaitement consciente des mouvements de ceux qui m'entourent. Les hommes ont obéi sans broncher aux ordres d'Alvën, même s'il ne fait pas partie de leur chaîne de commandement. Apparemment, il a tellement l'habitude de se faire obéir que son ton ne laisse pas de place à ce genre de remise en question. Nous nous retrouvons donc bientôt à six face au reste de l'armée.

Le maelstrom de vent, d'eau et de feu s'éloigne. Il ne reste plus personne là où il est passé. Il est maintenant trop loin pour que je puisse encore le contrôler. Il m'échappe, poursuit sa route en perdant peu à peu sa force et sa vitesse. Je ne laisse pas aux survivants le temps de revenir de leur surprise et de réaliser que nous ne sommes plus que six. Je m'accroupis, projette mon don le long des failles de la pierre, jusqu'à sentir la lave présente loin en dessous de nous. Je lui ordonne de monter, élargissant plusieurs fissures à la fois pour lui permettre de se frayer un chemin. Elle jaillit en fontaines à différents endroits, semant la mort à son tour. Pendant ce temps, mes compagnons lancent leurs propres attaques, pilonnant ce qui reste des troupes ennemies.

Un Miroir s'ouvre entre nous et nos adversaires. Jorsh en jaillit au galop avant que j'aie pu envoyer de l'eau pour empêcher le portail de se former. Le chef des pirates tend un bras et mes compagnons sont propulsés en arrière avec une force inouïe. Je parviens tout juste à freiner leur chute. Jorsh m'observe. Je lui rends son regard. Presque sans y penser, je dévie les attaques de feu qui continuent à fuser vers nous.

- Vos amis ont trouvé de l'antidote, fait-il remarquer. C'est... contrariant. Cela dit, vous en avez pris une dose un peu forte. Votre organisme risque de ne pas y survivre.

- C'est aussi votre cas, rétorqué-je.

Je suis certaine que la force avec laquelle il a projeté mes compagnons n'était pas naturelle.

- Sauf que, pour moi, ce n'est pas la première fois. J'ai habitué mon corps en prenant régulièrement du poison et de l'antidote, en doses croissantes. Mon organisme tiendra très bien le choc. Et ma force devrait dépasser la vôtre, je le crains.

Il descend avec grâce de cheval et lui administre une claque sur la croupe. Sans même la toucher, Jorsh

projette son don dans la roche. Je sens son pouvoir se répandre et je comprends ce qu'il veut faire, mais je ne sais pas comment l'en empêcher. Des blocs de roche se détachent des bords de la faille pour construire un pont assez large pour permettre le passage de front de trois attaquants. Jamais je n'avais vu un élémental maîtriser à ce point cet élément depuis mon père. La peur revient, exacerbée par l'antidote. Je lutte pour la maîtriser, mais je n'y parviens pas plus que la colère tout à l'heure. Elle me paralyse, m'empêche même de réfléchir.
- Liz ! crie la voix d'Alvën derrière moi.

Jorsh utilise l'un des blocs qu'il a détachés pour tenter d'écraser mes compagnons. Avec leur force combinée, ils n'ont réussi qu'à le ralentir. Entre la simple gravité et la force de Jorsh, le rocher descend vers eux, inexorable. La colère est de retour. J'attrape le bloc et le lance en direction de l'armée ennemie, où il trace un sillage de mort, avant de s'arrêter. Mes amis profitent de cette diversion pour attaquer Jorsh tous en même temps. Celui-ci dévie leurs tentatives avec une nonchalance et une arrogance quelque peu agaçantes.
- Laissez-le moi ! leur crié-je. Occupez-vous du reste de l'armée.

Malgré la tornade et les fontaines de lave, les Kerhuelaï et les pirates restent plus nombreux que nous. Comme si cela ne suffisait pas, j'entends des cris de guerre résonner derrière nous, en provenance du château. J'ai le temps de penser : « Oh ! Non ! Il a trouvé un moyen de nous prendre à revers ! » Mais je ne peux pas regarder l'ampleur du désastre : Jorsh a utilisé les failles que j'ai formées pour faire jaillir à nouveau la roche en fusion. Sauf qu'il la dirige bien mieux que moi. Visiblement, il s'est entraîné à maîtriser la pierre. Il a aussi l'avantage de contrôler le feu. Des torrents de lave se déversent vers nous, en accélérant.

Je me souviens de l'affrontement contre Brandanon. Il m'avait attaqué de la même manière. Là, je n'ai pas de rivière à disposition, mais il reste un bassin. Un dernier. Je prélève d'un coup toute l'eau qu'il contient, ce qui forme une boule de la taille d'une petite maison, et la lâche au-dessus de la coulée. Celle-ci refroidit et se solidifie avec un grésillement strident et un énorme nuage de vapeur brûlante. A l'aide d'un souffle d'air, j'envoie celle-ci vers le visage de Jorsh. Elle se sépare en deux et passe de chaque côté, le laissant indemne.
- Pas mal, me félicite-t-il avec un signe de tête appréciateur. Mais vous n'avez plus d'eau à présent.

Il crée une nouvelle éruption et dirige encore une fois la roche incandescente vers nous. J'essaie de la persuader de faire marche arrière, mais ne parviens qu'à la ralentir. Je crée alors une nouvelle fissure, bien moins spectaculaire que la première, juste suffisante pour que la lave s'y déverse. J'entends Jorsh pousser un juron. J'étends la faille dans sa direction. Il crée un Miroir à une vitesse que je n'aurais jamais cru possible et se retrouve quatre mètres derrière moi. Je sens la roche sous mes pieds se morceler et se déformer. Bientôt, elle m'enserre les pieds et commence à monter le long de mes jambes. Je me concentre et brise la gangue. Je me prends alors une rafale d'une puissance incroyable en plein visage. Je suis projetée en arrière en tourbillonnant sur moi-même. Heureusement, l'entraînement auquel je me suis livrée pour mes sauts me permet de reprendre le contrôle de la bourrasque et je parviens à me poser sans mal, à quatre pattes. J'ai à peine touché le sol qu'il m'envoie déjà une salve de flammes. J'utilise les courants pour me projeter en l'air et l'éviter de peu. Je me pose derrière Jorsh et lui envoie moi-même une mini-tornade, qu'il repousse sans trop d'effort. Je me laisse porter une nouvelle fois par les courants et me jette sur lui, l'épée au poing. Il n'a pas le temps de dégainer, mais il me dévie assez pour éviter d'être décapité. J'ai tout de même la satisfaction de voir qu'une fine ligne rouge zèbre son épaule.

Il sort son arme de son fourreau et nous nous portons à l'attaque. Nous utilisons le vent pour parer et freiner notre adversaire, pour bouger également. S'il est plus fort que moi, je maîtrise mieux cet élément que lui. Je tourbillonne autour de lui, le harcèle, mettant à profit toutes les leçons d'Alvën. Je parviens à le toucher trois fois encore, avant qu'il ne crée de sa main libre une boule de feu de la taille d'une pastèque, m'obligeant à reculer. Il en profite aussitôt pour créer un nouveau Miroir, là où je me trouve. Je me propulse en arrière juste à temps.

Je reprends tout juste mon équilibre quand je sens le sol sous mes pieds trembler et se morceler, une fois de plus. Je tombe, incapable de trouver un appui ferme. Je reste assise par terre et saisis tous les débris qu'il vient lui-même de créer. Je les propulse vers lui à pleine vitesse. Il parvient à dévier les plus gros, mais plusieurs petits le frappent. Il saigne maintenant à de nombreux endroits. Il me regarde, haletant. Je suis déjà en train de préparer mon attaque suivante lorsqu'il crée un nouveau portail. Je regarde autour de moi, cherchant à le repérer, mais il n'est nulle part en vue. Il s'est enfui.

Alvën, Kalkak, Verya, Gaviel et Karilön semblent avoir la défense bien en main contre ce qui reste de l'armée ennemie de notre côté. D'autant plus qu'ils ne sont pas seuls. D'autres élémentaux se sont joints à eux. Pour venir à leur aide, ils ont dû laisser le flanc et notre arrière insuffisamment protégés ! C'est alors que je remarque qu'ils portent tous l'armure or et la tunique verte des Kerdilonaï. Sartal a envoyé des renforts. Je pousse un soupir de soulagement. Un nouveau coup d'œil circulaire me montre que la bataille est presque terminée. Les Kerhuelaï s'enfuient par Miroirs. Jorsön a disparu. Et Jorsh... Je peste intérieurement : je n'ai pas été capable de l'arrêter. S'il a réussi à s'échapper, il lancera d'autres attaques, j'en suis certaine.

Une fine silhouette se précipite vers moi. Dalya.

- Je croyais vous avoir dit de rester à l'intérieur !
- Majesté, crie-t-elle essoufflée en se tenant le côté, Jorsh est entré dans le palais. Il a pris des otages parmi les réfugiés. Il est entré dans la salle du trône.

Alvën s'est approché. Nous échangeons un regard surpris.

- Qu'espère-t-il ? demandé-je, interloquée. Il ne pense quand même pas ressortir du palais avec le trésor royal sur le dos ? Il lui sera impossible de créer un Miroir à l'intérieur !

Alvën hausse les épaules :

- Allons voir ce qu'il mijote.

Gaviel nous ouvre un Miroir pour nous déposer juste devant les marches. Je fais un pas vers lui et chancelle, me rattrapant de justesse au bras d'Alvën. Celui-ci me soutient par les épaules en me dévisageant, l'air inquiet :

- Liz, tu vas bien ?
- Je me sens... faible tout à coup. Je pense que l'effet de l'antidote diminue. Peut-être que le lomior reprend le dessus ? Je devrais boire une petite gorgée...

J'ai tendu la main vers le flacon fixé à la ceinture d'Alvën, mais celui-ci secoue la tête :

- Avec la dose que tu as prise, le poison ne peut plus faire effet.
- Alors pourquoi est-ce que je me sens si faible ?

Il pose une main sur ma poitrine. Je sais déjà ce qu'il découvre : mon cœur bat toujours à tout rompre.

- Tu as trop sollicité ton corps, entre l'antidote et l'utilisation du don. Tu le paies à présent. Reste là, je vais y aller avec Gaviel, Kalkak et Verya.

Je secoue la tête.

- Non, j'ignore ce qu'il prépare, mais il a forcément quelque chose en tête. Il ne se serait pas précipité vers la salle du trésor sans un plan pour s'échapper. Et il ne faut pas qu'il s'échappe, sinon, nous aurons fait tout cela pour rien !

- Je sais bien, mais tu ne tiens plus debout.

- Une gorgée de plus m'aidera à tenir assez longtemps. S'il te plaît.

Il secoue la tête :

- Une gorgée de plus te tuera.

Je le regarde droit dans les yeux :

- Si c'est le prix à payer, alors soit, j'y suis prête !

- Pas moi ! s'exclame-t-il.

Nous nous faisons face, en colère tous les deux.

- Je t'ordonne de me donner cette bouteille !

- Tu n'es pas ma reine.

Il a parlé calmement, mais ses yeux lancent des éclairs. Je me radoucis :

- Tu l'as fait, tout à l'heure, murmuré-je.

- Oui, j'ai pris ce risque parce que nous étions sur le point de mourir de toute façon. La situation était plutôt désespérée. Là, ce n'est pas le cas. Jorsön et ses hommes se sont enfuis, les pirates sont en déroute, Jorsh est seul et acculé dans le palais. Donc, tu vas devoir nous faire confiance et rester ici. Et tu vas arrêter de faire ta tête de scoun, parce que nous n'avons vraiment pas le temps de nous disputer maintenant.

Sur ces mots, il se dirige vers le palais. J'avoue, je ne suis pas très fière de ce que je fais alors. Tandis qu'il me tourne le dos, je lui envoie avec mes dernières forces une rafale qui le fait tomber à terre. Avant que

quiconque ait pu réagir, je me suis laissé tomber sur lui, j'ai attrapé la bouteille attachée à sa ceinture et l'ai portée à mes lèvres.
- Non ! crie Alvën.

Trop tard. Mon cœur me fait mal tellement il bat vite et fort, mais je me sens rapide et forte, moi aussi. Je me relève avec une souplesse dont j'aurais été bien incapable quelques secondes plus tôt. Je lui tends la main, mais il ne la prend pas. Son visage est livide de rage et de frayeur. Je me détourne. Il avait au moins raison sur un point : ce n'est pas le moment de nous disputer. Il sera temps de demander pardon plus tard.

Je franchis le Miroir et monte les marches du palais. Je n'ai pas besoin de me retourner pour savoir qui m'a suivie. Mon oreille isole et reconnaît sans peine le pas lourd de Kalkak, celui plus léger et déterminé de Gaviel, le pas plus hésitant de Karilön, la démarche de chatte de Verya. Et, oui, un peu à la traîne, c'est le pas presque silencieux d'Alvën.

Nous traversons au pas de course la salle du trône, nous retrouvons dans la deuxième partie du bâtiment et descendons les marches qui mènent aux pièces souterraines. La dernière porte, celle que l'on ne peut ouvrir qu'avec une clé bien précise, dissimulée parmi une centaine d'autres derrière un panneau secret, est grande ouverte. Le garde est étendu, mort, par terre.

A l'intérieur de la pièce, un spectacle insolite nous attend. Jorsh se trouve au centre d'une nouvelle tornade, qui a prélevé un bon tiers de ce qui reste du trésor. Non loin, un cercle de flammes brûlant sans combustible entoure une dizaine de villageois. La moitié des otages sont des enfants. Si Jorsh a menacé ces petits, je comprends pourquoi le garde a décidé de lui ouvrir.
- Liz ! s'écrie le chef des pirates.

Le diamètre du cercle de feu diminue sensiblement, provoquant des hurlements de terreur.

- Vous vous êtes montrée particulièrement contrariante. Je regrette vraiment que cet incapable de Brion n'ait pas réussi à nous débarrasser de vous !

- Brion travaillait pour vous ?

- Disons qu'il avait certains intérêts à ce que je m'empare du trône. S'il n'était guère efficace, il avait du bon sens. Assez pour savoir qu'en dehors des avantages purement… matériels, il aurait évité à Kervilgän bien des souffrances et des morts inutiles, tout en apportant sécurité et stabilité à l'île. Ce que vous avez été trop sotte pour comprendre de votre côté, d'ailleurs. Maintenant, vous allez me laisser passer. Mes nouveaux amis vont m'accompagner jusqu'aux portes du palais. Là, je créerai un Miroir qui me permettra de quitter cette île. Pour le moment. Ces richesses que vous allez si généreusement me permettre d'emporter me serviront à engager des mercenaires. Soyez assurée que ceci n'est que le début.

- Je ne vous laisserai pas partir, fais-je en avançant d'un pas.

Mon cœur bat fort dans ma poitrine. Si fort. Une douleur commence à en irradier, mais je n'ai pas le temps de m'en soucier.

- N'avancez plus ! me crie Jorsh.

Le cercle de flammes s'est resserré. Les adultes forment un cercle protecteur bien illusoire autour des enfants. Le souvenir d'un soldat immolé par le feu à cause de mes choix me revient en mémoire. Je ne peux pas permettre que la même chose se reproduise. Mais je ne peux pas permettre non plus à Jorsh de s'en tirer.

Il a commencé à se déplacer vers la porte, à la suite de ses otages. Mes compagnons restent immobiles à mes côtés, aussi impuissants que moi. Si seulement je pouvais éteindre ces flammes, Jorsh perdrait son moyen de pression. Et soudain, la solution s'impose à mon esprit : les bains sont à l'autre bout de ce couloir ! Bien sûr, c'est loin. Et il m'en faudra une grande quantité. Mais avec la force que je sens couler en moi, c'est possible.

- Tenez-vous prêts, soufflé-je entre mes dents.
- Prêts à quoi ? demande Gaviel.
- A utiliser l'air de toutes vos forces pour accélérer et resserrer la tornade de Jorsh. Le but est de le cribler de ces joyaux.
- Il va comprendre ce que nous faisons, proteste Verya en remuant à peine les lèvres. Dès qu'il va réaliser que nous cherchons à prendre le contrôle du vent, il va tuer ces gens.
- Faites-moi confiance.

Tout en parlant, j'ai déjà projeté mon don vers l'eau. Je la sens, là-bas. Cela m'aiderait de fermer les yeux et de chantonner pour mieux me concentrer, mais Jorsh me surveille tout en avançant lentement vers la sortie. Je fais de mon mieux pour rester impassible. Je parviens à soulever une boule d'eau de la taille d'une petite voiture, sens une nouvelle douleur traverser ma poitrine. Je perds le contrôle et la sphère retombe dans la piscine. Masquant ma frustration, j'essaie une deuxième fois. La boule s'élève au-dessus du bassin. Je la presse de s'engager dans le couloir. Si Jorsh sort de la pièce avant qu'elle ne soit sur les otages, tout est perdu. Le cercle de feu oblige les pauvres gens à avancer. Jorsh m'adresse un sourire de triomphe. L'eau n'est qu'au milieu du couloir quand les enfants passent la porte. Ils émettent de petits cris effrayés, qui aiguisent la curiosité de Jorsh.

- Que se passe-t-il ? s'inquiète-t-il en se tournant à son tour vers la porte.

Il ne faut pas qu'il la franchisse.

- Maintenant ! crié-je.

Je donne à la boule d'eau une accélération brutale en espérant qu'elle atteindra à temps le cercle de feu. Dans le même temps, je joins ce qu'il me reste de force aux efforts de mes compagnons. La tornade tourne plus vite et échappe au contrôle de Jorsh. Les joyaux se précipitent vers lui avec la force de boulets de canon.

Vous aimeriez savoir si ça a fonctionné ? Moi aussi. Mais la douleur explose dans ma poitrine et, bien évidemment, je m'évanouis. Encore.

Chapitre 32

Quand je reviens à moi la première fois, je ne parviens pas à ouvrir les yeux, malgré tous mes efforts, alors je me concentre sur mes autres sens. Je suis au chaud et au sec, allongée sur quelque chose de mou et de confortable. Des gens parlent autour de moi. Si je ne comprends pas leurs paroles, je reconnais la voix du chirurgien, calme, grave et posée, et celle d'Alvën, plus inquiète. J'aimerais pouvoir le rassurer, lui dire que tout va bien, mais je n'y parviens pas. Un mouvement, l'effluve discret d'un parfum familier et un sanglot étouffé. Dalya vient de remonter la couverture sur ma poitrine. Pourquoi pleure-t-elle ? Que s'est-il passé ? Jorsh s'est-il échappé ? Les otages sont-ils morts ? Y a-t-il eu d'autres attaques ? J'essaie désespérément de bouger, sans succès. L'effort, s'il est totalement inefficace, semble par contre trop exigeant pour mon corps. Celui-ci me le fait payer en me laissant sombrer une nouvelle fois dans l'inconscience.

Par la suite, il me semble alterner entre le noir total et un état de semi-réveil, où je suis vaguement consciente d'entendre des mots sans signification, de sentir qu'on me manipule, mais sans parvenir à communiquer.

J'ignore combien de temps s'est écoulé lorsque je parviens enfin à ouvrir les yeux. Il fait nuit. Le clair de lune baigne la pièce. Un chandelier est allumé sur la table de chevet, révélant le visage épuisé du médecin, assis dans un fauteuil tiré tout près du lit. Il se frotte les yeux pour en chasser le sommeil. Quand il cesse enfin d'essayer de les enfoncer au fond de ses orbites, il pose sur moi un regard distrait avant de s'écrier, tellement fort qu'il me fait sursauter :

- Elle est réveillée !

Deux personnes, endormies dans des fauteuils plus éloignés, se lèvent aussitôt. L'une d'elles quitte la pièce. Même dans le noir, je reconnaîtrais cette silhouette et cette démarche entre mille : Alvën. Pourquoi part-il ? Est-il encore en colère ? L'autre se précipite vers moi, s'agenouille à côté du lit et me prend la main. Le visage de Dalya est tout à la fois rayonnant et baigné de larmes. Le chirurgien a entrepris de soulever mes paupières, de tester mes réflexes, d'écouter mon cœur, de prendre mon pouls. Je finis par dégager ma main. Plus faiblement que je ne l'aurais voulu, d'ailleurs. J'ai plus l'impression qu'il la lâche parce qu'il a terminé qu'autre chose.

- Je vais bien, docteur.

Ça, c'est ce que je voulais dire. Sauf que ça ressemble davantage à : « Eu inteeuhhh. » Mon amie fronce les sourcils, visiblement inquiète.

- N'essayez pas de parler, me gronde le chirurgien avant de rassurer Dalya : Ça va aller, maintenant. Vous allez m'aider à la redresser, ensuite, vous lui ferez avaler ce que je vais préparer. Il ne faudra pas tout lui donner d'un coup, sinon elle risque de vomir. Pas plus d'une ou deux cuillères à la fois.

Il aide en effet ma domestique à m'asseoir et à arranger les oreillers. Ensuite, Dalya rallume le feu dans la cheminée et y installe une petite marmite. Bientôt, une délicieuse odeur fait gronder mon estomac. Elle prélève une louche d'un bouillon clair mais parfumé. Pendant ce temps, le docteur s'affaire à

mélanger des poudres diverses dans un gobelet d'eau, avant d'en prélever quelques cuillères qu'il ajoute au bol de bouillon.
- Tenez, dit-il un peu sèchement en tendant le tout à Dalya.
- Et vous, qu'allez-vous faire ? demande-t-elle.
- Dormir, répond le docteur d'une voix soudain extrêmement lasse. Enfin ! Je repasserai à la première heure demain. Ça va aller, mais elle devra avaler sans discuter tous les remèdes que je jugerai bon de lui administrer pendant un long moment. Et elle n'est pas près de quitter ce lit, c'est moi qui vous le dis !

Si je ne le connaissais pas, je pourrais croire qu'il s'est inquiété pour moi ! Dalya s'assied au bord du lit et me tend une première cuillère. Obéissante, j'ouvre la bouche. Celle-ci, tout comme ma gorge, est tellement sèche qu'il m'est très difficile et douloureux d'avaler. Néanmoins, devant l'air toujours soucieux de mon amie, je m'efforce d'y parvenir et j'accepte docilement une deuxième fournée. Après ma bouche et ma gorge, qui me donnent l'impression d'avoir avalé du verre pilé, c'est à mon estomac de me faire savoir qu'il n'est pas du tout satisfait. Même si j'ai une faim de loup, il se met à gronder sa désapprobation et à danser la salsa. Dalya repose le bol sur la table de nuit et m'observe. Décidée à ignorer mes protestations stomacales, je garde les yeux fixés sur la porte. J'espère qu'Alvën est simplement parti annoncer que je suis réveillée. D'ailleurs combien de temps exactement ai-je dormi ? Que s'est-il passé après que je me suis évanouie ? Tellement de questions, mais ma simple tentative de demander où est passé mon fiancé se résumant à un : « houhou » faiblard, je me résigne à devoir prendre mon mal en patience.
- N'essayez pas de parler, me gourmande-t-elle.

Je lui adresse un regard frustré, avant de le reporter sur la porte.
- Ne vous inquiétez pas. Il va revenir, m'affirme-t-elle d'une voix douce.

Je lève un sourcil avant de mimer l'air boudeur d'Alvën. Je dois être plutôt douée, parce que Dalya s'esclaffe (bien qu'on sente que le cœur n'y est pas tout à fait) avant de m'expliquer :
- C'est possible en effet qu'il soit parti bouder. Il a été très en colère contre vous, vous savez (son ton laisse à penser qu'il n'a pas été le seul) mais jusqu'à présent, sa peur pour vous passait en premier. Quand il a su que vous étiez réveillée, la peur a dû diminuer un peu.

Donc, il est réellement furieux. Mon cœur se serre (aïeuuuu ! ça ne faisait pas si mal que ça, avant !) Dalya a dû remarquer ma détresse (davantage liée au départ de mon fiancé qu'à mon cœur qui me fait mal, au sens propre du terme !) parce qu'elle me sourit avec gentillesse :
- Ne vous inquiétez pas. Encore une fois, il a eu vraiment peur. C'est d'ailleurs en partie pour ça qu'il est en colère. Il est aussi possible qu'il soit sorti pour qu'on ne puisse pas voir ses larmes de soulagement.

Alvën ? Pleurer ? Ça, je n'y crois pas une seconde. Enfin, je n'y peux rien de toute façon. Tant que je ne suis pas capable d'émettre des sons plus élaborés que ceux d'un bébé, je ne peux guère lui demander de me pardonner. Il ne me reste qu'à essayer de reprendre des forces. Je tends un doigt vacillant vers le bol. Dalya me fait avaler deux nouvelles cuillères. Il me semble que c'est un peu moins douloureux.

Ensuite, pour patienter jusqu'aux deux suivantes et parce qu'elle me connaît bien, elle entreprend de me raconter ce qui s'est passé :

- Votre plan a fonctionné, m'apprend-elle. L'eau a atteint les otages à temps. Ils étaient complètement trempés, mais bien vivants !
- Oooooooochhh ?
- Jorsh est mort.

Je pousse un soupir et me laisse aller contre mes oreillers. Une tension dont je n'avais pas été consciente disparaît brusquement.
- Son cadavre est certainement le plus coûteux de tous les cadavres de l'Histoire, criblé de pierres précieuses comme il l'est. Enfin, maintenant que le chirurgien aura moins de travail avec vous, peut-être pourra-t-il les extraire…

Dès que je serai capable de parler, je donnerai des ordres pour qu'il n'en soit rien. Je ne veux pas de ces pierres. Qu'elles restent où elles sont !
- Le roi Sartal, ainsi que d'autres monarques, a envoyé une aide médicale, ce qui a permis à notre chirurgien royal de rester à votre chevet sans qu'il manque aux autres blessés.

Devant mon regard, elle précise, un peu à contrecœur :
- Ces derniers… sont nombreux. De même que les morts. Des dizaines de civils ont été brûlés vifs lors de l'attaque.

Je serre les poings. Pour détourner mon attention, Dalya me force à avaler deux autres cuillères.
- Le Seigneur Graskin et le duc Caridan ont assuré l'intendance depuis la fin de la bataille, poursuit-elle.

Je lève à nouveau un sourcil en espérant qu'elle comprenne mon interrogation muette :
- Oh ! Cela fait une rendië.

Une rendië ! Une rendië que je suis allongée sur ce lit sans pouvoir m'occuper des affaires du royaume ! Onze jours que je suis entre la vie et la mort. Pas étonnant que Dalya ait été aussi soulagée. Et qu'Alvën... Je préfère ne pas trop penser à lui pour l'instant.

- Le Seigneur Graskin, appuyé par plusieurs souverains, a demandé réparation à Jorsön. Le roi de Kerhuel a envoyé des maçons élémentaux pour aider à la reconstruction des maisons. Et des charpentiers, ainsi que des planches, pour les navires. Les jeunes cultures ont été brûlées, mais les élémentaux que vous aviez recrutés pour s'en occuper disent que ce n'est pas si grave : le sol est maintenant suffisant pour qu'ils puissent faire repousser des cultures plus rapidement.

Deux cuillerées plus tard, ma curiosité au moins en partie apaisée, je me rendors.

Quand j'ouvre les yeux, la lueur grise de l'aube pénètre par la fenêtre ouverte. Dalya est endormie dans le fauteuil qu'occupait le chirurgien lors de mon précédent réveil. Alvën est dans la pièce, absorbé par sa varanem matinale. Je l'observe en souriant. Les gestes familiers m'apaisent et... disons que c'est toujours agréable de le regarder se livrer à ce genre d'exercice. Il s'immobilise au milieu d'un mouvement : il vient de remarquer que je suis éveillée. Il s'approche, mais s'arrête au pied du lit. Son regard est dur, et décidément vide de larmes.

- Tu n'aurais pas dû faire ça.

Sa voix est dure, elle aussi.

- Je n'avais pas vraiment le choix.

Ma voix à moi est rauque, mais elle est revenue. Le bouillon magique du Doc a fait son effet.

- Nous aurions trouvé une autre solution.

Je hausse les épaules :

- Je n'ai pas trouvé d'autre idée sur le moment. Et puis, ça a marché. Et je vais bien.

Il laisse s'échapper un petit rire sardonique. Quoi ? Je suis défigurée ? Paralysée ? Est-ce pour cette raison qu'il se comporte ainsi ? Il ne veut plus de moi ? Je me concentre sur mes orteils : ils bougent. Mes jambes sont lourdes, mais je parviens à les déplacer également. Je pousse intérieurement un soupir de soulagement. Je passe ensuite une main sur mon visage mais ne sens rien de particulier.

- Je vais bien ? répété-je d'une voix mal assurée.
- Ton cœur s'est arrêté, là-bas. Tu savais ? J'ai trouvé la bouteille de lomior sur Jorsh et je t'en ai versé dans la bouche. C'est la seule idée qui me soit venue. Pendant plusieurs minutes, je t'ai fait un massage cardiaque, sans résultat. Tu étais morte, Liz !

Sa voix est terriblement mesurée, comme s'il s'interdisait de ressentir.

- Verya m'a dit d'arrêter. Même Kalkak n'y croyait plus. Et puis, ton cœur est reparti. Le chirurgien dit que c'est grâce au lomior, mais jusqu'à ce que tu te réveilles, on ne savait pas si je n'avais fait que retarder ta mort ou pas. Ou si tu resterais dans le coma pour toujours. Ou si tu aurais des séquelles. Une rendië ! Tu es restée endormie, sans qu'on sache si tu te réveillerais un jour, pendant toute une rendië !
- Mais je vais bien, maintenant.
- Tu ne referas jamais une chose pareille.

Son intonation ne laisse pas le moindre doute : c'est un ordre. Clairement. Celui-ci claque avec cette autorité naturelle qui lui vient sur le champ de bataille et qui a poussé des soldats kervilgaï à lui obéir sans se poser de question. Sauf que je ne suis pas un soldat !

- Tu n'as pas d'ordre à me donner ! protesté-je aussi fort que possible avec mes cordes vocales qui déraillent.

Je regrette aussitôt mon éclat, et pas seulement parce que ma gorge est à nouveau en feu. Mais il m'agace aussi, avec son attitude glaciale ! Moi, tout ce dont j'ai besoin, c'est qu'il m'embrasse et m'assure que, maintenant, tout ira bien.

Mais il ne vient pas m'embrasser. En fait, il quitte une nouvelle fois la pièce, trop vite pour que je puisse revenir de ma surprise et l'appeler.

Ses yeux sont restés vides de larmes. Pas les miens.

Dalya, réveillée dès nos premiers échanges, soupire :

- Oh ! Ce n'était pas très adroit, votre Majesté.
- Parce que c'est de ma faute !

La frustration m'a rendue agressive. Je m'excuse aussitôt : Dalya n'a pas à subir ma mauvaise humeur.

- Je vous demande pardon. Vous n'y êtes pour rien. Je n'aurais pas dû vous parler sur ce ton. Et comme je vous l'ai déjà affirmé : vous êtes libre d'exprimer ce que vous pensez.
- Je n'irai pas jusqu'à dire que c'est de votre faute, votre Majesté. Il a certes été un peu dur. Mais, si son Altesse ne sera pas roi, il ne sera pas non plus l'un de vos sujets, mais votre époux. Vous avez pris une décision très lourde de conséquences pour vous deux sans le consulter. Pire ! Contre son avis. Il est en colère et, comme vous à l'instant, il a mal mesuré ses paroles à cause de ses émotions. Sa peur n'a rien arrangé. Son impuissance non plus, très certainement. Je pense qu'il n'est pas homme à avoir l'habitude de se sentir impuissant.
- Mais c'était nécessaire !
- Peut-être. Ou peut-être que Jorsh aurait pu être arrêté plus tard. Nous ne le saurons jamais.

Comme je vais protester, Dalya lève une main :

- Je sais pourquoi vous avez pris cette décision. Et lui aussi, sans le moindre doute. Cependant, maintenant, il avait besoin d'être rassuré, et cela passait certainement par des excuses de votre part. Au lieu de quoi…

Dalya s'interrompt, sans doute pour ne pas me critiquer trop vertement. Elle réchauffe un peu de bouillon qu'elle mélange à un petit sachet posé sur la table de nuit et entreprend de me le faire avaler. De mon côté, je m'enferme dans un silence boudeur. Je ne vais quand même pas m'excuser d'avoir fait ce que je devais faire. Et en même temps, une petite voix agaçante quelque part dans ma tête me souffle que Dalya a raison : Alvën n'est pas l'un de mes sujets. Si j'ai pris l'habitude de trancher seule pour ce qui concerne mon royaume, il faudra que je m'habitue à ce que nous prenions à deux les décisions affectant notre couple. Ensemble, nous aurions peut-être trouvé une autre solution.

La porte s'ouvre et je me redresse comme je peux, espérant que ce soit Alvën. C'est le docteur, qui paraît toujours extrêmement fatigué. Sans même un bonjour, il fait signe à Dalya de s'écarter, prend sa place et commence à m'examiner.

- Vous avez meilleure mine, me fait-il remarquer.
- Pas vous, rétorqué-je d'une voix un peu inquiète. Vous avez l'air complètement épuisé.
- Vous parlez. C'est bien. Figurez-vous que je viens de passer une rendië au chevet d'une patiente complètement irresponsable. Une rendië sans dormir ou presque a cet effet-là sur les gens. Enfin, je suis plutôt satisfait du résultat. Votre fiancé vous a certainement sauvée en vous faisant avaler cette petite dose de poison pour contrebalancer les effets de l'antidote. Mais sans moi, vous n'auriez pas récupéré.

Il a dans la voix la fierté d'un artiste devant son plus grand chef d'œuvre. Tandis qu'il prend mon pouls, je remarque plusieurs points rouges sur mon bras.
- Pendant que vous étiez inconsciente, je ne pouvais rien vous faire avaler, alors je vous ai soignée à l'aide de quelques injections.

Vu mes bleus et le nombre de points, il devait s'agir d'un gros « quelques. »
- Merci.

Il semble surpris :
- De quoi ?
- De m'avoir sauvée !

Il fait un geste de la main comme pour chasser une mouche importune, avant de placer son drôle d'instrument faisant office de stéthoscope sur ma poitrine.
- Votre cœur bat bien.
- Je me sens bien. Je peux me lever ?

Il éclate de rire et s'adresse à Dalya sans me répondre :
- Tenez (il lui tend un autre sachet), vous lui ferez avaler ça dans deux heures. Je repasserai la voir ce midi.

Il sort d'un pas pressé, sans refermer entièrement la porte derrière lui. Je grommelle :
- Il faut pourtant que je parle à Alvën.
- Je peux aller le chercher, si vous voulez.
- Mais acceptera-t-il de venir ?

Elle m'adresse un léger sourire :
- Je pense que oui. Il vous aime beaucoup.

Comme elle reprend le bol de bouillon, je l'interroge :
- Que faites-vous ?
- Il faut d'abord que vous finissiez cela.
- Je vais le manger seule.

Elle me tend le bol avec précaution, sans le lâcher. Mes mains sont maladroites et, si elle ne l'avait maintenu, je l'aurais certainement renversé.
- Si vous voulez, je vais m'en charger, intervient une voix qui fait bondir mon cœur dans ma poitrine.

Alvën s'avance dans la pièce et prend le bol des mains de Dalya avec des gestes un peu plus brusques que d'ordinaire. Il évite mon regard.
- Ainsi, vous êtes libre de vaquer à vos occupations, ajoute-t-il à l'intention de ma domestique.

Dalya quitte le fauteuil une deuxième fois et hésite un peu. La raison pour laquelle elle devait quitter la pièce vient justement d'y entrer. Finalement, qu'elle ait à faire ailleurs ou pas, elle décide de nous laisser un peu d'intimité et quitte la chambre en silence. Alvën me fait avaler une cuillère de bouillon, toujours sans me regarder dans les yeux. Si je suis curieuse de savoir pourquoi il est revenu, il ne semble pas disposé à parler en premier, alors je me lance :
- Je te demande pardon.

Ses yeux rencontrent brièvement les miens, mais se détournent aussitôt.
- Pour quoi ? demande-t-il d'une voix toujours froide.
- Pour t'avoir parlé comme je l'ai fait tout à l'heure. Et pour avoir pris l'antidote alors que tu ne voulais pas. Je suis toujours convaincue que c'était la seule option, mais je réalise que je n'avais pas le droit de prendre seule cette décision.

Il est parfaitement immobile, les yeux fixés sur la cuillère plongée dans le bol. Je poursuis :
- Je ne peux pas te promettre de ne plus jamais prendre de risques, mais je te promets de prendre en compte ton point de vue.

Je rajouterais bien : « Si tu en fais autant », mais j'imagine que cela nuirait à l'effort de réconciliation.

- Je suis désolée si je t'ai blessé.

Il pousse un profond soupir, que je ne parviens pas à déchiffrer. Il me fait avaler une nouvelle cuillerée de bouillon, sans quitter celle-ci des yeux.

- Tu sais, je m'étais habitué depuis mon adolescence à l'idée de me marier avec une femme dont je ne serais pas amoureux. Je m'étais préparé à traverser ma vie sans connaître ni l'amour ni la passion. Et puis tu es arrivée. Tu as mis un de ces bazars dans ma vie ! Et dans mes émotions ! Au début, j'ai dû lutter contre ce que je ressentais pour toi. Mais depuis nos fiançailles, je suis heureux. Vraiment heureux. Et, de temps à autre, j'ai encore l'impression qu'il y a erreur. Que tout cela n'est pas censé être pour moi. Cela m'effraie un peu, parfois. Quand j'ai vu que ton cœur s'était arrêté, j'ai cru… Je ne sais pas comment décrire ce que j'ai ressenti. Toute cette rendië a été terrible. J'ai eu tellement peur. Et la peur, c'est un autre sentiment auquel je ne suis pas habitué, ajoute-t-il avec l'ombre d'un sourire. Moi aussi je te demande pardon. Je n'aurais pas dû réagir comme je l'ai fait à ton réveil. J'étais tellement soulagé et en même temps, encore tellement en colère d'avoir failli te perdre ! Je regrette la façon dont je t'ai parlé.

Il lève enfin les yeux et les plante dans les miens. Mon cœur bat plus fort. C'est encore un peu douloureux, mais je m'en fiche. Je lui prends la main et l'attire vers moi. Il pose lentement le bol sur la table de nuit, s'assied sur le bord du lit et m'embrasse avec retenue, comme s'il avait peur de me briser. J'ai l'impression que cela me fait plus de bien que tous les médicaments du docteur réunis.

Épilogue

Je traverse la cour du château de Sedan au côté de Caroline et de Manu. Mon amie tient le petit Maël par la main. Je n'en reviens pas de voir comme le garçon a changé, au cours de ces quelques mois. Il marche comme un grand, maintenant. Des grondements furieux sortent du sac de sport où j'ai fourré Ciboulette. Me promener dans le château de Sedan avec une cage de transport n'aurait guère été discret. Nous nous arrêtons en haut des marches qui mènent à la Salle de jeu de paume. Manu m'adresse un sourire un peu crispé.

- Bon, eh bien, c'est parti. Direction Kerdevel.

Caroline est tout excitée, mais j'ai l'impression que son mari l'est un peu moins. Pourtant, j'ai tu de bonnes parties de l'histoire de notre lutte contre Jorsh. Surtout celles où on a tenté de m'assassiner, où les hommes de Jorsh ont brûlé vif une partie de la population et où j'ai failli mourir empoisonnée, juste avant que mon cœur n'explose, surboosté.

Nous descendons l'escalier et nous retrouvons dans la salle souterraine. Nous attendons qu'un couple de touristes termine d'en faire le tour et ressorte en faisant semblant de lire la petite affiche explicative. Dès que les deux visiteurs disparaissent, je guide mes amis vers la salle dont l'accès est fermé par une simple chaîne. Manu l'enjambe en premier et, en gentleman, me tend la main pour m'aider. Maël s'amuse à passer et repasser en dessous. Nous nous retrouvons dans la vaste pièce familière aux pierres jaunes, basse de plafond et suintante d'humidité. Manu étouffe un cri lorsque le premier scintillement du Miroir apparaît. Caroline affiche ce petit sourire supérieur de qui a déjà une grande expérience de ce genre de choses. Je réprime moi-même à grand-peine un sourire. Cela me fait tellement de bien de les revoir, de savoir qu'ils seront présents pour le grand jour.

Lorsque la surface du portail se stabilise, Caroline s'avance sans hésiter, le petit Maël dans les bras. Manu s'arrête devant, indécis. Je l'invite d'un geste du bras et d'un clin d'œil à tenter l'expérience. Il inspire profondément et avance d'un pas décidé. Je le suis rapidement.

De l'autre côté, la petite famille regarde autour d'elle avec curiosité. La pièce du troisième étage est vide, mais les murs noirs de pierre polie sont déjà dépaysants.

- Venez ! Nous allons passer rapidement dans mes appartements pour déposer Ciboulette et, ensuite, je vais vous présenter à mes amis.

Je les guide jusqu'à mon petit salon où Dalya nous attend, debout. Je ne sais toujours pas si elle reste parfaitement immobile à m'attendre tout le temps que je suis partie ou si elle a un sixième sens lui permettant de savoir précisément à quel moment j'arrive. Elle s'incline profondément, comme l'exige le protocole lorsque nous ne sommes pas seules.

- Votre Majesté, j'ai préparé des vêtements qui devraient convenir à vos invités.

Évidemment, Dalya ne va pas permettre aux amis de la reine de déambuler en jeans dans le palais, même s'ils ont l'excuse de venir d'un autre univers. Elle se tourne vers Manu.

- Les vôtres sont ici, dans le salon, Messire. Souhaitez-vous que je fasse appeler un domestique pour vous aider à les enfiler ?

Manu, occupé à regarder les dorures, les meubles et les tapis, réalise brutalement que le « Messire » doit s'adresser à lui. Il rougit violemment.

- Non, non, merci. Je peux garder mes vêtements.

Dalya lui adresse un regard qu'elle parvient à rendre tout à la fois réprobateur et imperturbable. Le pauvre homme semble se ratatiner. Je suis la seule à détecter l'étincelle dans les yeux de ma domestique. Je suis sûre qu'elle s'amuse beaucoup à jouer la domestique parfaite, dépositaire de l'honneur de la reine de Kervilgän. Caroline donne un coup de coude dans les côtes de son mari :

- Fais ce qu'on te dit, lui murmure-t-elle. Ne va pas mettre Lizy dans l'embarras.

- Aurez-vous besoin d'aide ? insiste Dalya.

- Non, non. Ça ira, je vous remercie.

- Ma Dame, si vous voulez me suivre, propose la jeune fille en s'inclinant profondément devant Caroline.

Celle-ci semble intimidée mais elle hoche la tête et la suit, le petit Maël toujours dans les bras. J'adresse une grimace complice à Manu et les suis dans ma chambre. Une fois la porte close, je libère Ciboulette et m'esclaffe joyeusement :

- Dalya, vous exagérez ! Le pauvre est devenu rouge pivoine !

Les lèvres de la jeune fille s'étirent brièvement en un sourire vite réprimé. Mais l'étincelle d'amusement est maintenant clairement perceptible. Le regard de Caroline passe de ma servante à moi-même, puis elle finit par rire aussi :

- Je suis ravie de vous rencontrer Dalya. Lizy m'a beaucoup parlé de vous !

Si elle tique un peu en entendant Caroline m'appeler par mon surnom, Dalya adresse cette fois un véritable sourire à mon amie
- Tout l'honneur est pour moi, Dame Caroline. Sa Majesté m'a également beaucoup parlé de vous.

Caroline secoue la tête :
- Je ne sais pas si je vais m'y habituer, à entendre les gens te donner du « Sa Majesté. » Êtes-vous vraiment obligée de m'appeler « Dame Caroline » ? ajoute-t-elle en se tournant vers Dalya.
- Évidemment.
- Mais je ne suis pas noble !
- Vous êtes les amis et invités de la reine, ce qui revient au même. Voulez-vous essayer votre robe ?
- Volontiers, mais toute seule, si vous n'y voyez pas d'inconvénient.
- Pas de souci, interviens-je. Tu peux passer derrière ce paravent, là-bas. Dalya t'aidera pour le laçage. Et pendant ce temps, nous allons habiller le petit prince.
- Maël, tu restes avec Lizy. Elle va te donner de beaux vêtements, explique sa maman au bambin, avant de disparaître avec une robe lilas dans les bras.

Maël n'a pas l'air de trouver qu'il est nécessaire de changer de vêtements, que les nouveaux soient beaux ou pas, mais avec mon aide, Dalya parvient à le transformer en petit noble kervilgaï. Pendant ce temps, Ciboulette a fait le tour de la chambre, a grimpé sur quelques meubles avant de nous rejoindre, Maël et moi, sur le lit. Elle ronronne bruyamment pendant que je la gratte derrière les oreilles.
- Elle n'a pas l'air trop dépaysée, me fait remarquer Caroline en réapparaissant.
- C'est sans doute parce qu'elle sent mon odeur un peu partout. Cette robe te va à merveille !

Elle esquisse une révérence presque parfaite. Elle éclate de rire devant mon regard surpris :
- Je me suis entraînée !

Nous retrouvons Manu dans le petit salon. Il tire sur sa tunique et semble beaucoup moins à l'aise que Caroline dans ses nouveaux vêtements.
- Jamais je n'aurais pensé me promener en collants, grommelle-t-il.
- Ce ne sont pas des collants, mais des chausses.
- Quoi qu'il en soit, c'est moulant.

Caroline et moi échangeons un regard et nous mordons la lèvre pour ne pas rire. Mon amie prend la main de son petit garçon et s'accroche à mon bras.
- Alors, où allons-nous maintenant que nous sommes parés
- Dîner !

Caroline cherche Dalya du regard, mais elle est déjà retournée dans la chambre.
- Elle ne nous accompagne pas ?
- Non, elle ne sert pas aux tables.
- Non, je veux dire. . elle ne mange pas avec nous ? C'est ton amie, n'est-ce pas ?
- Oui, mais c'est aussi ma domestique. L'étiquette est très importante ici, tenté-je d'expliquer en les guidant jusqu'au grand hall.

Arrivé en bas des marches, Manu demande, d'une drôle de voix, les yeux rivés sur l'arbre aux rubis :
- Et ça, c'est vraiment ton palais ?
- Oui. Un peu ostentatoire, je te l'accorde, mais on finit par s'y habituer.

Il hoche la tête, l'air sonné. Je les entraîne vers la salle du trône. Ils s'arrêtent sur le seuil, comme s'ils n'osaient pas entrer. Je me souviens à quel point j'avais

été intimidée, la première fois. Mais pour eux, au moins, la pièce est vide.
- Allons, venez, insisté-je.

Nous parcourons la vaste salle et passons à côté de l'estrade sur laquelle trône le haut siège en pierre noire et or massif.
- J'avais plus ou moins intégré que tu es une reine, chuchote Caroline, mais avant de voir tout ça, je crois que je ne comprenais pas réellement quelles étaient les implications.
- Reine ou pas, je suis toujours la même personne ! Et les implications sont bien moins glamour qu'on pourrait s'y attendre. Je pense que je vais mourir un jour enterrée sous une pile de dossiers.

Impatiente, je prends cette fois sa main pour la tirer derrière moi. Manu nous suit, la bouche un peu entrouverte. Nous pénétrons dans la deuxième partie du palais et je les conduis jusqu'à la petite salle à manger privée.
- Vous aurez l'occasion de manger dans la grande salle de banquet, mais pour le moment, nous bénéficions d'un peu d'intimité.

Nous entendons des rires et des bruits de discussion animée à travers la porte. Un garde nous ouvre avant de s'effacer pour nous laisser entrer. Quelques personnes sont déjà installées autour de la table. Toutes se lèvent à notre arrivée.
- Je vous présente mes amis de Kerdevel. Enfin, une partie, parce que Dalya et Gaviel ne peuvent se joindre à nous pour le repas. Voici Kalkak, Gardien de Kerdilön.

La bouche de Manu s'ouvre encore un peu plus devant le géant aux cheveux et à la barbe d'un roux flamboyant, un peu hirsute, avec son bandeau sur l'œil.
- Je crois que j'avais deviné, murmure Caroline.

- Voilà Verya, Maître Gardien.
- Pourquoi pas Maîtresse Gardienne ?
- Ah ! Ne me lance pas sur le sujet. Voici Cormélia, princesse héritière de Kerdilön. Et bien sûr, vous connaissez déjà Alvën.
- Toujours aussi canon, fait remarquer Caroline à mi-voix.

Un peu trop fort, apparemment : j'ai la surprise de voir mon fiancé rougir.
- Vous avez tenu votre promesse, poursuit mon amie.

Le visage d'Alvën se ferme un instant et je retiens mon souffle. J'espère qu'il ne va pas parler de l'épisode poison/antidote. Finalement, il sourit à Caroline :
- Il n'était pas question qu'il en soit autrement, affirme-t-il.
- C'est moi ou tous tes amis viennent d'un autre royaume, fait remarquer Manu.

Caroline lui administre un nouveau coup de coude dans les côtes, tandis que Kalkak éclate de son rire sonore et communicatif.
- Ce n'est pas faux, reconnais-je en riant, moi aussi, mais pas tout à fait vrai non plus. Comme je te l'ai dit, Dalya et Gaviel ne peuvent se joindre à nous. Ce serait inconvenant. Mais je n'ai pas vraiment d'amis parmi la noblesse de Kervilgän. Leur rapport avec la royauté est un peu... différent de ce qu'il est en Kerdilön. Mais vous pourrez vous en rendre compte lorsque vous leur serez présentés !

Nous passons une soirée agréable et pleine de rires. Les Kerdilonaï évitent soigneusement de parler de la guerre. Alvën propose à mes amis de leur faire visiter Kervilgän et même Kerdilön. Caroline m'adresse un regard un peu incertain :
- J'espérais que Lizy s'en chargerait.

Je fais la grimace :

- Je me joindrai à vous par moments, mais, malheureusement, je ne pourrai pas passer autant de temps que je le voudrais avec vous

Je sais que Caroline est déçue, mais elle se reprend vite.

- Dans ce cas, ce sera avec plaisir.

- Je vous tiendrai compagnie, moi aussi, affirme Cormélia. Le mariage n'a lieu que dans trois jours.

Je regarde Alvën. Trois jours ! Qui aurait pu dire, quelques rendiën plus tôt, que je pourrais me sentir aussi heureuse ? Kervilgän est sauvée, le traître a été démasqué, le peuple et les ministres m'ont enfin acceptée, Caroline et Manu sont ici et, dans trois jours, je vais épouser Alvën. Je songe brièvement à ce qui se passera après la cérémonie. Et, cette fois, Dalya ne viendra pas nous interrompre. Je rougis. Alvën m'adresse ce demi-sourire qui me fait fondre, comme s'il savait exactement à quoi je pense.

***

Ciboulette, le museau en l'air, suit des yeux les évolutions de Bali en fouettant l'air de sa queue. Le petit galipi de Cormélia semble beaucoup s'amuser. Il volette en rond tout en pépiant avec enthousiasme des : « Youpi ! Youpi ! » assortis de quelques « Loupé ! » quand, après s'être posé à bonne distance de ma chatte, il s'envole juste sous son nez. Celle-ci proteste de quelques « miaous » sonores qui font rire Maël aux éclats.

Cormélia et Caroline, mes deux demoiselles d'honneur, discutent tranquillement des nouvelles cultures. Elles ont commencé à produire leur première récolte et les élémentaux sont passés à la viabilisation d'autres terrains. Les deux jeunes femmes sont apparemment devenues de bonnes amies pendant que je périssais d'ennui en réunions interminables. Je prête une oreille distraite à leur conversation. Assise devant ma coiffeuse, j'ai reçu l'ordre express de ne pas bouger. Cormélia et Caroline sont déjà prêtes. Je le serai bientôt, moi aussi. J'ai déjà enfilé ma robe. Elle n'est pas aussi simple que je l'aurais souhaité : le tailleur a fait des bonds quand je lui ai expliqué que je la voulais blanche, d'une part, et sans fioriture de l'autre. Apparemment, la reine est censée se marier avec une robe aux couleurs de son pays. Ce qui signifie, pour Kervilgän, noir et or. J'ai refusé tout net. Il a fini par accéder en partie à ma requête pour ce qui est de la couleur, mais pas pour le reste. Elle est donc blanche, recouverte sur le buste et le haut de la jupe de dentelle noire entrelacée de discrets fils d'or, brodée de minuscules perles et diamants. Dalya a terminé ma coiffure, magnifique elle aussi, et posé sur ma tête un diadème serti de diamants aussi gros que l'ongle de mon pouce. Elle est maintenant en train de donner les dernières touches à mon maquillage.

Elle semble particulièrement tendue.

- C'est moi qui me marie, vous savez, lui fais-je remarquer avec un sourire.
- Je sais bien, répond-elle entre ses dents, sans s'arrêter. C'est un grand jour. Je n'ai pas intérêt à vous rater.
- Je ne vous ai jamais vue me « rater. »
- Il y a une première fois à tout, et j'aimerais autant que ce ne soit pas aujourd'hui.

Moi aussi, tant qu'à faire, mais il ne sert à rien de le dire à haute voix.

- J'aurais aimé que vous puissiez être ma demoiselle d'honneur, vous aussi, murmuré-je.

- Nous en avons déjà parlé, votre Majesté. C'est impossible.
- Je sais bien. Mais j'aurais aimé.

Son visage se détend.

- Moi aussi, souffle-t-elle.

Elle s'écarte, le pinceau toujours à la main.

- Voilà, j'ai terminé.
- Montre-nous ! s'exclame aussitôt Caroline.

Je me lève et me tourne vers elle et Cormélia, un brin appréhensive. Caroline porte les mains à sa bouche. Ses yeux se remplissent de larmes. Elle vient me serrer dans ses bras :

- Tu es magnifique, ma chérie !

Cormélia m'étreint à son tour :

- Je suis tellement heureuse pour vous deux !

Quand la princesse me relâche, je prends Dalya dans mes bras. Je tente de lui transmettre toute ma reconnaissance et mon amitié. Elle me serre aussi, sans rien dire. Sans doute a-t-elle la gorge trop nouée pour parler. C'est mon cas.

Quelques minutes à peine se sont écoulées quand une jeune servante, plus jeune encore que Dalya, frappe à la porte.

- Tout est prêt, déclare-t-elle timidement.

Je ne sais pas très bien comment je me retrouve dans le hall. Une chose est sûre : me voilà une fois de plus devant les grandes portes, le cœur battant à tout rompre. C'est agréable de sentir qu'il n'est plus aussi douloureux quand il s'affole. Mes mains se crispent sur ma robe. J'aurais peut-être dû exécuter quelques mouvements de la varanem avant de venir ?

Caroline et Cormélia sont derrière moi, présences rassurantes. Les hauts panneaux pivotent silencieusement sur leurs gonds. Un murmure parcourt la foule. Bon, cela ne devrait pas être plus difficile que de fendre la roche ou contrôler la lave, tout de même ! Après tout, il me suffit de mettre un pied devant l'autre. Rien de bien compliqué en somme. Et j'attends ce jour depuis si longtemps !

Mon regard *le* cherche instinctivement. Il est là, tout au fond de la salle, près de l'estrade. Il s'est tourné vers moi. Il a l'air un peu tendu, lui aussi, mais même d'ici, je peux voir qu'il m'adresse ce sourire qui m'assure que je suis spéciale. Je ne sais plus trop pourquoi j'étais si stressée. La foule semble s'estomper. Rien n'existe plus que nous deux. Je souris à mon tour et me dirige vers lui.

Du même auteur

Va'aria
Tome 1 : La Flamme Vive
Tome 2 : Ta'amïn
Tome 3 : L'Académie des Mages
Tome 4 : Les Renégats

Le Royaume Oublié

Tanagan

Les Gardiens de Kerdevel
Tome 1 : Un nouveau monde
Tome 2 : Le trône de Kervilgän

Livres pour enfants
Flammèche
Corline

Dépôt légal : octobre 2022

Printed by Amazon Italia Logistica S.r.l.
Torrazza Piemonte (TO), Italy

39630234R00214